入选

2022 年度镇江市"金山文化人才"计划人才项目资助

2024 年镇江市重大文艺创作生产资助项目

2024 年镇江市文联重点文艺创作生产资助项目

三生

陶然 著

江苏大学出版社
JIANGSU UNIVERSITY PRESS

镇江

图书在版编目（CIP）数据

三生 / 陶然著. -- 镇江 ：江苏大学出版社，2024.
12. -- ISBN 978-7-5684-2329-8

Ⅰ. Ⅰ247.5

中国国家版本馆CIP数据核字第2024D76U32号

三生
Sansheng

著　者/陶　然

责任编辑/张　冠

出版发行/江苏大学出版社

地　　址/江苏省镇江市京口区学府路 301 号（邮编：212013）

电　　话/0511-84446464（传真）

网　　址/http：//press. ujs. edu. cn

排　　版/镇江文苑制版印刷有限责任公司

印　　刷/南京玉河印刷厂

开　　本/890 mm×1 240 mm　1/32

印　　张/7. 875

字　　数/213 千字

版　　次/2024 年 12 月第 1 版

印　　次/2024 年 12 月第 1 次印刷

书　　号/ISBN 978-7-5684-2329-8

定　　价/59. 00 元

如有印装质量问题请与本社营销部联系（电话：0511-84440882）

溪涧终汇海
——《三生》读感（代序）

裔家润

    首次接触陶然作品，是他的科幻小说《幻旅》，寓意深刻又想象奇丽，叫人不忍释卷。《三生》是另一种路数，但引人入胜的程度不在《幻旅》之下，所不同者，《幻旅》是强情节、热开场，第一页就将人紧紧慑住，像电影；《三生》则稳扎稳打，越到后来越云蒸霞蔚、荡气回肠，是更标准的长篇小说布局。

    乍一读，我以为这是一个社会妈妈顶住各方压力，和养子再建和谐小家，弘扬社会大爱的故事；读未过半，却发现不止如此，还是以当下故事为引，勾连起民国以至清朝末年几代人的人生传奇，是绝对出乎意料的走向。加上陶然创造性地把主旋律、纯文学、通俗文学、影视镜头的技巧大规模综合，碰撞出的火花堪称璀璨，也令人对他不断突破自我、不输少年的锐气钦佩之至。

    本书的结构安排也颇具匠心：此生、彼生、他生，是时间上的设定；厨下、院中、坡上，是空间上的概念，六个篇章，三主三副、三长三短，合起来是一个完整的时空。这样的构思，真叫人眼前一亮。

手法技巧上纵横捭阖，在以下两方面他又相当"传统"：其一是韵味。即便没有那么多的文学储备和那么深厚的文学素养，阅读《三生》也有一种"如归"的亲切。扑面而来的清雅文风，使人产生一种文学意义上的"还乡"感。小说字里行间透露出从容恬淡的温馨，往往寥寥数语已与记忆背景中的名作品、名场面打成一片：生日宴会上众人齐聚，仿若一部元代杂剧的开幕；完节堂的大门推开，使人再梦一场红楼；惊堂木铿锵有力地一拍，话本收束，长江两岸的恩怨情仇就此画上句号……这是深谙中国传统章回小说、诗词曲文之后才能淬炼出的中华独有的气韵。

其二是时不时地"致敬经典"。常路与吴恒的相貌及部分生活习惯相似，是"菀菀类卿"，是从中国古典小说和戏剧中接续下来的叙事上的某种类型；颜家内外的爱恨纠葛颇有演义的即视感；完节堂版块结合书中透露的时代背景，读者本不难猜到宋家林不辞而别是为参军，王照祥的三缄其口是因为战友壮烈牺牲，等等。但当作者慢慢将其揭晓，读者仍旧难免有意外与深思，颇有"三言二拍"某些篇目布局的神髓……作者与读者因为共同的文化背景，形成了无需多说的默契、不必赘言的心照，不是知音也是知音了。

以上两点透现出的是陶然对中国文化的眷眷深情，以及对中国作风、中国气派的坚定追求。

以下我想谈谈三大"女主"的姓名。作者摈弃了某些流行小说中人物取名的矫揉造作，而是朴实又耐咀嚼。

于青桦：桦树能够在大火烧毁森林后顽强生长，象征着永不妥协的精神和勇往直前的勇气。于青桦从丧子之痛中走出，虽然收养常路的"动机不纯"，但君子论迹不论心，最终她通过以直报怨平衡各方关系，将自己与周围一批人的生活导入正轨。

杨淑娴：入完节堂是守了教条，不怨恨婆家是一种无奈的良善，而随着时间的推移，团结众姊妹、逃出生天、投奔光明是自发的义烈，是更高层面的"贤"，无愧淑贤之名。

颜明玉：至情至性，又当断则断，将救生事业发扬光大，造福大众，确如一块熠熠生辉的"明玉"。

三位女性每每困于血脉亲疏、世俗礼教的桎梏，时常限于"小家"和"大家"的抉择，但恰恰是这种桎梏和随后的抉择，成就了她们的鸿鹄大愿。可以说，名字与角色的命运契合度极高。即便是在抗战期间，或清末民初的宏大历史背景下，她们也绝非被动的棋子。她们是女儿，是妻子，是母亲，是巾帼，更是光芒闪耀的非凡的自己。

《三生》中的主角风采卓然，配角也栩栩如生：余光的碎嘴、生意经和塑料义气让人忍俊不禁；张玉茹的苍劲高洁、和蔼凛然和强大的气场令人肃然起敬；静秀的人生际遇令人一洒同情之泪；陈二嫂在生死存亡之际仍想着贞节牌坊；蒋雨轩精明能干却格局窄小痛失所爱；任中堂步步心机终至身死名灭，令人唏嘘。即便是皮四这样生性顽劣、插科打诨的角色，也能符合其性格逻辑渐渐改变、有所发展。本书写得鲜活饱满的配角可以一口气说出二十个以上，几乎每一个都复杂立体，达到福斯特所说"圆形人物"的标准，淋漓尽致地展现出作者塑造群像的深厚功力。

"为天地立心，为生民立命，为往圣继绝学，为万世开太平"，饱受儒学熏陶的一代代知识分子无不奉之为圭臬。但对于时下的青年来说，也许首先要解决的是如何"聚薪火"、如何"去冷气"，其次才谈得上理想的实现和境界的升华。对于这个问题，我想作者借书中角色之口已经给出了答案：我们与祖辈先贤心念相通，我们与志同道合者众志成城，着眼于此刻，着眼于身边，脚踏实地地将每一步都化作力量，超越时间，超越空间，溪流汇成江海，在新时代直挂云帆，弄潮破浪。

不算很长的小说，激荡在我耳边的，竟是黄钟大吕般的回响。这样的厚重与振奋，只能来自文本内在的宏阔与志量！

2024 年 5 月于无锡

目　录

厨
下

上午还是晴空万里、天蓝云净，睡过午觉起来，却淅淅沥沥下起雨来。唯其因为雨势小，更不能指望它像暴风骤雨那样，忽来忽去。常路隔窗看着雨，心里颇有几分庆幸：还好，没把母亲六十岁的生日宴放到饭店去。

倒是有人建议去订饭店的，他却觉得在家里办更温暖。母亲也赞成，说："不要铺张浪费，省下来的钱，就算孙子孙女不用，做做公益难道不好？"常路便取笑她："当了半辈子社会妈妈，兴犹未足。"

他自己说着也有点恍惚。半辈子？可不是半辈子了！误解与释然，生离与死别，大起大落，过山车般的一段人生，真是把什么都经历到了。

房门一动，他母亲于青桦进来了。

于青桦虽已花甲，精神却极佳，没有多少明显的皱纹，大半的头发也不染自黑，因之整体上显得比实际年龄年轻得多。她拿了儿子爱吃的猕猴桃来，连皮也剥了。碧绿的果肉，放在洁白的盘子上，还配了两个小西红柿，以视觉效果而论，着实明艳可喜。

常路笑着站起来说："这还要摆个盘啊？"于青桦笑道："你自从去南京工作，回来的次数少，逮着一次，我不得趁机显示显示母爱吗？"常路心想，南京能有多远，一年往返十来次不能算少了，然而在母亲眼里，看孩子是看不够的，便也不反驳，三口两口把猕猴桃一扫而光——连两个小西红柿在内。

"爸来了吗?"常路口中的"爸"不是指于青桦的爱人吴永康，而是他的亲生父亲常志坚。生母不在了，称呼上不用费心。两个父亲如何区分，可让他费了一番脑筋。末了，还是于青桦想了个简明有效的法子：一个叫爸爸，一个只叫爸，问题迎刃而解。常路当时曾开玩笑说："枉我是出过几本书的作家，文字上还得妈妈把关。"

他不像时下很多青年人，管母亲叫"老妈"，听着有种戏谑之感。他在任何场合都管于青桦叫"妈妈"，相比一般有血缘关系的母子，他对于青桦的爱，在深厚之外，还格外多了一份庄敬、感激。

当下于青桦回答他说："就快到了。"

随着这一声，外面一阵脚步响，跟着"爸爸"吴永康、"爸"常志坚、于青桦的同事兼朋友刘丽等一干人一齐走了起来，"请寿星坐席"。

于青桦笑拉着常路的手，在众人簇拥之中走到客厅，坐了首席。妇联前任主席庄主席坐在她左侧，前教导主任田主任坐在她右侧，杂货铺老板余光左首第二，常志坚右首第二，吴永康、常路叨陪末座。常路暗想，这一桌子人，当年可是分了好几个阵营，吵过架，流过泪，有时彼此看不起，有时又因急剧的转折握手言和。那时的他们可曾预料到有今天？

人不多，气氛却热烈得很。一桌子菜，有的是家里做的，有的是大饭店做好了送来的，色香味俱全那也罢了，唯有常路精心订制的蛋糕，高达五层，蔚为壮观；红橙黄绿蓝，一层一个颜色，每层还有镶边，半透明状，隐隐泛着宝石的流光，十分精致讲究。常路记得二十多年前刘丽的婚礼上也有类似的大蛋糕，还有雪亮的杯子，透亮的香槟，银亮的防水台布。然而，那时的新郎此时却不在这里，只怕今生也不会在他们的聚会中出现了。

众人都赞常路有心。吴永康笑道："青桦的弥猴桃换来超级蛋糕，值了。"常志坚问这是什么梗？常路少不得一番解释，众人又笑。

家宴跟在饭店包间里是完全两样的。包间里哪怕全是自己人，毕竟是人家的地方，到底不如在自己家里纵情任性。而且包间里一顿饭，一桌人，宴席是从头到尾的一整块。在家里，饭前有序曲，席间有插曲，席散了还有余曲，化整为零，那一小块一小块的时间，如同切碎了的牛排，滋味只有更佳。

外面连响了两声雷，让他想起他从医院出走，惊动了整座城市的那个暴雨夜。但雨夜和雨夜不一样，今晚荡漾的只有温馨。

此刻，蛋糕只剩下最下面顶大的一层天蓝色，菜和汤也去了大半，除了年龄最大的庄主席喝了点酒，告醉先归，其余客人一个没走。七点半钟，是太早的晚上，回去了谁都觉得可惜。大家先是围绕于青桦谈天，又围绕常路在南京的生活闲聊，跟着又自然分成几个小组，各玩各的。两个爸爸到书房讲他们的私话去了，刘丽、田主任、余光留在客厅，一面"看"着大电视，一面有一搭没一搭，以最放松的态度若断若续地说着话儿。刘丽这时也快五十岁了，却还嘴馋，往往说着说着还到桌上切一角蓝色来吃。

常路把杯盘碗碟该收的收，该洗的洗。于青桦是巴不得时刻陪在儿子身边的，因之跟刘丽他们说了会子话就也到厨房里来。

望着比自己高了一个半头、已届中年的儿子，她心里溢满了欣慰和疼爱。她笑道："客人还没走呢就洗碗，倒像赶人家走似的。"这是典型的要起一个话题前，先说一句不相干的引言。常路笑答："今天来的不是客人，都是自己人，不怕他们多心。"他径自在那儿忙忙碌碌，坚决不让母亲插手沾一滴水。于青桦说："今天你敬妈妈酒那会儿，妈妈心里挺感触的。"常路笑了笑说："我晓得。"于青桦面带惭愧："你知不知道，我当初选择你，是有隐情、有私心的？"常路戴着护手的皮手套，洗着碟子笑说："都过去了，还提那干吗？"于青桦却说："哪里忘得掉呢，都是刻骨铭心的回忆。"

　　自来水仍在哗哗地流着，像流逝的时光。小水柱落到金属的池面上，溅起一朵朵水花，和多年前的那个雨夜，吴恒踩在地上溅起的一样。只不过年幼的吴恒不知道，他的每一步都在走向死亡。

此生

一

雨雾迷蒙，车水马龙，七色霓虹和车头灯的光交织在水气中，美而朦胧。吴恒一步三跳，伶俐地跑到马路牙子上。

十字路口红灯的计时器在一板一眼地读秒：75、74、73……你急它不急，越发衬得你的急像一种讽刺。吴恒左右看看，觉得没有危险，快速横穿马路。谁知视线死角处一辆车急驶而至。吴恒大惊，其实这时往前或是往后还能勉强避开，可剧烈的惊恐让他定在原地，浑身发抖，寸步难行。

车头灯越来越大像史前巨兽的眼，车喇叭警告的声音锐利得吓人，随即被刺耳的"嘎——"一长声刹车声代替。

马路上雨水混着血水，混着红艳艳的霓虹，成了世间最残酷的颜色。

还是在医院里，手术室外焦灼等待的当口，吴老太就已经眼中冒火，痛斥儿媳妇就知道加班、加班，连说好的家庭聚餐也不肯提前半个小时："我孙子要是有个什么三长两短，我跟你拼了！"

吴永康倒没有多说什么，可是坐在椅子上，手指甲掐到掌心里，几乎要掐出血来。他对于青桦不是没有恨怨，只是在这样的时刻，吴恒的安危压倒一切，让他无暇顾及。

上天没有眷顾他们。花蕾凋谢在刚要开放的季节，也给吴家带来了凛冽的冬天。葬礼上，吴老太陡然失控，扑向于青桦哭着乱推乱扯说："你把我也杀了吧！小恒死了，我这个老东西还有什么活头啊！"吴永康并不阻止，只是冷冷地看着于青桦。于青桦也不躲闪，任凭吴老太推搡，魔怔了一般。

这天周末，于青桦在家机械地抹着桌子。条桌上有一个可爱的功夫熊猫玩具。她碰到那熊猫，停了手，抚摸着熊猫头，怔怔地流下泪来。

吴永康听到动静，从房内走出，脸上的不忍一闪即逝："你考虑得怎么样了？已经一个月了，再拖下去也没意思。"于青桦擦泪，回身说："我不同意！"吴永康说："现在不是你同不同意的问题。婚姻是两个人的事，小恒的事是我们之间的一根刺，永远拔不出，放不下，忘不了！"于青桦不禁问道："你真忍心这么对我？"

对于一个骄傲的女人，这一问已是她试图挽回的极限。吴永康还没接口，吴老太走出来了："那你怎么忍心害死小恒？"于青桦此前每逢此问，总是木讷，一个月下来，创口依然疼痛，意识却逐渐恢复了清明："那是意外！我不知道小恒会来找我！"吴老太断然道："你要是准时回家，他会跑上街去？说下天来也没用，永康不可能再跟你过了！"

于青桦不再看她，也不看丈夫，把抹布抹一抹平，继续抹桌，有点固执地说："总之我不会答应的！"

热战化为冷战，吴永康本已搬到客房，从这天起，二人连吃饭也不在一处，一天打不到两个照面。于青桦甚至觉得，家人还不如小区的清洁工陈萍让她亲切，至少每天上班碰到了，还会问候一下，招呼一声，劝慰几句。

周一课堂上，于青桦讲唐诗讲到母子之情，触动心事，差点当场控制不住，趁着学生没看见，疾步跑出教室，到背人处干呕。亭亭的树冠下是茵茵的草地，树冠高而丰盛，草地绿而茂密，显得树与草之间的女人格外瘦弱无依。

她想，她是不是该换份工作：讲到孟郊的《游子吟》，会想到一家四口郊游，草地上野餐；连说到《背影》，由父子间的情状也会联想到母子，联想到往日吴恒把一块面包掰一半塞进她嘴里的样子。以前她为自己的想象力自负，现在只恨不能屏蔽掉过于发达的思维触角。

教导主任田主任、与她关系最好的同事刘丽听了学生的汇报，找到了她。田主任因是男人，不好上前搭把手，让刘丽半架半扶，自己在旁一路劝着，直把她送到办公室。但这一类的劝解是最尴尬的，连劝解人自己也不相信他的话有丝毫作用。他一面在这儿为他的隔靴搔痒而惭愧，一面让刘丽给虚弱地靠在椅背上的前王牌语文老师于青桦倒水。

刘丽是个二十多岁的女孩子，高挑俏丽，目光灵慧，与此刻不无迟钝的于青桦恰成对比。

刘丽倒了水来，于青桦勉强喝了一口就摇头不喝了。田主任叹道："于老师，你这个状态，我建议你在家休息一段时间。你打个假条，我帮你跟校长请假。"孰料于青桦忙忙地拒绝说："不不不，我不请假，田主任，我可以的，我保证没有下次了！"

田主任含糊答应着，丢给刘丽一个眼色。二人走出门来，田主任说："你是她在学校最要好的朋友了。你劝劝她。这样不仅对她自己不好，对学生影响也不好。"刘丽望了眼窗内失神的于青桦说："她是想用工作填满时间，就不会总想以前的事。您别逼她回家吧。"田主任欲言又止，半晌才不置可否地走开。

刘丽重新走进办公室时，于青桦已然回过神来："对不起刘老师，今天我失态了。"刘丽有意岔开话题说："翻翻报纸，放松放松就好了。"

她抽了晚报过来，于青桦随手翻着。刘丽在旁站着打岔，语音像银铃，有种叮叮当当的动听："环保又出新闻了。您再看这个国际时事，各个国家也跟人似的，有的是朋友，有的是仇敌，有的单干，有的合起伙儿来欺负人。"

于青桦先还点着头，蓦然惊呼了一声，报纸落地。刘丽吓了一跳说："怎么了？"于青桦疾速拾起报纸，哗哗地翻到社会版。刘丽伸头一看，标题是"号召社会各届，争当社会妈妈"。刘丽轻念："让失学的孩子重新走进校园，让无人关爱的花朵重获阳光雨露。"她没看出有什么奇处，不解地望向于青桦。

于青桦说："照片，这儿，这个孩子的照片！"

刘丽顺着她手指看过去，瞬间打了个激灵："有点儿像……吴恒……"

于青桦激动地说："何止一点儿？你看这眼睛，这鼻子，跟我儿子像了个七成！"

刘丽定睛看照片下方，注着名字——常路。刘丽灵机一动说："于老师，他也是缺少关爱的儿童，要不你……"于青桦哪里还需要她来引导，立刻便说："我要助养他！"于青桦拉过电话，照着报上的联系方式就打了过去，偏偏那边暂时没人接听。于青桦绝望中看到了一缕希望，明知这希望的虚妄，却死也不肯放开。电话不是打不通吗？大不了她直接过去！

晚报，妇联，庄主席……她脑中盘旋的只是这几个词，出门险些儿同杂货店的老板余光撞上。

于青桦走得急，余光歪头看她的背影，很可玩味似的。他是个四十来岁的中年人："于老师忙什么呢？难得又振作了啊，风风火火的。"

刘丽对他既不屑，又矛盾地喜欢同他聊天，便笑笑说："忙什么？忙当社会妈妈，又不是社会爸爸，有你余老板什么事。"余光笑道："什么老板哪，做小生意的哎。"他把一包饼干、一袋方便面放在刘丽旁边的空桌上："张老师要的。"又说："社会妈妈这个事我倒是知道的，她要报名啊？"刘丽忽想起这余光是个喜欢八卦的，大事小情就没有他不知道的，便问他说："会不会有一个孩子几个人争着领养？"余光说："那肯定有。欲购从速。"又得意补充："社会妈妈不光是助学，还关照小孩子的生活，有些还见面，情同母子呢！我跟踪看了好几批了。"

刘丽不由地说："要真能这样就好了。"

余光长叹道："于老师的儿子没了，母爱无处寄托，只好认一个'社会儿子'来打打岔，分分神。这在心理学上就叫'移情'啊！"刘丽嘴上怪他胡说，心里对他揣度人家心思的本事颇有三分佩服。

二

庄主席还没见过这么急切来报名的。人未到，电话先至，是要"预约"，以防常路被别人资助了去。庄主席不解，事涉未成年人，她不能不格外谨慎。那边解释得有些吞吞吐吐，但意思她懂了。同为女人，同为母亲，她立即想到了自己的孩子，立即和这位素未谋面的于老师感同身受。

"庄主席您好，我是……"

这句话几乎是紧接着电话里"我马上到！"的尾音而起。

"于老师是吧，请坐！"

庄主席对她的接待因带了感情成分，便于客气之外多了几分体贴。她戴着金丝眼镜，五十岁左右，端庄中带着干练。二人略去了寒暄环节，于青桦直接提出想了解一下具体的结对方法。

庄主席把一张流程表推到她面前，叫她把资助款存到"社会妈妈助学基金"专用账户，写了账号给她，接着说："然后你拿着银行的回执来我们妇联'儿少部'，我请部长帮你联系资助对象，填写'社会妈妈登记表'。小学生每年五百元，初中生一千。"

于青桦以为自己听错了，确定了这是每年而不是每月后，觉得这资助款未免太少。庄主席听到这样反向的讨价还价笑了，也不多说，从一叠资料中翻开一页，指给她看常路的资料，说："这孩子没有母亲，父亲成天喝酒又不大管他，要是没人帮助，能不能念完这学期都难说。所以我们调查以后，把他列入了这批受助名单。是个聪明孩子，成绩非常好，人也老实。"

于青桦迫不及待地定下，庄主席与于青桦握手致谢。于青桦说："我想跟小常路见个面，您看方不方便？"庄主席说："怎么不方便？就星期六，行吗？"于青桦连点了两下头。

四十八小时一晃即过，于青桦提前到了肯德基。拣了个靠窗的位子坐下，她期待中含着忐忑。缕缕阳光像金色的长长的筷子，拨弄着她的头发，像吴恒恶作剧时喜欢做的那样。怀念的眼泪流多了，再悲痛时往往只是眼底一阵潮，连泪也流不痛快，仿佛哭泣的功能会退化似的。

金光一闪，是玻璃门动了一下，反射了阳光。庄主席进来了。于青桦蓦然回神，刚想开口招呼，只见庄主席向旁一让，身后现出了常路。那是个怯怯的男生，清秀的五官，瘦瘦的身形，皮肤黑中又有些黄，一望而知是营养不良。

庄主席笑推常路坐到于青桦对面，自己也坐下介绍：
"这就是常路。常路，这是你的社会妈妈于老师。你应该叫
什么？"

常路小声喊："于阿姨。"这是他第一次开口，相似的面
庞，不同的声音，让人有种奇异的怔忡。

于青桦打量着他说："常路你好。"常路红了脸，低头不
作声。庄主席笑道："小常路有点内向。"于青桦笑了笑说：
"跟我们家吴恒……刚好相反。"庄主席一愣，随即笑说：
"你教过那么多学生，什么性格的没见过？我相信，日子久
了你们一定能熟悉起来，最好像一家人一样。常路你说是不
是？"常路讷讷地说了声"是"。

于青桦不能不失望了，声音不同是意料中的，性格南辕
北辙却是不曾料到："常路平时话就那么少吗？"庄主席察言
观色的同时不动声色："不完全是。处得长了，就没这么拘
谨了。常路，于阿姨一定要选在肯德基见面，要请你吃好东
西，你该说什么呀？"

常路大大的眼睛正转看那些有父母陪伴的孩子，于青桦
则观察着他。常路听了庄主席的提示，乖乖地道声"谢谢"。
于青桦捺下失意之情，微笑道："常路，你喜欢肯德基还是
麦当劳？"常路顿了顿才说："都没来过。"

庄主席笑着打圆场说："都相当于咱们的快餐，有什么
不一样？"

于青桦说："不一样的。麦当劳的招牌是小丑，肯德基
的是老爷爷。我问过几个学生，他们说小丑好玩，可是老爷
爷更亲切。我想常路这样的情况……"她指的是他没有母
亲，庄主席明白，微微点了个头。于青桦接下去说："需要
家庭温暖，可能喜欢老爷爷多一点。"庄主席笑赞："看来你
是费了番心思的。"

于青桦笑笑，心想："可是这孩子的心思，我却猜不到。怎么这么木？"常路小小的心灵里也在想着："于阿姨不喜欢我。"庄主席暗叹："看来还有得磨合。要不是为了上学，常路可能根本就不愿意来。"

于青桦买了鸡腿、汉堡和可乐，庄主席说吃过了来的，只自喝了杯纸杯装的味道不甚正宗的红茶。桌上一旦堆上了吃的喝的，物理上的空白便填满了，人与人间的沟壑也相应奇妙地有点缩小。隔着袅袅茶烟，庄主席饶有兴味地注视着两人互动。

于青桦逗常路说话："从家里坐车过来，要多长时间？"

"一个小时。"

于青桦："在车上都想些什么呢？"

"没想什么。"

于青桦："你在班上第几名？"

有些骄傲地："第一。"

于青桦进一步问："班上多少同学？"

常路又恢复了先前的瑟缩："五十六个。"

于青桦灵机一动说："咱们国家有多少民族？"

常路略想了想："也是五十六个。"

于青桦笑了："这个数字多好啊，你说是不是？"

常路顿了一顿，点了下头。

于青桦轻叹一声，气氛又冷了。常路开始不安地在椅子上扭动，他对别人对待他的态度，竟是如此敏感。

庄主席适时插话，问常路想不想跟小朋友们一起玩玩。常路脸现渴慕之色，迟疑地走到肯德基右边滑滑梯那边，看着在一地五颜六色的气球上打滚疯笑的孩子，但不加入。

于青桦看看常路的背影，终于说："庄主席，我想清楚了，我跟这孩子恐怕没有缘分，他的个性也太自闭，跟我们吴恒完全两样。"庄主席笑劝:"怎么会呢?感情是处出来的,沉默的孩子说不定内心反而丰富,一旦熟了……"于青桦坚定摇头,声音不由大了些:"还是不行。资助款我已经交了,就当是我给孩子的一点助学金,成绩那么好,不念书可惜了。社会妈妈这个角色,大概不适合我。"

常路在半远不远处尽收耳底。"儿童乐园"衬着他委屈的脸,恰成一种对照。

庄主席叹了口气说:"既然这样,我也不强人所难,只是为你们遗憾……常路,来,吃点东西。"

常路过来坐下,垂着头喝饮料,一口气喝完大半杯,习惯性地出一口长气,摸摸鼻子。

于青桦一惊,这习惯同儿子颇为相似。只不过吴恒是喝汤以后喜欢把碗一推,呼一口长气,摸摸自己的小鼻子。她不觉暗忖:"来之前就知道只是长相相似,来以后又处处对比,心情起落,这不是自己找罪受吗?就该忽略那不像的,抓住那相像的,对人对己才有益吧。"她转过头说:"庄主席,我想……跟小常路先处处看。"

庄主席大喜,常路对于阿姨的善变万分诧异。

万事开头难,迈出了第一步,从此一大一小二人就一城一乡两地有了些起码的联系。常路隔一阵会给于青桦写封信,认认真真,一笔一划的。起始时很拘束,往往是"亲爱的于阿姨,您好!十分感谢您对我的帮助。我知道您是一个富有爱心的人,我希望长大后,也能像您一样,帮助其他人,把爱心传递下去"。听着总像在宣誓。后来渐渐熟了些,文风也变了,成了作文体,身为语文老师的于青桦看了哭笑不得:"您像温暖的春风,唤醒了我,是您让我这棵小草茁壮成长;您是绵绵细雨,滋润了我的心灵,让我的天空每天都很晴朗。"再往后,有一次庄主席提醒他"不要紧张,就像跟邻居聊天儿就行。"常路才一下子找到了感觉——一半也是因为和于青桦半个月见一次面，更加熟络了些，信里会说："我收到您寄给我的卡片了，还是跟我的好朋友一起看的。卡片真漂亮，谢谢于阿姨！"私下还会感叹："原来信是这么写的啊！"

他那成天把酒瓶拿在手上当道具的父亲，偶尔醉醺醺地走来瞄上一眼，嘿嘿笑着赞他："学会哄人了，兔崽子。"他也不理会。

这样过了一阵子，一天在办公室，刘丽陪于青桦看最新的一封信，另有一位老师在座位上改作业。于、刘二人见常路一笔漂亮的钢笔字写道："前天老师帮我们拍照，我本来想选一个个子矮的同学站在我旁边，可是老师还是挑了我们班最高的李杰跟我并排，把我拍得很矮。其实我比照片上高……"

刘丽格格笑了。于青桦也莞尔。

改作业的老师抬头活动活动脖子问："什么事这么高兴？"刘丽笑道："于老师助学的孩子，真看不出来，外面木讷，里头鬼灵精。"于青桦带笑说道："他还懂制造视觉效果。你要是第一次跟他见面，压根儿想不到。"

那老师笑笑，嘴里咕哝了一句什么，仍然低头改他的作业，显然并不感兴趣。

刘丽止了笑，但仍然很高兴："于老师，你有好久没这么笑了。"于青桦有感于刘丽的善良，同时不无感慨："真的，我有多久没这么笑过了？"刘丽换了轻快的语调说："咱们看照片儿，看看小常路跟高个子李杰。"于青桦被她感染，说："好。看我们谁先找到常路。"

她们带笑地在照片上寻找。杂货铺老板余光蹑手蹑脚走到二人身后，伸长了脖子，二人浑然未觉。

于青桦用手点住一个后排的男生说："在这，这是常路！"刘丽笑道："不公平竞争。你们老见面，我统共只陪你见了他一回。"于青桦欣悦地说："虽然只见了几次，我现在相信庄主席的话了，外表沉默寡言的孩子，常常内心世界丰富。"

余光突然道："感人！"于、刘二人吓了一跳，一起回头。刘丽说："余老板，今天没人让你送方便面来吧？"于青桦良善地阻止："小刘，别老拿余老板开心。他跟我们老吴是好几年的棋友。"余光道："就是，不看僧面看佛面。我没事来晃晃不行啊？你们在学校里上班，我在学校里开店，这就叫缘分。有缘分就不是外人。"

刘丽俏皮地作倾听状。余光忙说："下课铃响。我回店了。"刘丽笑道："学生又要光顾你了。祝你财源茂盛达三江。"余光出门，却不曾离开，而是拐了个弯折到窗边，从外面偷听。

于青桦小心地收好信和卡片。刘丽说道："上次庄主席提议你趁哪个星期天到孩子家去看看，一来关心关心，二来摸摸底，看他家是个什么情况，你老说时机不成熟，现在能去了吗？"于青桦说："我也刚想说来着。这个周末就去。"刘丽说："这周我有事，可惜不能一块儿。"于青桦说："机会多呢。回头我问一下庄主席具体地址，只知道是在下面红花镇的一个村子里。"

室外余光猫着腰一溜烟儿跑了。

三

墙上的大钟"滴嗒滴嗒"走着。钟下是两个各怀心事的人——吴永康捧着本书，吴老太有一针没一针地打毛线，显然都心神不属。

吴永康看了一眼钟，与此同时，传来了掏钥匙开门的声音。见到于青桦略带疲惫的神色，吴永康稍感犹豫。吴老太却忍不住直接问了出来："青桦，你是不是背着我们在外面收了个干儿子？"

于青桦一愣，随即明白："你是说'社会妈妈'的事？你怎么知道？"吴永康淡淡地说："若要人不知，除非己莫为。"于青桦不悦地说："怎么你们说得我好像在做一件见不得人的事？"吴老太嗓门儿高了："要是见得了人，见得了光，你怎么不主动告诉我们？你还不是心虚？"于青桦尽量耐心地解释："我自己也还在慢慢接受中。要你们接受，更有个过程。"吴永康的火气开始控制不住，音量也大了："这个过程是无限期！你怎么会天真地以为我跟妈将来会接受一个来历不明的孩子？"

于青桦听到"来历不明"四字，不由得起了维护之心，她不便冲着长辈发作，只向吴永康说："妈不明白，你也不懂？什么叫来历不明？我资助一个即将失学，平时也缺少关爱的小朋友，犯了法吗？"吴老太说："不犯国法犯家规！你已经把钱给人家啦？"于青桦默认。吴永康说："也认下了这个'社会儿子'？"于青桦迟疑了一下说："因为……常路跟小恒长得有点像。"

吴老太气得声音打颤："你就为这个？"

似乎为了说明不纯是外貌的因素，于青桦又补了句："有些小习惯也很像。"

吴永康脑中盘旋来去的只是"荒谬"二字。他厉声说道："你不觉得你的所作所为所想很糊涂吗？我吴永康不是个小气鬼，也不是没同情心。要是小恒还在，你有这个善举我举双手赞成！正因为小恒不在了，我坚决反对！"

于青桦说："这是两回事吧！"吴永康针锋相对："根本就是一回事！你现在这样算是补偿吗？小恒能复活吗？你再助养一百个，也换不回失去的那一个。你越是做这些没意义的事，就越是提醒我们大家，小恒永远回不来了！"

于青桦满脸涨得通红，过了半晌，才隐忍地说："我做的事对不对我自己明白。"吴永康道："就是说，你要固执己见？"于青桦异常坚定："我是择善固执。"

吴老太冷笑着说："你有钱没处花，去给小恒修修墓，帮我买点营养品，给永康买点好菜吃吃，做什么不比给那个替代品强？"于青桦对老人始终不失恭敬："妈，对不起了，这次我不能听你的。"她吸了口气，接下去的话却在恭敬中自具韧性："今天我跟你们承认一切是对你们的尊重，具体怎么做，我有权自主。"

吴老太哈哈一笑，脸却板得没有一丝笑纹，直向儿子说："听听，你听听，手脚长在人家身上，人家爱怎么就怎么；人家的钱，人家凭本事挣的，轮不到你跟我啰里啰嗦。你由她去，再说也是白搭！"于青桦还想再说，吴老太早已抢过话头："行了，你已经'尊重'过我了，什么废话都不要说了。拿着皮肉朝不相干的人身上贴，我活了几十年就没见过！"

她进了房间，"砰"的一声摔上房门。偏那门的轴承年久上锈，大力一关，仍没关上，反而径自在那里"咯吱咯吱"响着，来回弹动。吴永康的脸色像外面的天色一般暗沉，他走过去关上母亲的房门，自行进书房去了。客厅里，于青桦的影子拖得老长，像一个有心无力的朋友，徒呼奈何。

第二天下了班，吴永康约了余光照常在公园里下棋，心不在焉，连输了两盘。他索性放下棋子，把昨晚的事一五一十同余光说了。

余光之前出于和吴永康的友谊，觉得通风报信是他的义务；听说这事儿在人家家里引起风波，又觉不安——虽然这后果是可以预料的。吴永康当然有知情权，但于青桦也不能说毫无道理。余光试图做做和事佬："这事吧，凭良心说，她这种移情心理，我倒是能理解……"

吴永康说："能理解也不能认同，更不能纵容。"余光迂回着劝："有问题慢慢解决嘛。你这个人哪，一辈子就吃了这个亏。一有事就急，喜怒全在脸上，这哪成啊？做生意也好，当官也好，你得有技巧。"吴永康倒被他说得一笑，随即沉凝地说："或许你说得对。这就是我半生沉浮，郁郁不得志的原因。"余光笑说："咱岔远了啊。你看这样好不好，以后呢，我继续给你监督于老师，但你不能每次反应都这么过激，也不要每次都跟你妈情报共享。"

吴永康默然片刻说："老让你监视她，是不是不太好？"余光自告奋勇："我的杂货店就开在于老师学校里，这就是天意。我天天跟她和那个瞎起哄的刘丽碰面儿，一有个风吹草动，我第一时间就掌握啦。再说了，传达室里谁寄个什么东西给于老师，我也比你容易看见。该告诉你的我还是告诉你，只不过你要冷静分析，不要遇事跳脚。"

吴永康想了想说："也行。我希望她这个古怪念头是一时兴起，能慢慢冷下去。"余光笑道："老吴，你有这个想法，说明你已经不准备跟她离婚了，只是还生她的气而已。要不然，她的念头古不古怪，是一时兴起还是冷下去，跟你有啥关系？你们家老太太吵吵闹闹，其实也跟你一样不打算'休'儿媳妇了。我说哪，你们吴家都是嘴硬心软的人。"吴永康愣住了，片刻后说："我自己都没想到这一层……"余光得意地说："对吧？我对人的心理很有研究的。"

当夜，吴永康仍是在书房睡，于青桦改完作业，又给常路写了回信，睡得很晚，只当这一夜能安眠，不料夜里仍是惊醒，冷汗淋淋。

有梦的惊醒是午夜梦回，哪怕是恶梦，毕竟有个来处，知道悚然的源头；无梦的惊醒却是一条找不到上游的河，那样无表情地流过，有巨大的空茫，不着边际，让人不是恐惧，而是发慌。

于青桦擦擦汗，从床上支起半身，披衣起床，拉开抽屉，取出一把串在钥匙串上的银灿灿的小钥匙，悄然走到客厅。

条桌上，赫然是吴恒的玩具功夫熊猫。于青桦对着小熊猫发怔，心想儿子留下的这把钥匙，不知道开哪把锁，锁着的又是什么？万一留下了什么东西，大小是个念想。

洗手间传来一阵放水的声音，门一开，灯光漏出，吴老太出来了，影子罩上了于青桦半身。婆媳俩对视。于青桦清清嗓子唤了声"妈"。吴老太本待不理她，想想还是说："半夜三更的在这干吗？"于青桦一时不知如何解说。吴老太锐利地看了一眼小熊猫，又看一眼于青桦手中钥匙："还在想那个什么钥匙的事？"于青桦感到婆婆语气虽不友好，却也并非绝情，当下鼓起勇气说："我们收拾遗物的时候，有没有漏掉什么带锁的箱子、盒子？"吴老太说："没有。小恒就算有秘密，也不会叫你知道。"于青桦无奈，闭口不言。吴老太却把自己说得老泪双垂："你还管钥匙管锁干什么？你在外面不是认了干儿子了吗？你做好事可以，你用'妈妈'的名义做好事我死都不同意！"

吴永康不知何时走了出来，上前扶住吴老太，提醒她深夜不要吵着邻居，半哄半劝地让她回了房。经过于青桦身边时，他责怪地同时也不乏一丝劝解地说："你是嫌这个家太安稳了？饭不好好吃，觉不好好睡，成天胡思乱想。"

于青桦又一次独立客厅。洗手间的灯没来得及关，黄色灯光斜斜地照过来，光线有暖意，但形态毕竟凄清。

四

于青桦虽然斯斯文文，但大主意一向拿得很定。虽然家里屡兴风浪，她还是给常路定时汇款，随着联系的增多，有时还会额外直接给常路寄点零花钱。她尽可能避着丈夫和婆婆，经刘丽提醒，也额外留心不让余光看到，但该做的她还是做。

据刘丽分析，余光泄密的概率极大，于青桦不想当面同他多说什么，私下里向田主任吐露了一二。田主任是教导主任，中层当了多年，自然老于世故，听话听音，立时便明了于青桦的用意。他是最爱大事化小小事化了的，而知识分子通常对做小生意的又不免有三分轻视，更何况余光的杂货店还在学校的地盘上。因了这三件，他也就真如于青桦所愿，找余光谈了一次话。那样的谈话当然不能发生在办公室，所以借故到余光店里买东西，半开玩笑地点了点"余老板"。余光听他"清官难断家务事""两口子闹矛盾只能劝和不能劝分"之类的吹了半天风，心中雪亮，知是东窗事发，学校方面来给自己施压。他只得含糊其辞，模棱两可。他在脑中的天平里，一端放上老棋友的感情，一端放上谋生的本能，起落几个回合，终于还是偏向了"吃饭要紧"。他给他自己洗脑，想对方既然有了防备，自己本来就很难再探听到什么有价值的信息，何况于老师行的是义举，保持中立不干涉也很合乎人情。这样三两下一理，又颇有些气壮理直。

转眼到了第一次下乡探望常路的日子。于青桦是做好了单独去的准备的，庄主席却安排了车，开到公路与乡间小路的交会点，开不过去的岔口才下来——小路窄而多坑，怕把车的底盘擦坏。好在这一日天朗气清，于青桦、庄主席一路谈谈说说，看看苍翠的树木和星散的野花，走得还算心情愉悦。

于青桦拎着一袋吃的。常路在门口等她们，见到二人，迎上去，很想说话但不知说什么，最后叫了声："于阿姨。庄主席。"庄主席亲切地向他微笑："小常路，你好啊。"常路报以憨笑。于青桦笑对常路说道："我带了点吃的给你，帮阿姨拿着。"常路接过，边在前引路边说："谢谢阿姨！"

三人走过常家的土墩子，于青桦左右打量，两块菜地里尽是枯死的蔬菜，显然平时无人浇灌。她和庄主席相视摇了摇头。

三人进屋，酒瓶满地。常路端凳子给于、庄二人坐下，倒了水来，继续收拾着一地的空瓶子。

庄主席只好忽略那些很难忽略的酒瓶，向于青桦笑道："这孩子动手能力强，你看像个小主人了。"于青桦点头，帮常路一块收拾："跟他爸爸两反。"庄主席是干部，说话含蓄，不轻易流露好恶，不料于青桦一下子把她们共同的心声漏了出来，不禁一笑。

常家像普通农家一样，砖瓦房，左中右三间，打扫得很干净，只是家徒四壁，破败潦倒。很干净，多半缘于常路；很潦倒，只能"归功"于他父亲常志坚了。

酒瓶收完，常路站在旁边，不出声，事实上也不知道说什么好。于青桦擦擦手坐下说："天天都是你一个人打扫卫生吗？"常路点头，平平静静的，好像原该如此。于青桦拉过他的手来看，有老茧，有蜕皮。她抚摸着那双远不像其他小孩般白嫩的手，转头向庄主席说："他爸爸倒真舍得！"庄主席叹了口气。

于青桦问常路："你爸爸呢？"常路答道："买酒了，马上回来。"于青桦小声说了句："醉生梦死。"想了想，掏出一百块钱给常路，"阿姨收到你的信了，常路在照片上真神气！"常路天真地喜悦："真的啊？"于青桦笑道："当然了。刘丽阿姨也夸你呢。"常路笑了。

于青桦说："阿姨既然当了你的社会妈妈，就会帮你到底。这钱是阿姨给你买东西吃的，别让你爸知道。"常路忙摇头。于青桦嗔怪："拿着，不然阿姨生气了。"庄主席在旁说："拿着吧，听话。"常路还是站在原地，脸上表情有些犹疑。于青桦把钱塞进他手里，叫他两节课后到小卖部买个酥饼，买个包子；到夏天了，买瓶汽水，买根冷饮："大考前要是上晚自习，你就抓空儿出去买碗馄饨——馄饨摊总找得到吧？学校旁边有'沙县小吃'没有？喝一碗排骨汤，或者老鸭粉丝汤。"

常路松松地捏着钱，望着于青桦，目光渐渐亲近、柔和起来。

一只手"嚓"的一声把一百元钱夹手夺了过去。于青桦吓了一跳，脱口而出道："你是谁？"见他满眼血丝，摇摇晃晃，猛地省悟，向庄主席道："他就是……"庄主席说："他是常路的爸爸常志坚。"连她这样较少流露情绪的人，也掩不住对常志坚的不满。

常志坚笑道："庄主席你又来啦？"庄主席不失礼貌，微带调侃："听起来好像不受欢迎。"常志坚忙笑嘿嘿地道："谁说的……"转头想起还有一个人，望向于青桦。半醉半醒的人，目光最是莫测。于青桦简直看不出他此刻对自己是友善还是抵触，还是只对钱和礼物感兴趣。

她有些勉强地说："你好。"常志坚一笑，满嘴酒气：

"你就是于老师吧，谢谢你了。这钱我帮常路收着。"于青桦站起身来说："不用了，钱是给孩子的，让他自己拿着就行了。"常志坚头摇成了拨浪鼓："瞎说，小孩子懂什么？还是我帮他收着最稳当。"于青桦直言不讳："就是在你这儿才不稳当。"常志坚说："这……钱不都得大人收起来吗？再说他是我儿子，有啥区别？"于青桦干脆单刀直入："到他那里，是补充营养，好好学习；到你这里，是让你喝得更醉，更不着家。"

常志坚没见过首次见面就这么凌厉的客人，尴尬地嗫嚅："这话说得，真是……真是……"

于青桦说："常先生，请你把钱给我。"说着伸出手去。常志坚退后，于青桦的手仍然在那里伸着。常志坚怒道："你还管得真宽哪！管起我的家事来了！我要你大老远的跑上门来教训我？你还真以为你是常路的妈？别说你是个假妈，就算是他的亲妈，我也不怕！女人没一个好东西！"

庄主席受了池鱼之殃，然而跟醉鬼有什么道理好讲？她正要劝，于青桦已然亢声说："我不跟你讲理，因为你根本就不是个讲理的人。你把钱给我，我现在收回，不给了。常路缺什么，我自己买了从城里寄给他！"

常志坚抵死不肯。二人拉扯。庄主席面沉如水，叫常志坚立刻把钱还回去。常志坚酒意上涌，坚决不还。庄主席才说了句："老常你别太过分！"还没来得及出手分开二人，于青桦已被常志坚失手推倒。

常路忍无可忍，陡然叫了一声："爸!!"

常志坚被叫得一激灵，看看躺在地上的于青桦，有些清醒了。常路一声不响，扶起于青桦。

于青桦怕吓着常路，连说："阿姨没事，阿姨没事，不怕，"扫了眼常志坚又说："你爸爸不是故意的。"常路看于青桦在这当口仍只顾安慰自己，心中暖暖的，软软的，代他父亲道歉说："阿姨，对不起！"

他有时叫"于阿姨"，偶尔才叫"阿姨"，于青桦很知道这一声"阿姨"的分量，气消了大半。她摸摸他的头，转向常志坚，倔强地伸手说："钱！"

常志坚心虚气短，把一百块往她身上一摔，色厉内荏地说："拿去！不稀罕！"常路领着于青桦和庄主席出门说："我们先走吧，爸爸醉了，过一会儿就好了。"于青桦没好气地说："我看他思路挺清晰的。"庄主席一笑，想这位于老师真有个性，是个外柔内刚的性子，此前交道打得少，还真没看出来。

走了一小段路，于青桦不放心地回头看看，问常路说："他不会打你吧？"常路如实相告："爸从来不打我，只会摔东西。"于青桦拍着身上的土，嘀咕了句："你们家空空的，还有什么东西好摔。"

常路笑了，于青桦好气又好笑。二人互相笑着，伴着常志坚远远的骂骂咧咧声。

庄主席在旁笑望着他们。

送走了于青桦、庄主席，当晚常路破例不跟父亲说一句话。他摆上碗筷，闷闷地管自扒饭。常志坚诧异地问："怎么啦？"又悟过来说，"哦，你是气我白天推那女人？我又不是有意的。"常路仍不理他，瓷碗被筷子点出一片声响。这无声的抗议令常志坚恼火："你现在胳膊肘儿朝外拐了是不是？"

常路答非所问："爸爸，你不喝酒了好不好？"常志坚这回接得飞快："好，你把你妈找回来，叫那场大火不要烧，叫咱们家回到你没上学那时候，你老子我保证一滴酒不喝！"

常路问道："妈妈要是永远不回来呢？"常志坚不意儿子

有此一问，捧着酒瓶，呆呆不语。常路小小地叹一口气说："我吃好了。"他刚想出门，常志坚回过神来说："你干吗去？天都黑了。"常路小大人似地说："我到邻居家给于阿姨打个电话。"常志坚怒道："不准去！她是你哪门子的阿姨？"常路小脸上写满坚持："我去再给她道个歉。"常志坚愈怒："你白天说过对不起了，这会儿又上赶着去？我哪边错了？我生的儿子，要她插一杠子？她不来，我们爷儿俩还少生一口气！"

常路小声说了句："反正我要去。"常志坚酒没全醒，身手不灵活，一个没拦住，竟给小常路冲了出去。他怒冲冲地看着常路的背影想："小东西，从来不顶嘴的。现在有后台翅膀硬了！"

想到"后台"，他回头把桌上的碗碟一扫而光，哗啦啦大响。他一跤坐倒，后背猛地磕到了小柜子。柜门震松了，漏出许多封信和精美的卡片。常志坚眯起眼睛一封封、一张张看，念着落款："于青桦、于青桦、于青桦！"他这时在生气和丢面子之外，突然间起了极大的恐慌："你还真不把自己当外人哪！你把我们常路的心都勾你那儿去啦！"

敞开的门外，是漆黑的夜色。天地间似空旷又似郁塞。他胸口燃烧的已经不是酒精："再这么下去，儿子还是我的吗？不行，我找姓于的去！"

五

常志坚名叫志坚，实则近年来难得有立场坚定的时候。这一次，他却说到做到，一路打听，赶到了学校门外。不成想，看校门的大爷尽职尽责，头脑灵活，老而不糟，把关把得风雨不透。

常志坚赔着笑恳求："我家在乡下，很远的，来一趟不容易……"大爷诚恳地说："我吃碗饭也不容易，回头校长跟田主任怪下来，你请我工作？"常志坚笑求："我来是有要紧事的，你看我也不像坏人是吧？"他不说还好，一说大爷更注意到他酒气满脸，颊上红通通的，怎么看怎么不像善类。任他软磨硬泡，大爷岿然不动，说："不是教职员工不是学生家长，天王老子也不能进；上课期间，连学生家长也不能进。"说到后来，常志坚失去了耐心，发起飙来，大爷笑道："你要跟我比嗓门，你还差点道行。再者说了，我这把年纪了还怕人打吗？你要不动动手，我剩下的小半辈子靠你养了。"直说得常志坚毫无办法。

校门口吵吵嚷嚷，校园内于青桦和刘丽都没注意，拿着讲义，走到双人木椅上并排坐下。

刘丽说："你这个人我可了解了，要么不投入感情，要投入了就是全身心。常路有你这样的社会妈妈，是他的福气。"于青桦说："孩子自己也懂事。家里虽然破，却收拾得窗明几净；学习也不含糊，年年都是前三名。我跟他说，要是这个季度各科测验的总分全班第一，我就接他来我家玩半天。"刘丽刚想说话，校门口吵声越来越响。于青桦沉浸在自己的讲述中不曾留意，刘丽朝那边看了看，颇感奇怪，想看门的大爷雄辩滔滔，头等刁钻，今天是谁，竟然能跟他老人家棋逢对手？

于青桦顾自继续说下去："其实他就是考不到第一名，我也会带他来玩。不过当老师的职业病，心里再疼学生，话还是说得一板一眼，讲条件讲得掷地有声。"说着微笑。刘丽这才笑道："老吴能同意吗？"于青桦说："从这段时间他的态度来看，他就算心里不同意，小客人真上了门，吃一顿饭，总是可以的。倒是我婆婆……"刘丽快人快语地道：

"我正想说呢。不是我们做晚辈的说句刻薄话：我真没见过一个老太像她那么难缠的。余光形容过：她眼睛是雷达，嘴是机关枪，手脚是导弹，武装得从头到脚，一来就是一副摧枯拉朽的架式。"

于青桦笑着打断："别贫嘴了，我婆婆外面凶，里头善，我跟她一桌子吃了二十年的菜，我还不知道她？"刘丽笑道："我是为你抱不平。"于青桦带笑到止："她是我婆婆，也是你阿姨，从前你上我们家，她对你不比对我这个儿媳妇差，你忘啦？"刘丽笑道："我就佩服你这个胸怀，永远不记仇。"于青桦说："她和永康一样需要时间来调整。五一节一般她会跟她的老姐妹们活动一天，中午不回家。常路吃顿午饭应该不会被她发现。"

便在此时，她认出了常志坚。

常志坚拗不过大爷，假意离开，等两三个老师进门时掩在人家身侧偷偷穿过了防线。他歪歪斜斜走着，引来阵阵关注。有不少学生嘻嘻哈哈跟在他身后瞧热闹。于青桦直觉不妙。

刘丽见了她神色，也往那边看去。于青桦说："是常路的醉鬼爸爸。"刘丽心念一转说："是来闹事的？可是为什么？"于青桦说："是个混人，他的逻辑你哪里猜得到？"

说话间，常志坚已到了面前，歪着头看于青桦，说道："我到办公室问了一圈，都说你不在，原来跑这儿谈天来了。你很闲啊？"刘丽不等于青桦开口先斥责道："你查户口的啊？"

田主任、余光等也纷纷跑了来。刘丽低声对于青桦说："该死，连田主任都给吸引过来了。"

余光向田主任悄声说："这一看就是不怀好意。"田主任说："那当然没什么好意，要不然你以为他会坐一个小时的车跑来送锦旗？大天白日闹这出，丢人丢大了！"

刘丽问于青桦要不要避避，自己为她挡着。于青桦笑笑说："别冲动，我以后跟他有得打交道的，天下事抬不过一个理字，我自己处理。"刘丽心思灵动，一面答应一面到旁边打手机。

这边常志坚已冲到于青桦面前，手指尖几乎戳到她鼻子上，回头向众人："就是她！就是她！"于青桦不退不让，不躲不闪，也不说话。常志坚叫喊："就是她天天装好人，弄得我儿子把亲生老子当仇人！我今天就是来报仇的！"田主任上前几步说："于老师，你带这个人进办公室谈，我也参加。小刘带其他人走。"

刘丽这时已匆匆挂了机，忙答应一声，绕过常志坚，维持秩序，疏散众人，一眼发现了余光，狠狠挖了他一眼说："就知道这种场合少不了你！有这么好看吗？无不无聊？"她明显借题发挥，借着说余光而说所有的"观众"。众人均有些讪讪地，就也准备散去。

不料常志坚忽然大叫："不要走！没什么见不得人的！大家给我作见证！老百姓被你们当老师的弄得没路走了！连儿子也保不住了！"

于青桦便问："常路怎么了？"

常志坚愤怒地说："怎么了？他看见我就躲，提到你就笑，没事就鬼鬼祟祟地给你写什么破信！家里半柜子都是你的卡片。我跑到他学校一问，原来你这个什么'社会妈妈'今天参考书明天豆奶粉，隔三岔五就寄东西来！你想干什么呀？"

余光帮了句腔："这是好事嘛！"常志坚骂道："好个屁！谁请你们来了？我们家过得好好的……"于青桦抓住这句话反问："过得好好的？真的过得很好？"常志坚一愣，恼羞成怒说："过到破窑里、睡大街钻桥洞也跟你没关系！"

围观的老师、同学、花匠等议论纷纷。

于青桦愤然道："你这话就是对孩子不负责！"话一出口，忙压一压火气规劝，"你是常路的爸爸，他心里怎么可能跟你不亲？为什么他现在跟我这个外人亲？别以为孩子傻，以为他什么都不懂，三年级了，有判断力了。你与其在这儿妒忌吃醋，不如对常路好点，担起爸爸的责任来。"

常志坚双手直挥，显然来之前喝了不少壮胆："不用你训我！我怎么当爹我自己晓得！"田主任再老成持重也看不下去了，说："常先生你讲点理啊！"常志坚索性躺到地上哭天喊地撒起泼来。

于青桦见他耍无赖，周边又这么多人，又生气又窘迫。常志坚哭道："拆散我们父子啊！女人没一个好东西啊！"

刘丽年轻气盛，抢上前指着他说："你嘴巴放干净点儿，这儿一半都是女同志！学校又不是没有保安，领导不叫来是给你面子，你倚疯作邪借酒盖脸，你还挺得意的是不是？田主任，跟您申请，我去叫保安来拉他走！"

于青桦暗赞一声"聪明"，想自己身在局中，思绪纷乱，一时竟然计不及此。

常志坚听了刘丽的话，果然有些紧张，哭声弱了些。田主任猛然想起："刚才是谁放他进来的？"那大爷这时才气喘吁吁赶了过来，苦着脸申辩："我不放他，他自己偷溜进来的！这个滑贼！"

刘丽想笑又忍住，一转身见到庄主席，忙挥手迎上。原来刚才她打手机就是向庄主席求援。

庄主席急急走近，拦在于青桦与常志坚之间，喝令常志坚先起来。常志坚像许多人一样对国家干部有种本能的敬畏，见她来了，便不似先前那等撒野，从地上爬起来，兀自絮絮不休。

于青桦歉然道："不好意思，还惊动了您。"庄主席拍拍她，转头向常志坚说："你怎么跑到学校来闹事？人家为了你儿子贴钱耗精力，图什么？孩子培养出来姓常又不姓于。做人怎么能恩将仇报？影响多坏你知道吗？"

田主任责怪地瞄了一眼于青桦，话里有话地说："影响的确很坏。"于青桦欲言又止。刘丽半怨半嗔："领导，你怎么这么说话？"田主任想起眼下还是同仇敌忾的时候，只好暂且噤声。于青桦怪刘丽说："你也是的，庄主席这么忙，又请了她来。"刘丽笑道："这不想快刀斩乱麻吗？"庄主席对于青桦说："她不说我就蒙在鼓里了。"一回身发现常志坚竟已人影不见，奇道："人呢？"刘丽笑道："看您亲自出马，又怕保安赶来，脚底抹油三十六计了。"

余光笑道："好家伙，欺软怕硬，神出鬼没。"于青桦淡然道："我不是'软'，只是不想闹得太僵，以后更不方便和孩子联系。"刘丽点头，故意大声向那些"吃瓜群众"喊话："散了散了啊，欲知后事如何，明天请早。"内中有个陌生男人却不是学校的老师和杂工，之前大概刻意低调，她一直没发觉。她刚想查问他的身份，那人在人丛中一混，早不见了人影。

余人四散，田主任问起庄主席是哪个单位的领导，于青桦为他们互相介绍了。田主任忙与庄主席握手，言不由衷地说："感谢您的关心。"庄主席笑笑说："都是我们给学校添了麻烦。说开了，你就知道不是于老师的错。"便把前因后果复述了一遍。田主任难以释怀又不好明说。

从此以后，于青桦成了全校的焦点。那天就算没有目睹现场、躬逢其盛的，也都有所耳闻，见到于青桦，少不得要行一番注目礼。其中少数人对于青桦的教学业绩羡慕加嫉妒的，更有发挥的动力，时不时在她身后窃窃私语。

有似乎同情的："可怜，还强撑着。"有较为直白的："这就叫吃力不讨好啊！"有特别爱惜学生的："班上到现在还有同学议论上回的事呢！"

流言汇成了河，于青桦在其中深一脚浅一脚穿行着，内心翻江倒海，脸上波澜不惊，有一次她甚至苦中作乐地想到她这处境，稍微有些像张曼玉主演的电影《阮玲玉》。她该不该回过头递去一个鄙夷的冷眼呢？可至少她不会以死明志。在人前，她的步子只会走得更稳，腰只会挺得更直！

六

于青桦的处境，余光全看在眼里。他前一阵才打定了明哲保身的主意，这么快就又开始动摇了。给光顾的学生开了两瓶汽水，又给老师卖掉了一份《京江晚报》后，他决定给吴永康打个电话。在他，这不叫出尔反尔，纯粹是不得已的情形下顺理成章的变通。

他眼见顾客们走远了，靠在小躺椅上拨了号："老吴啊，我思想斗争很久了。不跟你汇报汇报我是睡不着觉了。"他语言表达能力不错，不仅巨细无遗，而且颇为生动，看似客观中立，其实又会巧妙地放大一下常志坚和众老师的无理，渲染一下于青桦的孤立。他一边说一边惊觉自己的倾向性，也不知从哪一刻起，他都没意识到，他感情上发生了偏移，他感觉现在的他倒是同刘丽的立场越来越接近了。

挂了电话，他看看身周，吃的喝的，小玩意儿，报纸杂志，一个水瓶，一个水杯，面前一块木板向前伸出，放着公用电话和一叠电话卡，自成一个安稳的小世界。外面风风雨雨，他有他养家糊口自给自足的一方私人小天地。他无端地有点感慨起来了，感到平淡的幸福，又有一点鼻酸。他希望人人都有这种珍贵的平淡。

吴永康接过余光的电话，愕然良久。他没想到，于青桦做点好事会遇上这么大的挫折。他对她的举动有所保留是一回事，外面的人为难她又是另一回事。

这次夫妻俩的谈话不在客厅，他把她叫进了书房。变换的不仅是环境，还有聊天的气氛。于青桦不知他心境的微妙变化，在对面椅子上捏着鼻梁说："永康，我累了，待会儿再说行不行？"吴永康说："待会儿……妈就回来了。我想单独跟你谈谈，心平气和地。"于青桦很是意外，忙说："好。可能咱们早该这么安安静静地说会儿话。"吴永康说："我知道，小恒的事是意外，我和妈怪到你身上，不是很理性。"于青桦望着他，眼中有期待。吴永康续道："有些事，需要时间来冲淡，也需要时间来思考。前天你又做恶梦了，是不是？"于青桦一呆。她瞬间想到了那个梦：雨夜，斜飞的雨线，凌乱的车头灯光，模糊的变了形的汽车，扭曲的马路。普通的环境却蕴含着无限诡异和杀机。一辆车"嗮"的一声直欺过来，快得像光，膨胀得像小山，"灭顶"般地直冲到面前。

吴永康说："你惊叫了一声，叫得很吓人，很伤痛，我和妈都听见了。"于青桦沙哑着嗓子说："我最近有时候有梦，有时候没有，但都睡得不好。"吴永康"嗯"了一声说："你吓醒的第二天早上，妈跟我说，青桦也苦够了，就有多少债也该还完了。"于青桦不觉流下泪来。

吴永康说："我知道你还不能完全走出阴影，也知道常路能给你安慰，更知道你在做一件有意义的事。可是这不代表我们能接受另一个孩子成为我们的家庭成员——哪怕是名义上的。你懂吗？"他看看桌上的功夫熊猫，眼眶也湿润了。

于青桦拭泪说道："谢谢你跟我说这番话。我也不瞒你，其实我最近跟常路一直有联系，还去过他家。他爸爸到学校来闹过。"吴永康说："你对常路付出的不少了，除了物质上的，还有精神上的。他爸爸以怨报德，你们学校的老师也不理解你，听说教导主任也有意见。你还这么执着下去，值得吗？"于青桦顿了顿说："有句话说得好，一件事要问值不值得才去做，那这件事根本就不值得做！"

吴永康心头一震，耸然动容，随即失笑："好重的句子！我本来是要说服你的，现在倒有点被你说服了。"于青桦温柔地笑着，仍含着泪："是我不好，我要是早就这样跟你平和沟通，我们就不会走那么多弯路。对了，永康，我给你看样东西。"掏出钱包，拿出照片，指着常路问，"像不像？"吴永康伸头一看笑了，眼泪一滴滴滴在照片上，忙小心拂去，抬眼向妻子说："是有点像哎！"

于青桦说："平时他爸爸只顾喝酒，家里是他在打理，考试还能得第一。"吴永康只顾贪婪地看照片。于青桦又说："我想，五一节能不能接小家伙来吃顿饭，就一顿午饭。妈也不会在家。常路也不会多待。你看，可以吗？"吴永康顿了一下才说："好吧。"

于青桦大喜，连着几日大事小情紧锣密鼓地张罗。到了五一这一天，她接了常路来家，让他和吴永康见了面，拿出一堆好吃的和两本厚厚的带插图的童话书给他看。

常路吃着零食，在餐桌上翻童话书。阳光从窗口照进来。于青桦从厨房里端了两盘菜出来，又进去。炒菜声隐隐传来。家里有一种久已不见的生机。

吴永康在沙发上看报纸，有时会借着看报纸的掩护打量常路。常路显然已被童话的情节所吸引，看得聚精会神。

吴永康问他："好看吗？"常路顺口说："好看！"又忙

抬头,改口说:"好看,谢谢吴叔叔。"吴永康说:"这些书还是我儿子以前看的。他比你大几岁。"常路"哦"了声问:"那小哥哥呢?"

吴永康的视线落在平常放功夫熊猫的地方,今天,那里暂时被一束鲜花取代:"到很远的地方去了。"常路天真地问:"什么时候回来?"吴永康说:"……要过很久我和你于阿姨才能再见到他。"他转移话题说:"对了,这些童话书你从来没看过吗?我的孩子后来都看《哈利·波特》了。"常路老老实实答复:"我听说过《哈利·波特》,没看过。这些书……"他翻翻手上的书:"也没看过。今天第一次看。"

吴永康诧异,在他的认知里,常路这个年纪,连像样的童话也没接触过,是不可思议的事:"《格林童话》也没看过?《安徒生童话》呢?《豪夫童话》?"常路一直摇头,摇得都不好意思了。幸而吴永康接下来问道:"郑渊洁童话呢?"这次常路点头了:"看过中央台的动画片《皮皮鲁和鲁西西》。"

吴永康听他那意思,书没读过,改编的动画看过,便问:"你知道那是郑渊洁写的?"常路不那么拘谨,笑了:"开头的字幕表上有'原著:郑渊洁'。原著就代表是他写的。"吴永康笑笑:"你知道字幕表和原著?"常路点头。吴永康说:"听你阿姨讲,你家里没电视。"常路又点头说:"我有时候在邻居家看。"吴永康说:"以后你回答别人的问题,不要老是摇头、点头,能说的尽量说。"常路刚想点头,忙停住说:"懂了。"

于青桦端着菜出来,吴永康主动向她说道:"常路其实蛮聪明。"于青桦意料之外的欣喜:"是啊,他很灵。我开电视给他看看吧?这会儿可能有少儿节目。"吴永康说:"开就是了。怎么才想起来?"于青桦说:"你在看报纸,怕你烦。"说着拿了遥控器来打开电视。

　　常路走到沙发边坐下，与吴永康隔着一点距离。于青桦对常路吩咐："看一会儿就吃饭了。"常路乖巧地说："哦!"

　　青菜烧牛肉、拔丝地瓜、橙香鸡块、清蒸鱼……一道道菜肴满满当当摆了一桌子，外加一大碗西红柿蛋花榨菜肉丝汤，汤上漂着细碎的小葱。常路吃得很香，吃急了，噎着了，干打嗝。于青桦倒了温水来，一边埋怨他吃得快，一边让他赶紧喝了。常路"咕嘟咕嘟"灌了大半杯，发出"啊"的一声出气声，随手摸摸鼻尖。

　　吴永康吃了一惊说："这习惯……"于青桦接口："跟小恒一样。"常路忽闪着灵动的大眼睛问："小恒是谁呀?"于青桦刚要说话，吴永康打断她，温言说道："吃饭吧，菜要凉了。"

　　见常路埋头扒饭，吴永康对于青桦小声说："也像也不像，这孩子话少。"于青桦笑了："认生。"吴永康却下了个正面的考语："是个淳朴孩子。"于青桦笑说："他今天第一次见你就肯说话，算大方的了。你比我的待遇好多了。"吴永康笑了笑。

　　常路一边吃，一边还瞄几眼电视，有一瞬，还随着电视里的剧情发笑。

　　于青桦温柔地看着他。吴永康看看常路，看看妻子，只是微笑。

　　常路忽道："阿姨，吴叔叔会吹笛子吗? 我看见书房里有。"他明明想问吴永康，但口气是朝于青桦。于青桦笑道："会吹，不过你叔叔好久没吹过了。"常路黑白分明的眸子一动，不确定地问："我想听笛子，行吗?"

　　内向的人偶然不内向一下，总叫人难以拒绝。吴永康略一犹豫便应了，拿来笛子细细地吹着。笛韵悠扬，像一条看不见的透明的丝，渐升渐高，忽曲忽直，一缕缕地从心上轻轻掠过，每一次轻掠都成了拨动，有种几乎是惬意的悲哀。

常路静静听着，不言语。一曲既终，于青桦问他："好听吗？"常路说："好听！但是我听学校里的音乐老师吹笛子，吹得很快，很好玩，还学小鸟叫。吴叔叔吹得慢，听了想哭。"

吴永康怔住了。于青桦看着吴永康说："他能听出你的心声呢！往后你还是……振作些，笛子里多些春天的气象。"

急促的敲门声打破了室内的美好。于青桦开门见是清洁工陈萍，打招呼说："你好！"陈萍喘着粗气说："好什么好？你们家老太杀回来了！"于、吴两人吃了一惊。常路浑然不觉。

陈萍道："我叫物业在那儿绊着她呢，估计拖不住多久，她……"一回头，"来了。"撒腿跑了。

吴老太奇怪："她干吗？见到我跟见了鬼似的。"甫一进门，见多了个陌生孩子，便有预感，转头问于青桦："这孩子哪家的？"吴永康想着撒个谎，先过了这关再说，谁知于青桦坦然说道："他就是常路。"

吴老太怒道："是你养在外面的干儿子？我说呢，早上一句三催，紧着打发我出门。我前脚走了，你后脚把他接进门。要不是我偏头疼犯了，提前回家，你就神不知鬼不觉了！"

常路被惊动了，站起来，讷讷地说："奶奶好。"

吴老太厉声说："谁是你奶奶？"一回头没看见功夫熊猫，更加勃然大怒，"小恒的熊猫呢？哦，换了鲜花啦？亲儿子被干儿子拱走啦！小恒去了才几个月啊？你就这么心急火燎地找个代替的？把熊猫拿出来，拿出来！"

于青桦说："我是暂时收起来，怕常路多问，或者碰坏了、碰脏了就不好了。他在这儿只吃一顿饭，晚上我就把玩具放回去。"

吴老太不理她，却朝吴永康说："你也糊涂了？什么叫暂时？那柜子上供的是谁？是你的儿子，我们吴家的孙子!"气到极处，流泪说："现在背着我弄个人来，还让小恒给他腾地方，是不是想气死我?!"

常路惊惧。于青桦下意识地把他揽进怀里。吴老太见了愈怒："你放开他! 他是你什么人?" 于青桦倔强地沉默着，依然搂着常路。

吴永康说："妈，你别生气，我这就送他回去，把小恒的玩具还原。事先没跟你说是我们不对，当时怕的就是像现在这样。"他轻推于青桦和常路出门。走到近处，常路战战兢兢地抬头看了吴老太一眼又垂下脸去。只这一眼，吴老太如遭电击。她看清了常路的面容。那是一张与吴恒有六七分相似的脸。哪怕明知纯属巧合，哪怕对他怀有怨恨，一接触到这张脸，和孩子特有的纯真与稚弱，她的怒火也刹时消退了不少，取而代之的是另一种深入骨髓的痛楚。她任由于青桦领着那孩子出门，对着他们的背影硬声加了一句："以后不许跟这个假孙子来往!"

吴永康神情复杂地看着常路走出，把吴恒的玩具拿出来重新摆好，正踟蹰着鲜花放到哪里，吴老太一把夺过，摔进墨绿色塑料垃圾桶里。

吴永康看于青桦不在场了才说："妈，其实你有想法可以等常路走了再说，毕竟是个从小没了母亲的孩子，会吓着他。"妻子不在，批评母亲，那批评只要在情在理，就比较容易下咽。

吴老太气犹未平，一屁股坐下说："是啊，怕吓着他，所以把小恒的东西收起来了。他的胆子特别小，他的命特别金贵。我本来念着青桦心里还有小恒，白天发呆晚上恶梦，我都心软了，准备原谅她了。现在倒好，不仅没听劝，还变本加厉带回家来了。你也就由她去！"

吴永康叹了口气说："这里只有我们母子俩，我就说句实话，我觉得今天搞成这样子，你也有点过了。"他拿着笛子回房，委婉表达着他的失望甚至失落。吴老太心中只想："不知道使了什么妖法，从丈夫到清洁工，家里家外全跟你一条心！"

她望了眼桌上，残余饭菜毕竟舍不得扔，一一放进冰箱。

这些菜，常路未能尽享，于青桦生怕他吃不饱，送常路上车前，往他怀里塞了两个面包，问他有没有吓着。常路目光亮晶晶的，竟然笑了："现在不怕了。"于青桦轻轻抱了一下常路。常路双手僵僵地，不习惯这样的亲昵，过了一会，才轻轻碰了碰于青桦的腰。

常路上了车，同于青桦互相挥手。

手机响，于青桦一接，是吴永康："放心，跟司机反复叮嘱过了。"他也牵挂着常路的反应，得知常路情绪稳定才安了心。

车发动了，慢慢开动。于青桦打手势，常路拉开窗玻璃问："啊？"于青桦高声告诉："吴叔叔说你是个好孩子！"常路笑着拖长声音说："哦——"

二人车上车下对视。阳光随着车身的移动划过一道漂亮的光影。

七

夜深人静，于青桦拧开台灯，取出郑重收藏的小银钥匙，不死心地试了几个盒子、小箱子。有的是钥匙与锁型号不对，插不进去；有一把锁，勉强能容钥匙插进去，可是左右转动半分也难。于青桦好生失望。

她把钥匙放在手里，心想："小恒，如果你觉得妈妈做得对，你就给妈妈一点安慰，让妈早一天看到你留给我的东西。"

这把钥匙没打开盒子、箱子的锁，却打开了吴永康的心门。时隔数月，他从书房搬回了卧室。于青桦下班见到床上熟悉的位置多了一床熟悉的被子，悲喜交加，顾及丈夫的面子，一句没有多问，仿佛中间那一段插曲完全没有发生。吴永康亦然，竭力想显得平静和自然。吴老太望见了，虽免不了几句讥讽，也没有当真反对，好像讽刺两句只是方便对自己有个交待。她一心提防的是"替补孙子"步步逼进，儿子儿媳言归于好，她毋宁说是乐见其成的。

吴永康把这些天的峰回路转都跟余光说了。余光笑道："早看出来了，最近状态好得多啦，经常能跟我下和棋，不像前一阵，次次被我杀得落花流水。"吴永康笑笑说："最近经历了一些事，对青桦所做的事有了点新的认识。何况始终是两夫妻，该和棋不和棋，只会变成僵局。"余光头点得像鸡啄米，表示他赞得发自肺腑。吴永康又叮嘱余光不要再帮他做"间谍"了。余光如释重负说："你就算要我继续做，我也得跟你辞职。我这个人心太软，不是干这行的材料。"

余光一转变，刘丽对他也跟着变了。到后来，二人经常互通有无，一起给田主任洗脑，一起帮于青桦打掩护，一起约了小区那清洁工陈萍要组成个支持于青桦的铁三角。再发展下去，简直成了铁杆联盟，稀罕得田主任直推眼镜，引了《红楼梦》贾宝玉问林黛玉的话问刘丽"是几时孟光接了梁鸿案"。

这天余光就神神秘秘地在他的杂货铺里跟刘丽提供新情报，说最近老有个年轻人有事没事往这儿跑，疑似是上次常志坚来闹事时混在人堆子里的那小子。两人正在叽叽咕咕分析着，余光眼尖，急指着那边说："看，看，就是他!"刘丽仔细一瞧，果然有个小伙子，尾随着田主任。

余光出来锁上门，和刘丽一阵小跑，直到那人后面不远，余光才一把把他拽住。那人和田主任同时大惊，同时问："你是谁?"那人问的是余光，田主任问的却是那个跟踪者。

刘丽劈头问他是不是娱记。那人顶嘴说："别以为记者都是扯八卦新闻的好不好?"他个子高高的，宽肩窄腰，健康的小麦色的皮肤，是个很帅气的青年。

刘丽向田主任说："这个人曾经偷偷摸摸到我们学校拍常路爸爸和于老师吵架，肯定不是好人。"那人道："什么偷偷摸摸?那叫原生态。我要是长枪短炮对着你，你表现能自然吗?"余光质问："那你今天跟着田主任干吗?"那人气道："什么跟着啊?我本来就是要正大光明采访的，一时没赶得上你们这位健步如飞的领导。再者说了，我要是来历不明或者什么小报娱记，你们看门的大爷那么神勇，能放我进来吗?"

这番话不能说毫无道理，余光先有些动摇。田主任向他认了几认，疑疑惑惑地说："我看你是挺眼熟的。哦，你是报社的那个……小赵?"那青年说："我叫赵岚，您在报社因为学校别的事情接受过我们主任采访，那时我才进报社，还在实习。"田主任恍然："对，对!"

他这一确认，刘丽和余光立时尴尬无比。赵岚亮出他的记者证，余光的脸红得只欲滴血。刘丽心想，中年大男人脸皮子薄到如此也是罕见。她下不来台，便嘴硬说："田主任你再看看，别认错了人。至于记者证，这如今造假证的多了，一个证件一番说辞咱可不能就当真啊。"赵岚翻了个帅气的白眼说："妹妹，你这么强词夺理就没意思了。"

田主任对余光倒不怎么，刘丽是自己属下，纵然理亏，不能不维护一番，因笑道："小刘老师呢是谨慎，也是当老师的职业习惯，老师不谨慎，受害的不仅是自己，还可能带累了学生。赵记者你多理解。"余光暗赞老田是个老滑头。

听了这几句一本正经的胡说，赵岚也不好再咄咄逼人，只得就坡下驴笑道："说得是。打开天窗说亮话，我想做一期关于社会妈妈的综合报道，有关于于老师的，有关于你们的。上次本来是来采访老师的，结果碰到了吵架。我拍下那个酒后闹事的人，就是想让大家了解，像于老师这样顶着压力坚持付出，有多不容易。今天是想采访田主任和其他有关人等，包括支持的、旁观的和拖后腿的。"

刘丽一听，他没说"反对的"，而用了"拖后腿的"这个严重偏向于青桦的词，虽则不尽符合记者报道所需的客观，对他的印象却顿然好转，看了一眼他的记者证，"赵岚"二字是庄重的宋体。刘丽这就想起来了，刚才只听田主任说起这个名字，还没联系起来，这一下电光石火，她是真的激活了记忆："我和于老师第一次在报纸上看到常路的照片，那篇号召大家当社会妈妈的报道就是你写的!"

不"打"不相识，刘丽当下很积极地接受了他的采访，买一送一，让余光也过来畅所欲言。手机号交换了，QQ 也加了，在送他出校的路上，赵岚不无欣赏地笑道："刘老师，你是表面不饶人，其实特别善良。"刘丽"哧"地一笑说："赵记者，你是表面很单纯，其实眼睛特别毒。"这个恭维颇为烧脑，赵岚不由得搔了搔头。

刘丽介绍于青桦和赵岚认识，使得赵岚有机会正面和于青桦有了深度接触。自此，赵岚关于社会妈妈的报道便时见报端，正面的反馈远多于杂音。社会上的支持反过来又坚定了于青桦和吴永康关爱常路的决心。

这天于青桦约了吴永康下乡，一前一后走到常家门外的场地上。于青桦手上还拿着袋子，吴永康则捧着纸箱。

常路事先得到消息，已眼巴巴等了半日，这时忙迎出来喊："阿姨，吴叔叔！"于青桦笑着还没出声，吴永康先说出了他从"吃饭风波"后就一直想说的话："小常路，上次吴奶奶不大和气。你是好孩子，一定没生气，对不对？"这个诱导性的提问，换来常路笑着摇头，露出一口整齐的牙齿："有时候老师批评我，我第二天就不难受了。"短短的童稚的话里有不易觉察的对成人的体谅。吴永康更惭愧了："你吴奶奶……平时很和蔼的。"常路立刻宽厚地说："那吴奶奶还生你和于阿姨的气吗？"他担心的只是旁人。吴永康更感到常路是一块璞玉浑金。

于青桦接口说："奶奶没事了。你爸爸呢？"此行最大的阻力仍是那个喜怒不能自控的常志坚。这也是她力劝丈夫同来的原因。万一有个什么冲突，他们这边有两个人，总不致吃亏。好事要做，安全也要顾及。

常路手一指说："他在东屋里睡觉。于阿姨，你们拿的什么？"于青桦说："你把爸爸叫起来，就说我们有重要的事跟他商议。"

常路正要走，吴永康手上的纸箱突然震了一下，传出一阵细细的"叽叽"声。常路瞪大了眼睛，好奇地看着。吴永康被他的稚气与专注所感染，温颜微笑："待会儿我们变个魔术给你看。"常路拍手而笑："好啊，我喜欢看魔术！"于青桦笑说："从来没见我们常路这么活泼。"

常路才转过身，又转回来："万一爸爸又跟阿姨吵架怎么办？"随即自我安慰，"有吴叔叔在，不怕。"说得于、吴二人皆笑。

常志坚被常路拉了出来，望见于青桦，立刻拉下脸说："你又来了！"斜睨着吴永康说，"还带了个保镖。"

于青桦说："这是我爱人。"又侧头对吴永康说，"这是常路的父亲。"她不露敌意，反而郑重其事地介绍，大出常志坚意料。

吴永康放下纸箱，伸出手去，沉稳地问好。常志坚被他的稳重所慑，本能地伸左手握了握，随即又为自己的反应生气："你们来干吗？箱子里什么东西？"

于青桦打开纸箱，竟是一箱子毛茸茸的绿壳鸡。阳光下，它们在高高的箱子里叽叽咯咯，走来走去，分外可爱。

常路惊喜地叫出声来："小鸡！爸爸你看，全是小鸡！"

常志坚疑惑地看向二人。于青桦说："这是绿壳鸡，优良品种，已经打过疫苗了。"又把手中的袋子递过去，"这里面有现成的饲料，还有饲养方法的说明书。你好好养，经济效益不错的，过几天我们再送一批来。鸡笼子你会搭吧？"授人以鱼不如授人以渔，这是她同吴永康、刘丽他们反复商量后的决定。

常志坚表情复杂。常路抢着说："我会！"于青桦说："不会也不要紧，问问邻居就行了。鸡网我也买好了。"她左右张望，吴永康一指东南角："那边就行。背风，暖和，地方也大。"常志坚没忍住，直通通问道："不是，我说你们……图什么呀你们？"

于青桦倒给他问笑了："图什么？难道图你到学校再闹一次？"她随即正色说："你家里条件改善了，常路的学习、生活条件才能真正改善，这叫治病治本，也免得接受别人的帮助，你心里又不痛快。而且，说到底，要致富还是得靠自己。你少喝酒，有空多关心关心孩子，爷儿俩的日子保准越过越红火。"

常志坚打开袋子看说明书，翻翻饲料，又伸手轻轻、轻轻地摸摸小鸡，极柔地，怕伤了它们似的："买鸡，打疫苗，很贵吧？"

于青桦诚挚地说："还算这个账呢，只要你愿意，我们可以当亲戚走动……"说着停下看看吴永康，是这一步迈得有点大，不知可会得到丈夫的支持。孰料吴永康极快地说了句："对。"于青桦精神一振，又说："咱们一起供常路读初中，读高中，把他培养成大学生！"

常志坚体内残余的酒精使他不能管控此刻的激动，他毫无征兆地"扑通"一声跪在于青桦面前，放声大哭。于青桦吃了一惊，忙和吴永康硬拉了他起来，责怪道："你这是干什么？"常志坚痛哭着说："天底下真有你们这样的人！我猪油蒙了心，痰迷了窍，跑到学校去找你麻烦，我还算个人吗？我猪狗不如啊！"

常路抱住常志坚，也哭了。

于青桦眼睛也湿了，劝他说："别这样，进去再说。"

四人走进屋内，分别坐下。常志坚慢慢平静下来说："于老师，我听人家说，我去……去你学校闹了以后，有人说你坏话是不是？"吴永康清高地一笑："别人爱说什么说什么，何必在乎。"于青桦却说："人之初，性本善，时间长了他们会明白的。"吴永康看了妻子一眼，他的孤傲在她的宽容面前，显然从境界上输了一筹。他越来越感觉，以前对于青桦的了解是那么欠缺。

常志坚闻言，连连点头："那就好，那就好。你是我们常家的恩人，我什么也不瞒你。我这个手有残疾……"他伸出右手，那是一只畸形的手掌，少了两根手指。

于青桦惊了一下，忙问端详。常志坚说："我就靠这只坏手领了'部分丧失劳动能力'的证明，吃低保。其实我还有左手，还有儿子，还有乡亲，还有那个庄主席和你们。我是自己作践自己。"吴永康怜悯地问他为什么要自暴自弃。常志坚苦笑笑说："自暴自弃，这话说我都算轻了。我就是犯浑。我……我是伤透了心哪！"

　　于青桦听这事涉及隐私，欲言又止。常志坚察觉了，说："我们还有什么不好说的，只要你们听了别笑我没用就行了！"

　　他把一个酒瓶子顺脚踢进床底下说："早几年我开了个竹编厂，找了些人，花钱买了机器和上好的材料。头一年小亏，第二年就赚钱，第三年四邻八镇的都来跟我订货。那些竹篾子编的工艺品，在城里特别好销！我们家能有这个房子，就是那时候盖的。后来有一天晚上，值班的人偷懒，没及时发现火头，那晚的风又大……"

　　于青桦仿佛看到熊熊烈火中的竹编厂，黑焰腾空。常志坚带几个人徒劳地泼水。

　　常志坚又说："等我听到消息，火已经成了势。我头一天才买了新机器，削竹子、刨竹花的。我心里疼啊！我就冲进厂里抱机器。房梁烧断了，顶棚砸下来。我拿手一挡，往旁边一倒……差一点儿右膀子就废了。还好送县医院送得及时，就坏了一只手。"

　　医院病床边，常路的母亲抹着泪，满面忧愁。

　　"厂子没了，贷款还不上，货也交不出，只能把赚的血汗钱一家家拿去还债。等到我出院了，第一件事就是跑到厂里去看。"

　　竹编厂一片废墟。常志坚呆若木鸡。夕阳把他孤独的影子拖得长长的。远处，是他那红着眼睛、神情痛楚的妻子。

常路的母亲擦了擦泪，转身走开，步子很快。

"我苦了三年多，什么都没了。我以为我倒霉透了顶，哪知道一个多月后还有更倒霉的事在等我……"

常志坚在家看着妻子的信，信纸不停颤抖。常路尚幼，完全不明白发生了什么。

"孩子他妈竟然留了封信就跑了！我当时真疯了啊！我疯了似的找了她三天三夜，回来的时候想死的心都有！要不是还有常路，我恐怕真跳河了！"

常志坚愤怒撕信，碎纸屑乱飞。常路受惊，瞪大了眼睛。

"打那以后我就靠喝酒打发日子。没奔头了，没指望了，我成了个活死人。"

乡间小路上，常志坚手拿酒瓶，边喝边摇摇晃晃地走。衬着无边夜色，他显得轻薄如纸，有种皮影戏般的效果。惨淡月色下，只见他脚打飘地往前移动着，伴着遥遥一两声狗吠。

过往的影像还原为当下的常志坚。于青桦嘘了口气，对他道："你要是不说，怎么想得到你经历过这么多坎坷！"吴永康拍拍常志坚说："你吃了这么多苦，常路也跟着不得安稳。好在都过去了，不要灰心，人要朝前看。"

一瞬间，吴永康想到了他和于青桦、吴老太、吴恒一桌吃饭，其乐融融，心中一阵锐痛。他闭了一下眼说："真的，要朝前看！"于青桦仿佛与他心灵相通，伸手握住了他的手。

常志坚感激地说："我听你们的！我明天就开始戒酒……就怕戒起来不大容易，不过总能戒得掉的！明天我就养鸡、种庄稼，再……别的还没想到。"

常路听爸爸话转得狼狈，不禁笑了。于青桦说："不急，慢慢来，只要不是三分钟热度。"常志坚说："我拿我这断了指头的手发誓！我今天说了这么一大通，心里敞亮多了！有你们这样的贵人，我不上心，我还成个人吗？"

常路听他哽咽，拿毛巾给他擦脸。于青桦不想他再难过，打岔说："你看，孩子还是向着你，以后不用吃我的醋了。"常志坚羞惭地说："还提那些做啥？对了，我去弄饭给你们吃。"常路兴奋地说："我帮忙！我会炒鸡蛋！"于青桦笑道："别客气了……"常志坚说："你们别客气才是真的。我好久没做饭了，以前手艺不错呢！别走啊。等等啊！"生怕他们反悔似的，带着常路进了厨房。

吴永康对于青桦耳语："他留客意诚，我们就别再推辞了，不然反而生分。"于青桦点头，带笑说道："看他这样，我是发自内心的高兴！"吴永康一笑说："我也是。这件事我想以后跟你一块做。你是常路的'社会妈妈'，我就当'社会爸爸'吧。"于青桦强抑感动，含笑说："你这在语文上叫作生造名词。"吴永康望着她说："以什么名义不重要，反正把常路当成我们的孩子就对了。"

于青桦感喟难言，与此同时，厨房里的菜香也就传出来了。

八

汽车疾驰。刘丽坐在副驾驶的位子上。于青桦、庄主席坐在后排，三人不时说着话。司机是庄主席那边的，全程谨守着职业操守，不插嘴，不分心。

于青桦道："庄主席对咱们特别偏心，还有顺风车坐过来。不然还得坐公交。"刘丽从前排回过身来说："庄主席是对你偏心，我是沾光的。"于青桦笑道："知道就好。"众人都笑了。

于青桦感慨，没想到刘丽也当了社会妈妈。刘丽笑着说是被她传染的。于青桦强迫症地纠正："是'感染'不是'传染'。"

两人正一递一句地斗嘴，庄主席说："我就希望大家都像你们俩，把这个事滚雪球似的越做越大。"刘丽笑道："庄主席就是铲起第一铲雪的人。"庄主席谦逊了一番，从她的表情可知，这谦逊不是客套。像她这样不居功而又务实的人，自然更能得到大家的好感。

于青桦开了瓶矿泉水，喝了一口问："今天的活动有多少人参加?"庄主席说："到了就知道了。不少呢。"刘丽俏丽一笑："可算找到组织了。"

这天是妇联和报社联合组织的社会妈妈和受助孩子的亲子郊游会。一方面是让双方见见面，让孩子们学会感恩，别时间长了，变得心安理得；另一方面也是增进感情，并不是所有社会妈妈都像于青桦这样和资助的小孩经常碰面儿的。同时隐含了一层意思，是让社会妈妈们彼此见个面，互相取取经、鼓鼓劲，让她们不感孤寒，不会懈怠。前两层用意刘丽想到了，这后一层只于青桦体会到了，却也不曾点穿。

车一直开进了"农业示范园"的大门。门两侧林木蓊郁，枝叶参天，车"哗"地一下中宫直进，刘丽好笑地觉着简直有点进侏罗纪公园的错觉。

于青桦、刘丽随庄主席下车，司机兢兢业业自去停车。三人走进园区深处。大片的果树，大片的绿毯般的地面，把上下连成一片的是醉人的清香，分不清是果香还是草叶的清气，只觉心旷神怡。枝头累累的都是早熟的鸭梨、胭脂色的水蜜桃等。地上则在深绿的藤、翠绿的叶中夹有红的草莓、青皮的西瓜、乳黄的香瓜。于青桦暗想："花是诗意的、文学的。果才是实际的、人间的。"

渐渐地就碰到一批批的人，有的三三两两，有的一行有七八人之多。他们当中不时有人与庄主席招呼。庄主席则一路把于青桦、刘丽介绍给大家。

两位中年女人迎上来，问可要到休息室坐坐？有一间办公室临时改成了休息室。庄主席笑道："哪儿那么娇气。来就是感受一下气氛、松散一下筋骨的。"于青桦问两位怎么称呼，原来一个是区妇联的孙部长，一个是承办今天"亲子活动"的李园长。这"农业示范园"就是李园长一手打造的。

四人握了手。庄主席人情练达，催她们说："你们事儿多，忙你们的去。我带这两个'新妈妈'随便逛逛。"孙、李二人也不假客气，爽利地应了，笑着自去张罗。

三人信步而行，许多对"母子""母女"在聊天、说笑、互赠礼物。有个孩子抱着一个女人的腰不肯撒手。

于青桦抬头，唯见蓝天白云，明净爽目。她想到有些电影中有天地倒置的镜头，假如以地为天，以天为地，头上是反向长着的棵棵果树，片片绿茵，脚下踏着一望无际的蓝天，身周是银亮的立体的云朵，想必让人飘飘欲仙。

她深呼吸一口，吐出胸中的浊气，人一下子轻了许多，言语举止都显得敏捷，目中也有了神采。

庄主席领二人走进林木深处的人群中，边走边说，随手指着，如数家珍：那位是捐款最多的社会妈妈，为了帮助两个孩子上学，一次性捐了两万多。这几年，她的捐款超过七万元。刘丽听得直惊叹。庄主席又指斜前方：那是最有悬念的社会妈妈，每次都匿名汇款，找了两年多才"抓"着她，赵岚的报道题目也极有趣——《某某，你干的好事》。可不是干了件大好事吗？这人还是第一次和孩子见面。于青桦叹道："这种人真叫人肃然起敬。"

庄主席笑道："谁说不是呢！说起来故事就多了。那边是夫妻俩，他们是首批社会妈妈，认助孩子最多，一出手就帮了九个，经常把结对的孩子接到家里改善伙食……"于青桦轻叹："我也想，就是过不了我婆婆那一关。"庄主席一笑，继续说道："他俩还组织企业文艺团队为孩子们演出，请当年的中考状元为同学们讲成长经历。"刘丽赞道："这两口子点子真多，也真有钱。"于青桦笑了，对刘丽的点评作点评："钱多钱少是其次，主要是个心意。"

庄主席又指南方："那边那一对，你们肯定以为是结对的社会妈妈和儿子吧？其实那是亲母子，两个人都是'妈妈'，他们助养了一个很小的女孩子。"刘丽笑不可抑："笑死了，那小男孩自己才七八岁吧。"庄主席笑说："孩子的母亲说，要从小培养孩子的爱心和责任感，所以帮儿子助养失学儿童……"

于青桦忽然"咦"了一声，她看见小区清洁工陈萍正帮一个小女孩梳头。她三脚两步过去，拉住陈萍的手说："我刚还以为自己看错了呢。"庄主席奇道："你认识她？正要跟你们隆重推出呢。"于青桦对陈萍笑说："怪不得你能理解我，又老帮我的忙，原来你也在做同样的事！"陈萍笑了，对小女孩说："叫阿姨。"

小女孩眼睛吧嗒吧嗒，脆亮地、活泼地分别对于、刘、庄三人叫："阿姨好，阿姨好，阿姨好！"逗得三人哈哈大笑。

于青桦说："这孩子不得了，太灵了，一看就讨喜！"庄主席说："她以前可不是这个样子。"对于、刘耳语，"她父母出了意外去世，跟着爷爷过，看见生人一句话挤不出来，差一点失学。都亏了陈萍资助她。人心肉长，孩子也有颗小心，现在赶着陈萍叫'大妈妈'。"于青桦轻问："怎么叫大妈妈？"庄主席轻轻解释："她还记得她自己的母亲。"于青桦唏嘘："以为孩子都是小傻子的人，自己才傻呢！"

庄主席换回了正常的音量："所以陈萍不简单……"陈萍边给孩子梳头扎辫子边说："您又夸我了。"庄主席笑而不语。于青桦问了个实际问题："你收入又不多，哪来的余钱供孩子上学？"陈萍认真地编辫子，一面说："攒呗。只要想省，总省得下来。"

庄主席道："你听她说得轻松。我到她家里走访过，她是十块、十块地积少成多，放在盒子里存着。自己连西红柿也挑小的买，把钱都省下来助学。"于青桦对陈萍诚恳地说："我以前以为我做得够多了，跟你一比，才叫小巫见大巫！"刘丽也说要跟陈大姐常来常往，一起干。

外放里响起了钢琴曲。也不知为什么，此情此景，与这没有一句歌词的旋律出奇地协调，像是把人生的一切全演绎尽了。于青桦心道："钢琴向来有高贵的感觉，这里也不乏高贵的人。"她和众人都安静地听了一会儿。

园子里渐次安静，街道上嘈杂四起。吴老太大步流星，余光在后面边喊边追。他好不容易一溜小跑追上，喘着气说："你跑得比刘翔还快！你要是过去一放炮，我还有脸见于老师啊？"吴老太恨恨地说："我要是不去闹一场，我跟你姓，我姓余！"余光哭丧着脸说："吴奶奶，那边有领导有孩子，男的女的老的小的一大堆，你好歹给于老师留点面子撒！"吴老太鄙夷地看看他，脚下不停："我说你这个人有没有立场？还真是墙头草，随风倒。说实话的也是你，不准我去的也是你，又做巫婆又做鬼！"

一辆自行车从二人之间骑过，在那并排又分隔的一瞬间，一向现实的余光蓦然感到人生的荒诞。他想他这辈子都是这样，常常话在前面飞，脑子在后面追，一张嘴不知得罪了多少人，违背了多少本意，失去了多少朋友。自行车滑过去了，他又紧靠着吴老太走，边恳求边护卫着防止她被人或车蹭到："吴奶奶啊，说良心话，我不是报信，不是故意泄密，就是没顶住你来学校逼供，我对着你这长辈，一时嘴上没把门儿……我真不想说的……"轻轻给自己一巴掌，"我这作死的嘴哟！"

吴老太不理他的自怨自艾："你跟他们说去，我看不上你这没肩膀的怂样子。我就知道儿子媳妇一条心，合起伙来骗我，背地里还在跟那个孩子联系。要找蛛丝马迹，就到工作单位。哼，青桦的抽屉里又有照片又有信，连称呼都变了，不叫于阿姨了，叫阿姨了。再这么下去，我亲孙子都没人记得了！"

余光气急败坏地说："唉，你孙子是他们嫡嫡亲亲的儿子，他们哪会忘呢？这个账算不过来啊？"吴老太断然说："少跟我废话！那个农业园区我认得，到前面坐 28 路汽车。你回去卖你的杂货，不要管我们的家务事。"余光见无法阻止，只得道："那我走了。不是我打退堂鼓，是拦不住。"掉了头，又回头，"千万别说是我告诉你的啊！"吴老太胸口一拍说："老太婆有义气，放一百个心！"说着头也不回地走了。

余光垂头丧气地朝反方向走，边走边想："放九十九个心吧，看你这个势头，我自己就有点不放心。"

农业示范园里，庄主席在和别的社会妈妈交谈，于青桦观察着果园内的大大小小，刘丽此刻不在她身边。

终于，一声"阿姨"传入耳中。于青桦欣喜回眸，常志坚果然带着常路出现了。

常志坚连连打着招呼："对不起啊于老师，起来先喂鸡，没赶上早班车，耽误了！"于青桦笑说："没关系，来了就好。"拉着常路说："咱们也去摘草莓好不好？跟小朋友一起玩。"

许多对大人、孩子在说笑着锄草、摘水果。陈萍问小女孩："告诉大妈妈，这是什么水果？"小女孩拿在手里认了认："草莓。"陈萍夸她聪明。

常路见陌生人多，腼腆劲儿又上来了："能不能不去？"常志坚怕于青桦生气，忙说："这孩子，听阿姨的话！"于青桦连忙说道："不用不用，常路肯坦然说出心里的想法，就是最大的进步。老常你不知道，我最近看'教育心理学'，孩子在成长阶段有不同意见是正常的，要引导，不能堵塞。常路原先什么都不肯说，现在敢表达了，那是好事。而且……"她蹲下给常路拽拽裤脚说："这说明常路不把阿姨当外人，是吧？"常路笑着频频点头。常志坚崇拜地看着于青桦。于青桦把买的新书包给常路背上。

常路背起书包，略见活跃，亲热地说："阿姨，你上次说带个哨子给我的……"于青桦假装忘了，见常路失望，又笑着叫他看看书包里有什么。常路反手拉开拉链掏摸，拿出一个桔黄色绸带穿着的黄色钢哨。他忙试吹，"嘘"，声音非常响亮。许多小朋友朝他看。常路很神气地又吹了一下。

于青桦笑着从自己包里取出个一模一样的："瞧，我也有一个。"常路跃跃欲试地提议："我们一起吹吧？"于青桦把哨子放到嘴边。二人一起吹出鸽哨般的声响，远远飘送出去。陈萍、刘丽都为之吸引，笑看过来。

笑容在吴老太脸上无处栖身。28路公交车开过来停下。吴老太麻利地上车，投币。有人给她让座，她谢了一声坐下，冷冷地没有表情。

哨声点亮了周边人的表情，大家闻声而笑，有的明媚，有的清澄，有的慈祥。

庄主席循声走来。常志坚哈腰问好。庄主席虚扶了一下，问他还喝不喝酒。常志坚生怕人不信似的说："没有没有，早戒了，不信你问常路！"常路作证："爸爸现在从来不醉了。"就是说，偶尔还会小酌一下。庄主席笑着说"乖"，也不知夸的是父子中的哪一个。

一群雄姿英发的小伙子走过，同庄主席打招呼。庄主席回问他们好。小伙子们追追赶赶地走开。常志坚诧异："他们也是'妈妈'？"于青桦扑哧一笑。庄主席说："是啊，如今'社会妈妈'不限于女性，也不限于个人了。像刚才的那一拨，是重点高中的高中生。他们靠义卖报纸、在学校集资，资助了两个孩子，闲下来还帮孩子当免费家教。"于青桦赞道："这倒挺有新意。助学的方法多种多样。"庄主席说："可不是。'社会妈妈'我们做了几年了，一批一批，形形色色的都有。那些奇奇怪怪、曲曲折折的事迹，从白天说到晚上也说不完。"于青桦笑说："我看您一说到这个就眉飞色舞。"庄主席难得轻松回怼："跟你们当老师的一样，有职业病！"

吴老太坐在车上，脸色铁青中透着怒意带来的潮红，如同病容。公交车中速行驶，吴老太只恨它一站一站，不体人情，开得这么慢。

"亲子活动"却是不紧不慢，渐入高潮，整个园区欢声笑语，各类游戏纷纷展开。于青桦等走过一座座蔬菜大棚。

于青桦悄声对常志坚说："要是比赛认水果、蔬菜，恐怕咱们常路要得冠军。"这个对比的对象显然是陈萍的"女儿"，她们就在附近，偏心不能偏得太明显。常志坚连连附和。

大家边走边看，穿行在果树、大棚、藤蔓之间，西红柿、黄瓜、葡萄、哈密瓜，比比皆是。哈密瓜尤其憨态可掬。

报社和电视台的记者有的拍照，有的拍摄，有的访问，有的拿采访本疾写，其中赫然有赵岚。

刘丽走过来打招呼说："就猜到你会来。"赵岚边拍边笑："这种场合怎么少得了我。我可是王牌记者。"刘丽笑着打趣："你到底是为了弘扬正能量还是为了当一代名记啊？"赵岚顾左右而言他："喂，名记的谐音可引人遐想啊。"说得刘丽直乐。

旁边的记者问赵岚，是不是女朋友？刘丽脸一红纠正："女性朋友。"众人都笑。赵岚也笑，叫刘丽别理他们。刘丽带笑翩然走开，走到一半，说不清是种什么心理，明知道会引人注意的，还是回头看了一眼。恰好赵岚也在瞄她。假如视线有声音，这时一定发出了脆响。刘丽急忙走远了。

先一位记者笑话赵岚说："小子，注意力集中一点。"赵岚"喊"了一下，表示对方的荒谬，随即把相机举高，调整焦距，左拍右拍。

镜头内，有社会妈妈和孩子在空地上一同拍球的，有"妈妈"托着孩子的手扔套环套桃子的，更多的是在比赛数水果、答问题、拿奖品，一片欢腾。赵岚笑吟吟地只想："这回还不上个社会版头条？只怕年底的优秀个人也是稳稳的了。"

他把相机换了个方向，开始时只见空地，跟着常路和于青桦一组，刘丽和小女孩一组，陈萍和她的"女儿"一组，纷纷入镜，都是用绳子把"社会妈妈"的左腿和孩子的右腿绑在一起，一跳一跳地向前。这游戏有个名目，叫"同舟共济"。常志坚笑嘻嘻地旁观。

于青桦的笑容陡然僵住，吴老太闯入了镜头。赵岚放下相机，向刘丽投去询问的一瞥。刘丽朝他微微摇了摇头。

常路愣了下，很快地解下绑在脚上的绳子，离于青桦远些，在常志坚耳边说了句话。常志坚脸上也有点变貌变色的。

于青桦镇定了一下，迎上去笑叫："妈，你怎么来了？"吴老太淡淡地说："你当然不想我来了。"她看看"始作俑者"常路，本想发火，又忍住了，矛头还是指向儿媳："你答应过我什么？我叫你和永康不准再跟外人不清不楚，我说的话，你当耳旁风是不是？"

于青桦对常志坚说："老常你带常路到别处先逛逛。"常志坚点头，重重地哼了一声，瞪了吴老太一眼，拉着常路快步走开。吴老太看也不朝他看，只道："乡下人！"于青桦说："这里人多，孩子更多，我们到休息室去说。"吴老太扫了一眼孩子们，一对对眸子里闪着星星，便冷哼了声说："去就去，我怕你？"

才要走时，庄主席赶来笑道："是吴奶奶吧？"吴老太说："不敢当！小老百姓一个，没官没职。"庄主席豁达一笑："老百姓的事大如天，当官的还有个称呼叫公仆呢。我知道您不高兴，不过您看看常路，看看那些可爱的小朋友，您一点儿不感动吗？"

吴老太看着一张张童稚的脸，语调放缓，有些感叹："庄主席，我说不过你。我就认一个理：外人再亲亲不过自己人哪。"庄主席循循善诱："都像您这么想，公益事业可就没法做啰。"吴老太说:"我就知道,这个小男孩没出现之前,我们家个个全想我的孙子。"她语音一哽,又变得强硬:"从青桦当了什么'社会妈妈',就没人记得小恒了。"

刘丽从围观的人丛中闪出插口说:"吴奶奶,对常路好和怀念吴恒不矛盾啊。您听我说……"吴老太一口打断:"你听我说!我早就想说你了,没少跟着青桦瞎折腾!大姑娘家家的,带着个孩子跑来跑去,将来怎么找婆家?"

赵岚本来只是于青桦担心,听吴老太对刘丽口出不逊之言,才真正生气,故意大声对扛着摄像机的电视台记者说:"兄弟,拍下来,给曝曝光!"

吴老太亢声说:"拍就拍!我怕什么?小刘我跟你讲,你这个行为就叫作不害臊!我一把年纪了说你两句你别不服气:女人哪,名声最重要,人家传谣言的哪管你是社会妈妈还是未婚妈妈?将来谈对象都有影响!"饶是刘丽伶牙俐齿,这时也闹了个大红脸,急道:"你怎么这么说话?这可是大庭广众!"

赵岚又再高声声援:"老太太过分了!逮谁灭谁啊这是!"于青桦急劝:"妈,休息室在那边!"吴老太不瞧赵岚,跟着于青桦走了几步,一眼瞥见陈萍,不由笑了:"哟,熟人儿倒都齐了,坐下来就是一桌麻将。"陈萍尴尬问好。吴老太说:"我说的呢,经常在小区给青桦当情报员!你这个耳报神当得不错啊,就可惜小看了我的老胳膊老腿,跑得比你快,被我抓了个现形!"

陈萍赔笑道:"吴奶奶,我们和于老师做的是很有意义的事,您要是不反对,我也犯不着当情报员啊。本来就是正大光明的,硬给您逼成了地下党。"吴老太说:"你还倒过来怪我?我跟你妈差不多大,你跟我犟嘴!这是哪一家的规矩?什么有意义的事把你们弄得长辈不像长辈,晚辈不像晚辈了?"

远处众人也都围了过来。一个中年男人向旁边的人嘀咕："这个老太真凶呢。"吴老太偏听见了："我吃的盐比你们吃的米多,以为我看不出来你们都是一伙儿的。大老爷们儿当什么'妈妈',笑歪人的嘴巴!"

于青桦忍无可忍,强扶吴老太就走,吴老太手一甩,刚要说话,却见庄主席扶着位满头华发的老人走了过来。她另一侧是孙部长和李园长。于青桦不知庄主席什么时候离开,又怎样请了这位气质出众的老人来。她不知这老人的来历,凭直觉感到事情有了转机。

阳光下,那老人个子高而瘦削,衣饰娴雅,白发如银,气度俨然,虽带微笑,举手投足却极具威势。她道:"吴奶奶,您好!"吴老太说:"你……您好!您是庄主席搬来的救兵吧,我一看就晓得了。"那人笑了:"咱们是人民内部矛盾,不需要搬救兵。"

庄主席笑道:"吴奶奶,这位张玉茹老人,今年九十岁,几十年的离休干部,枪林弹雨里救过伤员,抬过担架,连续七届人大代表,是我们市的一宝。别人的话你听不进,她的话您总该信个几成吧?"

吴老太虽横,听到"九十岁""人大代表""我们市的一宝"几个关键词,不禁微微变色,只是输人不输嘴,犹自小声抗议:"别拿辈份压我。"赵岚兀自忿忿,在旁说道:"刚才一直扛辈份的不知道是谁。"于青桦、陈萍忙使眼色制止,赵岚一笑。刘丽悄悄向他竖了个大拇指。他立刻开心得连头发丝也发起光来。

张玉茹年纪极老,中气不足,然而一口普通话亮丽悦耳:"吴奶奶,你听我说,今天在这儿的都是好人。这些孩子都是好孩子。他们有的父母双亡,有的是单亲家庭,有的一贫如洗念不起书。你儿媳妇和其他人不为名不为利，资助他们上学，可了不起哪!"吴老太委屈地说:"可是我孙子……"张玉茹说:"你们家的事庄主席告诉我了，我也替你难过。可你难过的方式是要全家跟着难过，于老师的方式是让别的孩子不再难过，你说哪一种好?"唯其因为中气不足，每一句的尾音都有微微的颤动，反而使她的言语更增了岁月赋予的分量。

吴老太是信奉一代管一代，绝不能"以下犯上"的，因说:"您回去休息吧，我跟这些您孙辈重孙辈间的小事儿，不值得叫您操心。"

张玉茹笑了，慈祥而威严，银发生辉:"怎么不关我的事?我也资助了孩子，还是年纪最大的社会妈妈，家里人叫我'社会老太'。"众人听得笑起来，方才剑拔弩张的气氛顿时缓解了十之七八。

吴老太叹了口气说:"我今天听您的，先不跟媳妇计较了。"她转身欲走，听张玉茹在后问道:"往后呢?你想想，现在都说人心浮躁，不如从前。这好不容易庄主席和于老师他们种下了善良的种子，你不给浇浇水、施施肥，还把根给刨了吗?咱们就算不帮一把，也不能扯孩子们的后腿不是?"她一句"孩子们"，目光一扫而过，囊括了在场的所有人。

刘丽、陈萍等崇仰地看着她。

吴老太很有几分窘迫，又不能对长辈反唇相讥，再者对方说得入情入理，她也就说了实话:"我就是咽不下这口气呀!"她摇摇头转身就走，仿佛再迟片刻怕被张玉茹说动了似的。于青桦要陪她，她带着些残余的怨气拒绝了。

众人看她走远，一齐鼓起掌来。

于青桦看向张玉茹，张玉茹朝她点了点头，意甚嘉许。于青桦也微微点了点头，像是在保证她决不畏难退缩。

九

经此一役，吴老太收敛了不少，回去不仅只字未提，对于青桦同常路的往来也有些睁眼闭眼的苗头。于青桦喜在心头，面上不敢露出，怕反而激得婆婆又有反复。

那次的"亲子活动"上了报纸又上了电视，吴老太这一闹，多了话题性，倒把于青桦变成了新闻人物。刘丽手舞足蹈地形容："全镇江市都在夸你!"于青桦笑道："都在夸吗? 也不见得。也有人以为我在炒作。我就亲耳听过有别的年级的老师说我成了明星了，风头比校长出得足。"

刘丽脸色"晴转多云"，还没说话，那边田主任已经派人来找了二人到他办公室去。

作为一个资深的中层干部，田主任说话总分好几个层次，好比现在，他就先从于青桦带的班级成绩优秀说起，说校方一直十分肯定。于青桦觉得除了"谢谢"，没有旁的合适的话好说。田主任又娓娓谈到，上次校长找他聊天，说搞教育的还是以本职工作为主，不要为了其他事分太多的心。于青桦觉得他真是擅于辞令，不置可否地笑了笑。田主任这才说上正题："上回小孩的父亲来闹了一次，我好不容易帮你压下来了; 这回索性上电视了。晚报的赵岚还写了个好几千字的通讯，又配图又配文，说你如何顶着压力帮助孩子。他们是好心，但事实上你婆婆当众跟你吵成那样，说起来又是我们中学的王牌教师，舆论很不好。校长更担心其他老师有样学样，心都不在讲台上了。比如小刘，就加入了吧?"

于青桦说："我事先不知道会给人拍下来，写出来，也不知道刘丽会报名当社会妈妈。"田主任略带犀利："要是事先知道呢?"于青桦不卑不亢:"我还是会去，不过会处理得更妥当一点。"刘丽在旁打侧应说她也一样。

田主任倒茶叶，倒水，晃了晃，意味深长:"木秀于林，风必摧之。你平时那么出色，别说这件事确实造成了不好影响，就算你处理得千妥万当，也难保没有人背后议论。话我就说到这里，你们去忙吧。"

于青桦站起来，一语双关说:"谢谢田主任!"她当然知道他是对的，但这"对"限于人性的分析，而独缺理想的支撑。眼下的事实或许如他所说，但被今日的事实所困，就没有明日局面的鼎新。有些事，总归得有人去做。起先，她走上这条路纯属偶然，动机甚至不见得高尚，走到现在，自私的成分愈来愈少，对诸多干扰的抵抗力也愈来愈强，要她改变方向，绝无可能。她以前多少还有和人赌气的成分，如今连这点倔强也没有了，她只是明明白白地知道，她要走下去。

田主任摇摇头，喝了口茶。刘丽内心里也冲着他摇摇头，一肚子憋屈，出门去了。

于青桦回去和吴永康猜测过是谁泄露天机，两人不约而同想到余光。吴永康明知余光不是坏人，亦无歹意，担心于青桦心里有刺。于青桦反倒笑了，即刻让吴永康约了余光下棋。

余光一见棋友后面还跟着于老师，就知道东窗事发，今天难以善罢。于青桦提出和他对弈一局。余光奇道:"你也会下棋?"跟着又想起这不是重点，"为啥要下棋?"岂料于青桦三下五除二杀得他只剩下一帅一马一士。

余光投子认输，于青桦笑道:"不是我棋艺高超，是你心不在焉。"余光心道:"来了，来了，那话儿来了!"不等于青桦再问，自己把那天的情形来了个笔筒倒豆子，末了特别声明他不是故意的。

吴永康笑了笑说："老余，我们下了三四年的棋，我还不知道你吗？你天生是这种乍乍乎乎的性子，但是心地好，人直率。我和青桦都没有怪你。"

余光有些感动，一时说不出话。于青桦重新摆子："还下吗？"余光说："不下了，你水平不低，我情绪不稳；更不跟你老公下，他的水平完全恢复了，我下不过。"吴永康说："是的，恢复了，是小常路帮了我们。"余光反驳说："是你们帮了他呀。"吴永康摇摇手："要不是常路，我们夫妻没这么容易和好，青桦不会是现在这个状态，我也没现在这么懂她。"于青桦朝他笑笑，充满默契。

余光看着他们，似懂非懂，却朦朦胧胧地觉得，这才是世间夫妻该有的样子。

吴永康重新吹起笛子来了。开头仍难免凄凉之音。他放下笛子，低头站了片刻，再次吹奏。这次却是繁音密节，清脆跳跃，热烈异常。他的神情渐渐地变得轻松起来，身上的沉郁之气渐散。窗外，是一轮晶亮澄净的明月高悬夜空。

夜色下几家欢乐几家愁。报社大楼楼顶，赵岚兴冲冲地跑来，不敢相信刘丽会主动约他，还是晚上，还是在楼顶的露台这样颇为浪漫的地方。他想到动画片"柯南"，如果让柯南来揣摩刘丽的动机，一定会说："真相只有一个！"是的，除了这唯一的真相，还能是什么呢？

可是一见刘丽，情形就十分不对。刘丽站在靠近护栏的地方不作声。赵岚陪着她静默了一会儿，上前朝楼下张了张问："看什么？"

假如不是为了他以为的原因，她此行为何而来？女孩子的心事是难测的，他怕说错了话，惹她生气。

楼下的街道像发光的棋盘，横平竖直。许多车头灯像划过的流荧，一篷去了，一篷复来。人小得像黑点儿，在声色光影的大布景里渺小而失真，很难想象就是这样的生物创造了一整个繁华世界。

刘丽淡淡地问："你猜我找你干吗？"赵岚小心翼翼地笑说："正要问你呢，怎么把我约到这么高的地方来？"刘丽指指下面的街道："是要你切身感受一下，加深印象。你一向就是这么看世界的，高高在上，不切实际。"赵岚不解道："我哪儿得罪你了？"刘丽笑了笑说："你没得罪我，你是好心办坏事，连累了于老师。谁叫你那样铺张扬厉地写报道了？还配了吴老太的图，加了那么夸张的标题，文字又极尽渲染？你就不能简单质朴一些？或者事先跟我们商量一下？现在弄得于老师和我都那么被动！"

赵岚大失所望，又极为惊讶，半晌说不出话来。他之前还当作他这篇费尽心力的大作赢来满堂喝彩之余还会获得她的青睐。

刘丽接着说："也难怪，名牌大学毕业，这么年青，又这么顺，没在人群中泡过，没受过挫折，不能想象世事的复杂。"赵岚不服道："你好像不比我大呀！"刘丽这才流露出明显的怒意来："可是我工作比你早，对人情世故参得比你透，出人头地的好胜心比你淡。你以后就别给我们添乱了。笔杆子不是万能的，照相机拍不透世道人心。"赵岚勉强笑说："你是严重的悲观主义者。"刘丽轻哼一声说："谁跟你开玩笑？"说着转身就走。

赵岚还想挽回，刘丽头也不回地边走边说："我宁可你是个单纯的娱记，说不定还翻不起这么大的风浪。"赵岚一腔怒气也爆发了出来说："好，是我笨，全是我闯的祸，以后我再也不烦你们了，行了吧？"刘丽脚步稍停了一下，终于还是走了。

赵岚狠踢了一下水泥护栏。世界在他脚下，他何错之有？

刘丽带着郁忿回家，给于青桦打电话噼噼啪啪把赵岚数落了一顿。于青桦说她也有些意气用事。毕竟赵岚不是神仙，不能预知后果。刘丽说那法律上就没有过失杀人这一说了。于青桦给她的歪理逗乐了，又开解了好一会子，才回客厅继续收拾饭碗。

吴老太问是谁，电话一打这么久。她如实说是刘丽，怕吴老太不相信，节外生枝，假称是年轻人有了感情问题，找老大姐吐吐苦水。这个版本吴老太反而信了，她对刘丽印象欠佳，也不多问，只嘱咐吴永康的菜给他单留着，等加班回来了到微波炉里打热一下。于青桦指给她看，说已经留了。吴老太兀自抱怨，文化单位，又不研究火箭导弹，好好的加的什么班？

于青桦觉得她嘟囔得可笑，那边电话响了，顺手接了起来，听是常路，看了吴老太一眼。吴老太不太高兴地说："不用怕，我思想进步了，随你们闹去。" 她是想不干涉的，但人的惯性力量之强大，不是她短时期内就能克服的。一进房间，略一踌躇，她便把耳朵顶在房门上偷听起来。

于青桦见婆婆开了绿灯，如释重负，向电话那头说："我还好。我有点感冒？听谁说的？不要紧，已经好了，你放心……你这是在哪儿打电话呢？哦，那就好，我以为你跑到村委会，那就远了……好，你好好考试啊，考好了阿姨奖励你。这回不是哨子了。" 她笑了："什么，小鸡会听你哨子的指挥？胡说……邻居家的电话别打太久，花人家的钱……你付钱他们不要？傻了。乡里乡亲的，人家当然不会要……好，就这样，再见！" 搁下电话，她兀自带着欢颜。

她一面收拾碗筷，一面轻声哼起了歌。半年多郁郁寡欢的她此时是阴霾后的明丽与轻快。房里出来的吴老太脸色阴沉，恰与她相反："哟，还唱上了？"于青桦忙住口。吴老太冷嘲："继续唱啊，这不心情好吗？我看你改行当音乐老师得了。"于青桦的好心情烟消云散："你不是说不反对我助养常路了吗？"吴老太声音慢慢高起来："我是不反对，我是看在人家九十岁的老革命的份上，不是看在我儿媳妇的贤惠德行上！就算我让你帮常路吧，就算你捡了个干儿子吧，你也别放在脸上呀！你就这么轻松，这么高兴，头动尾巴摇地唱歌？我在房里还没死呢！"一指功夫熊猫的玩具，"别忘了小恒才是你身上掉下来的肉！别忘了他走还不到半年！"

于青桦颤声说："小恒的意外我有间接责任，但是你成天提醒我小恒的事，你要在伤口上撒盐到什么时候？"吴老太说："受不了啦？我活蹦乱跳的大孙子变成个木头疙瘩似的傻小子，你还要我欢天喜地地欢迎他？"

于青桦搁下碗筷，转身就走，这也是吴恒夭折以来她第一次明确表达她的情绪。吴老太上前质问："你什么态度？说两句就摔脸子？你委屈，小恒不委屈？你当妈当得一塌糊涂，当干妈倒当得称职得很，又是吃的又是玩的，就怕哪一点儿没照顾到，亏待了那个黑不溜秋傻不啦叽的土包子！"于青桦声音不高，语气却重："常路内向，不是傻；他是淳朴，不是土；他长得黑，是上学路上晒的；他手还粗呢，是做家务活儿做的。您和永康也是从农村吃了苦努力拼上来的，这一转身就笑别人是土包子乡下人。你以前不是这样的！"

吴老太愈怒，锐声说："以前？以前小恒没死，我天天听他叫奶奶！你好了，反正有人叫阿姨了，不在乎了，早把小恒忘光了，小恒……"

于青桦近半年来全部的郁闷、愤怒、悲酸一瞬间尽数爆发："难道我就不想小恒吗？难道我愿意我的亲骨血死在我前面吗？我愿意连续失眠多少天，天天从梦里哭醒吗？我是小恒的妈，只有比你心痛一千倍！自杀我也想过！常路没有妈妈，我没了儿子，我们像大冬天没有棉袄的人相依为命抱着取暖，这也有错吗？你就不能有哪怕从前一半的善良吗？你这不是任性，是残忍，不是怀念，是冷酷！你是要把活着的人逼死了去陪小恒你才满意吗？"她扑到玩具熊猫前痛哭失声说："小恒，你告诉妈妈，妈妈有错吗？我哪里错了……"

吴老太手足无措，僵在原地，受了大大的震动，白看着于青桦抱着玩具熊猫泣不成声，一句话挣不出来。

打这以后，于青桦不再跟吴老太交谈，两人见了面，于青桦只是像见到田主任和校长那样轻轻招呼一声，更无别话。吴永康夹在中间倍感为难。

更为难的是吴老太自个儿。当天夜里，她翻来覆去，天放亮时才打了个盹儿。她第一次扪心自问：是不是做过头了？儿媳妇对她的忍让是不是真到了极限？这个本已残缺的家是不是要分崩离析了？

老太太本是一张圆脸，这一阵显著地瘦了下去，气色也更差了。她知道在这件事上没有人会站在她这边，连吴永康最多也只能中立。她有时候会傻想，要是于青桦接电话哼歌的那个晚上她没有冲出去激化矛盾，家里自吴恒死后凝结的愁云惨雾是不是已经散成了晴天？

说不后悔是假的，要她先去服软却也千难万难。她没想到，打开僵局的是庄主席。

这天下午，她到小区里散心，跟陈萍聊了会儿天，侧面打听打听于青桦都在忙啥，又踱回楼下，正要上去，有人叫她，回头一看，是个有点眼熟的人，再细认方知是她当众得罪过的庄主席。

庄主席却像把那些不愉快全忘了，笑呵呵拉她出了小区，一辆车早在那里等着了。她疑惑地问："上哪里去？"庄主席笑推她上车，说："到了自然知道，难道还怕拐跑了吗？"

所到之处是而今少见的单门独户的一家，开了大门是院子，再往里方见到几间大屋和一大家子人，上下簇拥着的是令吴老太见过一面就永难淡忘的张玉茹。

张玉茹的儿子、孙子、孙媳妇等都在。她的儿孙有的在倒茶，有的从里间走到外间忙着家务琐事。有几个小孩子互相追逐嬉戏，穿梭在客厅和院子之间。

吴老太身在其中，有些局促。庄主席陪在她旁边。张玉茹笑道："吴奶奶，别拘束，请你来坐坐，跟在自己家一样。"吴老太被触动心事，叹道："我哪有您这么好福气。我自己家里冷冷清清……"张玉茹劝道："伤心事就不说了。我让庄主席接你来，就是想帮你解解这个结。"手一抬，指了指儿孙，食指的皮皱皱松松的，但看得出当年手形的纤长秀丽，"你看我家里特别热闹吧，他们一半是我的子孙，一半是我们的'社会宝宝'。"他的子孙等听到这个称呼，都笑起来了。

吴老太不懂道："社会宝宝？"

张玉茹也笑："那是我儿子、孙子他们，可是那边那几个，你猜猜。"吴老太隐约有点想到。张玉茹一个个指过去说："那是我儿子助养的孩子，那是我孙子孙媳助养的，再过去顶小的那个孩子是我重孙子同他宝贝女儿助养的。连我自己在内，全家五代都是社会妈妈。"

吴老太张口结舌，说不出话来。世上竟有这样的事，不亲眼看见再不信的。

庄主席在旁说道："这是我们妇联宣传的一个典型。"张玉茹高兴地说："典型不算，可这是我们家的光荣，也为我的晚年增加了不少温暖。吴奶奶，本来，我们家几代单传，也是很冷清的。现在完全不同啦。"

吴老太怔怔地瞧着张玉茹，不知说什么好。一到这位九旬老人面前，自己的尖利口齿就无所施其技，像被一种无形的威力所慑，可这威力给她的偏偏又不是压迫感，是极亲切极随意的。她无法解释，有一秒钟她恍惚觉得于青桦老了以后说不定也能修成类似的气质。

张玉茹靠在椅子上，任阳光洒上满布皱纹的脸庞，头发全白了，可是发量仍丰茂，加上清醒的思维和温润敏慧的眼神，有一种奇异的美，像苍褐色的树干上开出了花："当初我就跟我儿子孙子他们说，你们要是真孝顺，就代我好好照顾这些祖国的小苗苗。这如今真成了自家人了。"

一个小女孩过来抓着张玉茹的衣袖，在她右手的手腕上数皱纹："一个，二个，三个，四个……"张玉茹笑着纠正："是一条，两条，三条，四条……"庄主席等都笑。

吴老太不由得说："您不说我真以为是你们家的小孩。"张玉茹说："谁对他们好，他们心里头有数得很呢。小鹏你来。"

一个十五六岁的少年放下手中的"智多星学习机"走过来，嘴唇上有淡淡的茸毛。张玉茹把他揽在怀里："这孩子最疼我，在外地上学，逢年过节一有空就来看我，一闲了就给我写信。"少年略有些腼腆又透着幸福。

吴老太问："他也是您助学的?"张玉茹笑说："刚考上高中，你看，正在蹿条子呢，隔几个月就长高一点。眼看着衣服越买越大号了。"

庄主席不失时机地说："吴奶奶，你要想家里热闹，就别跟于老师闹别扭，反而应该支持她。将来常路不就跟小鹏似的，常来常往，跟你们成一家人了？"吴老太羞惭地说："我当着常路的面骂过青桦，又刚在青桦面前骂过常路，他们哪肯跟我做一家人？连永康也是心向着他们。我知道，都嫌我厉害、嘴碎，多嫌着我老太婆一个人。我就是个孤单终老的命。"说着不禁泪下。

张玉茹坐起半个身子来说："这你可以放心，于老师不是这样的人，我和庄主席也不允许这样的事情发生。"她的口气十分肯定，说得简短有力，不容置疑。吴老太顿觉心上的重负松动了几成。

有人在门外院子里叫了声"妈"，走了进来，竟是于青桦。吴老太一愣。张玉茹笑道："儿媳妇来接婆婆了。"于青桦锁好自行车，走进来，带笑向张玉茹和她全家问好。张玉茹同她拉手说笑，很是亲热。于青桦细心地扶她重又躺回摇椅上去，庄主席帮她把腰间的垫子垫正。

于青桦的笑里含着些不好意思，似乎认为她不该同吴老太起冲突还打了一阵冷战。吴老太见她这心虚的笑容，回思自己所作所为，只觉更加羞愧难受。她看向庄主席，求助似的。庄主席笑道："我一通知，她立刻来了，这还不说明问题？"

于青桦半蹲着，与坐在椅上的吴老太一般高，说："妈，我来接您回家。"吴老太不敢相信："回……回家？"于青桦说："我自己的母亲去世得早，你是这个世界上我唯一叫妈妈的人，我怎么会真的跟您怄气？都好几天了，就算庄主席不搭桥，我也要跟您和好了。"她顺手替吴老太把右边袖口往上卷了两道，与左袖一样。吴老太不由得泪眼婆娑。于青桦笑说："咱们把过去的事都放下，一起把常路培养成才，一起当好这个社会妈妈，小恒在天之灵，也会高兴有个弟弟替他孝顺我们，您说好不好？"吴老太哭着点头说：
"好，好！"

婆媳俩相拥而泣。张玉茹擦擦深陷的眼窝，抽抽鼻子笑
道："好了，这件事到此为止。以后谁再提起，罚他永远不
准进我家的门。"众人都笑了。

十

吴老太是个至情至性之人，心魔一退，对于青桦再无芥
蒂，家里家外打理得妥妥贴贴，对助学常路全力支持，偶尔
听到有人置疑，她会直问到人家脸上说："你什么意思？你
是想挑拨离间？我们家的事，要你咸吃萝卜淡操心？发你工
资请你来管闲事啦？我到你单位找你领导反映反映？"一连
串反问加排比，吓得人家落荒而逃。陈萍一五一十学给于青
桦和吴永康听，逗得夫妻俩笑不可抑。于青桦的心境空前明
媚起来。

这天她和刘丽在操场上散步，身边有学生跑步，草坪上
有学生晨读。清晨的校园，仍有未散尽的淡淡的晨雾，有种
如烟的朦胧。刘丽慢慢地走着，跟平时青春俏皮的模样迥然
不同。手机一响，她立刻接听，又没精打采地挂断。于青桦
问："是谁？"刘丽说："打错了。"于青桦笑问："我是说，
你期待打电话来的是谁？"刘丽不答。

迎面有老师打招呼，跟着又是几人走过，虽不过分亲
热，却都较为友好。于青桦说："有没有发现最近大家看到
我们自然多了？"刘丽振了振精神说："好像是。什么原
因？"于青桦说："凡事贵在坚持。等大家不大惊小怪了，也
就习惯了，接受了。不过最好的结果是……"发现刘丽出
神，笑道，"在想什么？"刘丽自失地一笑说："你说最好的

结果是什么？"

于青桦笑了："你还挺能一心二用的。最好的结果是，他们不仅接受，而且认同，要是能参与，就真正完美了。"刘丽笑了一笑："我觉得不太可能。"

走了一程，就见余光小跑着过来说："告诉你们个秘密。"于青桦开玩笑说："哦？能不能听啊？不能听就不要说。"刘丽插了一句："他哪忍得住。"余光笑着低声说："上回有几个老师到我店里买东西，刚好田主任也在，他们扯闲篇说：'想想于老师，也真不简单。'"

刘丽看看他说："就这？没下文啦？"余光道："就这么一句话。"于青桦笑道："这算什么秘密？"余光说："这是个信号弹，表示风向要转了。"

于青桦笑了，指前面的薄雾："你看，你刚才从那边的雾里过来，面目模糊，走近了，就看得清你了。但是假如你总站在原地不动，甚至后退，就会越来越模糊。"刘丽即刻明白了，余光想了想才呵呵笑说："对，对，关键不是风向，是自己。"

十一点钟，下了课，常路依约来到。于青桦领着他四处走走。路过余光的小杂货店，于青桦便给常路买东西吃。余光非常稀奇地看着常路说："于老师，这就是……那孩子？"于青桦笑说："常路，叫余叔叔。"常路乖巧地叫了。余光喜得眉开眼笑："你好你好！想吃什么？叔叔请客！"于青桦笑道："真的假的？你舍得？"余光犹豫了一下，慷慨地说："当然！"于青桦笑问常路想吃什么，常路指指蛋卷。余光二话不说就递了过来。

常路等不及，直接拆开吃了。于青桦笑着等他，余光眼睛不离常路，越看越有趣似的："你怎么把他带学校来了？"于青桦说："我让他提前感受一下中学生活。希望常路将来能考到咱们这儿来。"常路点点头："我考试从来不紧张。"余光越过柜台，弯下腰伸长手摸摸常路说："让叔叔摸摸这个聪明的小脑袋。"常路笑躲到于青桦身后。余光又说恭喜吴老太总算不排斥小常路了。于青桦笑说："要不然，为了怕刺激老人家，我也不好大模大样地把他带到学校来玩。"

母子俩往前走了一截子路，常路蹲下去看草。于青桦问："怎么了？"常路说："小草的尖上有水珠。水珠停留好久不掉。"于青桦俯身去看，这才发现青草的尖顶上滚动着露珠，绿白相间，清新悦目。她夸赞常路心细："阿姨天天走，难得留意到这么美的东西。你将来也许能当个作家。"常路笑问："作家是什么？"于青桦讲给他听。他想了想说："好，就当作家。"一面还出神地凝视着那水珠，觉着波心里有一个美丽清澈的小世界。

于青桦笑着给他擦擦汗说："再看看就去我办公室吧，这天一天比一天热了。"常路站起来说："然后就是夏天来了。"于青桦继续给他擦汗，笑说："立过夏了，夏天已经来了。"

不远处田主任和两个女教师望着他们。左边的女教师说："你别说，还真有点母子相。"右边的女教师道："田主任，她工作时间带家属上班，这可要算违规啊。上次我带我儿子来你可是批评我的。"田主任一笑："你都已经把常路算成于老师的家属啦？"

话题盆到哪里去了？那女教师说了声"啊？"研究研究自己的下意识，似乎田主任的分析也不无道理。

刘丽陪于青桦晨间散步后，上午连上了两节课，就没陪常路逛校园。正想着中午要不要请小朋友吃顿美餐，却收到了赵岚的消息，问晚上有没有空见个面。自从上次不欢而散，两人一直没联系过，随着时间的流逝，刘丽渐渐觉得他们之间的故事是划上句号了。没想到没有任何铺垫地，他又出现了。她想生命如果是他的相机，有些人总是毫无征兆地入镜，使人惊讶，也使人……欣喜。

在一家精致的音乐餐厅吃了晚饭，两人对上次的争吵只字未提，议论议论菜品，点评点评环境、喷泉、鲜花、台布、窗棂，投影幕布上播放的是法国电影《午夜巴黎》。这一类的场合，是不愁没有话题的。话题太多了，却也妨碍了深层的交流。末了一结账，372元。刘丽说："惭愧惭愧。"赵岚说："荣幸荣幸。"两人相对而笑。

刘丽内心有点失望，她预想中的夜晚不是这么过的。岂料赵岚问道："去不去上次去过的楼顶？"刘丽心口突地一跳："你报社顶上的露台？"赵岚笑道："解铃还需系铃人。这个'人'也可以代指场所。"刘丽一笑："你这么问就是早有预谋。"赵岚笑着打了个车。半小时后，他们已经置身于上次拌嘴的所在了。

说了会儿闲话，赵岚笑道："你过来，咱们还站在上次站的地方。"刘丽道："谁跟你闹着玩儿。"嘴上这么说，脚下已走到赵岚身边，身前就是护栏。

赵岚把她往左拉一拉说："对，就这儿，还是这个视角，朝下面看。"

万家灯火，星星点点，人小如蚁，车微似盒。刘丽问道："和上次有什么不一样？"赵岚咳了一声说："我是想告诉你，有时候，从这个角度看世界，也有它的好处。你上次说我脱离实际，高高在上。但是假如我们永远在人群中，永远只凭着本能生活，那就永远不会有现在的清醒和跳出来后才能做出的全局规划。"刘丽笑道："要说从高处俯视有什么优点，我觉得就是发现生命很渺小，很脆弱。想通透了，有很多事就不用太计较，这是抽离的好处。"赵岚便说："你大多数时候挺开朗，有时候又好像很悲观，这刻还有点儿禅意呢。"刘丽笑道："那也谈不上，总之，咱俩看事的视角不在一个频道上。不过没关系，君子和而不同。这一点我要检讨。对了，不生我的气了吧？"赵岚笑道："大男人会这么小家子气吗？"刘丽道："那我打那么多次电话你都不接。你也没打给我过。"赵岚拍拍护栏扶手说："单位派我到外地追踪采访，山区啊，信号差得不得了。"他没说是他自己主动请缨，想表现给大领导看，他直觉这是刘丽所抗拒的。刘丽闻言释然："怪不得手机总不在服务区，发消息又不回。"

晚风习习，吹动二人的头发。赵岚拂了拂遮在眼前的刘海笑道："可是我一出山区，就收到你一条消息，唯一的一条。"刘丽笑道："哪一条？"赵岚笑道："你说，你觉得我介于你的朋友和战友之间。"单拎出这一句来，是一种试探，她知道，他也知道她的知道，他急切地想看她作何反应。

他们脚下是报社顶楼，有加班的人在吃盒饭，再下几层有人打电话记着什么，再下几层是租出去的，有两个业主明显地在吵架。底层是传达室，邻近的就是大街。于青桦一家三口和常路父子在街上徜徉，闲散而温馨。

吴永康说："妈，最近我觉得你都不太像我妈了，像我和青桦平辈的朋友。"吴老太在儿子身上轻拍一掌说："当着老常和孩子，没大没小地瞎说。"吴永康笑了。于青桦也笑道："本来嘛，妈跟我们同一战线，不是朋友也是战友。"

常志坚在旁感慨："原来我就怕因为我和儿子弄得你们一家闹心，现在我才放心了。"常路忽道："哎，我也是。"

众人一怔，一齐哈哈大笑。

吴老太捏他脸："你也是啊？你是什么？"常路说："是……反正现在阿姨叔叔奶奶都喜欢我，就不会吵架了啊。"吴老太有些惭愧地摸着常路的头向几人说:"之前都怨我,没事找事……"于青桦忙打断说:"过去的事还提它干吗?不如想想明天吧。明天把新家具送到常路家去,家里该有多漂亮啊!"常志坚搔搔头说:"这事真是……叫人怎么过意得去……"

一个男人不小心重重碰了一下常路,自行走远。常路差点跌倒。于青桦和常志坚忙去查看。吴老太气得朝那人背影喊道:"走路不知道看人啊?"过去给常路揉手臂,问疼不疼。常路笑道:"不疼,我是宇宙超人奥特曼!"摆个造型,很有力的样子。吴老太这才展颜。

报社大楼传达室的门卫在看电视,笑容与吴老太脸上的笑遥相呼应。上几层,两个业主在打架。再往上去,那打电话的还没放下听筒,手上的水笔仍是笔走如飞。再往上,往上,黑着的,有光的一排排窗格之上是顶层,加班的人抹抹嘴,丢了饭盒,坐下继续加班。在他们头顶,刘丽和赵岚半个身子探出护栏之外,一递一句地聊着天。

刘丽承认了在社会妈妈的事儿上,他是她的战友;私底下,当然也是好朋友。赵岚觉得不够,但也不想操之过急:"有时我会呆想,超人算是人类的好朋友了吧,可如果真有超人把人间所有苦难都给解决了,人自己都去干吗呢?"刘丽笑道:"那是好莱坞式的幻想。国际歌可唱了,'从来就没有什么救世主……'"顿了顿说,"以前我也当过拯救者。也不能算拯救吧,就是大学时,帮助我们宿舍一个贫困的女生,叫小晴,我们好得像亲姐妹一样。小晴家比较困难,我就千方百计地帮她。我的零花钱,我做家教的钱,我大四实习的一点补贴……帮得我男朋友都抗议了。"

说到"男朋友",她停了一下。赵岚踢踢护栏,尽量显得潇洒自如。

刘丽接着说下去:"他人比较现实,跟我说我们要存钱,将来好买房子付首付,还有小孩和老人等等。我们为了小晴的事吵过无数次,后来就分手了。"赵岚追问:"这就分手了?"刘丽笑笑:"我说起来简单,其实前后也有两年多呢。最后他跟我说,小晴还是其次,主要是我这种性格,将来一定不是个过日子的女人。"赵岚笑道:"我很无语。他就不能挣足够的钱,支持你实现自己帮助别人的理想?"刘丽笑道:"我还以为你要说,难道有爱心和不实际就可以划等号吗?"赵岚笑道:"我是赞成男人在外面建功立业,不过咱俩对他的批判殊途同归。"

刘丽笑笑说:"上个月同学聚会我才知道,原来他和小晴结了婚,理由是小晴很安分,贤妻良母,这圈子绕得也太讽刺了。"赵岚望着她说:"你觉得特别不值,是吧?"刘丽深呼吸一口,甩甩头发:"不想人家的事了,我走我的路,一个人也没所谓。"赵岚脱口而出:"怎么会是一个人?"刘丽看他一眼。赵岚说:"我的意思是,你不是还有个好朋友加战友在这儿呢吗?我保证,你不会孤单。"他又重复了一句:"你不会孤单的。"他英俊的五官写着郑重。刘丽明知他们的价值观有若干参差,此情此景之下,仍不禁心摇神荡,嫣然如花。

十一

当晚,于青桦在家正收拾收拾准备休息,吴老太捧着个四方形小木箱子进来了。于青桦回头问是什么。吴老太停了停才说:"你不是有个小钥匙吗?"

于青桦浑身一震:"这是……小恒的遗物?"

吴老太有些尴尬地说:"当时我们清点小恒的东西,三个人各收一摊，我就找到了这个。以前跟你怄气，藏起来不给你看。其实我一看到你那把钥匙，就猜到是配这个箱子的。"于青桦抚摸着箱子，良久方说："不知道里面放的是什么。"吴老太说："我也早想知道，就为了跟你赌气，忍到今天。这箱子是孙子留下的，我又舍不得把它劈开。"

于青桦三脚两步找来小银钥匙串儿，打开箱子。开箱的时候手颤，试了几次才打开。

婆媳俩不约而同凑上前去，头靠头地细看。有集邮册，有体育明星签过名的玩具足球，有亮闪闪一水晶盒子做成各种动物形状的玻璃制品，有"全家福"照片以及与同学的合照，还有一个包装纸包得很漂亮的长方形物事。

于青桦温柔微笑："原来是小恒的百宝箱。"吴老太想笑又想哭："那个包得好好的不知是什么。"

于青桦轻柔地拆去外包装，好像怕那层鲜艳脆薄的纸会痛似的。拆开一看，是一盒"暖宝宝"，下面压着一张纸。于青桦连忙抽出与吴老太共看。

"虽然叫你'老妈'，可是你一点也不老。你总是腰痛，这是我等到母亲节再送你的高级礼物，贴贴就好了。开心吧？哇哈哈。你最最体贴的儿子"

于青桦不觉泪如雨下："你就是妈妈的暖宝宝……"吴老太在旁也泪流不止。

房门没关，吴永康、常路径直进来了，见了二人神色，满心疑惑。吴老太袖子抹一下脸，鼻子还嗡嗡的："找到小恒半年多以前给青桦的礼物，一盒'暖宝宝'……"吴永康喉头一堵，双手摸上箱子，随即想到这一刻需要的不是同声一哭。他轻轻盖上箱子，把盒子塞进妻子手中让她收好。他的眼睛也是红的，于青桦与他目光一擦，仿佛心灵相通，忙转悲作喜，说了些开解吴老太的话，又问常路明早想吃什么。

　　岔了半晌的话题，吴老太才止住泪。吴永康犹恐母亲再伤心，睡前带着伤感最是于身体有害，哪怕等母亲先睡了，两口子私下怀念呢，便微笑着说："对了，你们知道常路刚才跟我说什么吗？"

　　常路小脸红了。于青桦问他说了什么。吴老太也看常路。常路不肯说。吴永康代他说道："他说他长大了也要帮助别人，做社会妈妈。"

　　于青桦感喟难言，觉得说什么都不足以表达她此时的心境。隔了好半天，她才强笑着摸摸常路的头。

　　次日，吴永康请常氏父子到品鉴馆吃当地特产"锅盖面"。小锅盖漂在大锅里，被热气顶得游移不定。常志坚虽在乡下，到底是镇江本地人，这面也是吃过的，但这家品鉴馆是新开的，专司服务景区游客，从环境到食材都代表了本城同行的最高水准，因之看到厨师当众"表演"下面，以及那两壁的书痕画迹，还是觉着新鲜。

　　位置上坐了不少人。五人等面的当口，于青桦笑道："家里地方小，昨天害老常在外面睡沙发。"常志坚说："那有什么？我在家还打地铺呢。"常路补了一刀说："以前爸爸喝醉了直接睡地上。"常志坚阻止地瞪他。众人皆笑。

　　服务员端着大托盘过来，一碗一碗放下，报着名字："腰花面、肥肠面、牛肉面、大排面、青菜香肠面。请慢用。"

　　吴永康谢了他，给大家各取一碗。

　　雪白的面汤，韧韧的面条，上面搁着不同的主菜和大致相同的配料。常志坚尝了两口，又喝了口汤，说："镇上也有'锅盖面'，就远不如这家地道。连配料也这么讲究，是什么东西做的？"吴老太说："花生丁子、辣椒、蒜末、蚕豆、香菇、鲜笋尖，还有点姜葱。"常志坚："乖乖，一碗面倒要这么多东西配它。难怪这个味了。"

那边有等得无聊的游客信口吹起了口哨。常路大受启发，掏出于青桦送他的桔黄色哨子吹了两声，给那人"伴奏"，哨声极是响亮，引来全室注目。吴老太嗔怪地轻打一下他的头。于青桦和吴永康忍俊不禁。常路这才心满意足地收起哨子，埋头呼哧呼哧喝汤。

吃过饭，上了附近的小车——确切地说是小货车，再不快不慢地开往常家。

常志坚坐在副驾驶位上同司机有一搭没一搭地聊天，倒仿佛挺有共同语言。于青桦、吴永康、吴老太坐在后排，常路坐在吴永康腿上。

于青桦悄问吴永康是从哪儿请来这位师傅的。吴永康说请同事帮忙找的。于青桦颇为欣喜，吴永康平时在单位是出了名的不合群，如今能顺利托人办事，这进步不是一点半点，因开玩笑说："看来吴老师最近跟大家的关系有改善啊？"吴永康笑了，说："其实并不是那么难。"

一个多小时后到了常家，司机帮着吴永康、常志坚把新桌子、新椅子、新床头柜等往里面搬。常路笑嘻嘻地也帮忙拣轻的塑料凳子拿。邻居手上拿着织了一半的毛衣，伸脖子朝这边看新鲜。

几人一齐动手，动作甚快，不到一个小时已布置整齐。屋内陈设焕然一新。吴老太欣悦地说："清爽多了，像个家了。"

常志坚不敢相信似地看了半日说："这是我们家吗？都像个小宾馆了！"

吴永康向司机道了辛苦，说不耽误他，他们下午自己坐公交回去，一边握手一边送出门去，依稀听到二人的笑声。

这方面向来迟钝的吴老太也发觉了:"青桦,觉不觉得永康变得爱说话啦?"于青桦笑道:"是开朗得多。"二人不约而同看向这变化的引发者。常路正东边摸摸,西边摸摸,浑然不觉。

吴永康在外面叫:"你们出来看看!"

四人出去。吴永康一指菜地,郁郁葱葱,生机盎然。于青桦微笑说:"看得出来,老常是用了心了。"常志坚说:"你们帮我选的种子都是上好的,我按时浇水、上肥就行了。这都偷懒,我就太不成话了。"于青桦说:"那是我和永康到种子公司选的优质菜种,以后你还能往屋后面扩,我看还有好大一块田地空着。"常志坚笑道:"我就是这么打算的。"

吴老太拎起铅桶说:"趁这会子还不热,给浇点水。"众人忙抢桶。常志坚连说:"可不能!可折死我了!"吴老太说:"你以为我是做贡献啊?多少年没下地做过活儿了,我是免费活动我的老骨头,等于跳了保健操,锻炼过了。"结果是她一个人浇水,一群人跟着,她往东他们往东,她朝西他们朝西,活像老鹰捉小鸡,弄得她索然无味。

风平浪静的日子没过多久,常路出事了。吴永康旅行包一放,不及换身衣裳,急忙赶到第一人民医院。

穿过门诊大楼,走过体检中心,乘电梯而上,到住院区,护士站前匆匆一问,就找到了走廊尽头倒数第二间的病房。白被子、白床单,常路躺在病床上,昏睡未醒。于青桦站着。吴老太坐在另一张床边上。

吴永康开口有些急躁,像在怪谁,又不知道有谁可怪:"怎么想起来半夜去喂鸡?还把头和膀子都磕破了!"吴老太道:"上回青桦问他绿壳鸡养得怎么样,他就上心了,夜里还要喂一顿。"于青桦懊恼自责:"都怪我多了一句嘴!"吴永康说:"他特别在乎你的话。"于青桦默然点头。

吴老太向吴永康说："这已经好了一大半了，水也不挂了。你前两天出差没看见呢，外伤就罢了，还脑水肿，嚷头痛，把我们吓死了!"吴永康心中一窒。于青桦忙安慰他："拍了片子、做了彩超，该查的都查了，说没什么大问题。今天基本上就正常了，不良反应全消失了，脑水肿也消了。"吴永康说："这是好现象。"于青桦道："再留院观察个两三天，没反复就可以出院了。"

　　吴永康凝望着常路，随口问："老常呢?"

　　吴老太端起床头柜上的茶杯润了一口："常路爸爸头一天在这守了一晚上，后来我就催他回去照顾那些鸡啊田啊的了。"她看似抱怨实则显摆地说："他这一回去倒放心，横竖他知道孩子有咱们照应，万无一失。"吴永康心头大石放下，笑了笑说："那是，有我们在，比老常自己还周全。"于青桦说："我去看看护士站的营养餐配好了没有。等会儿孩子要吃点。"吴永康忙说："我去跟你学学，出了院也能照方抓药，做给孩子吃。"吴老太嗔怪："还提药!"吴永康道："好好，不说了。"说着同于青桦一道走出。

　　吴老太给常路塞塞被角，十分钟不到，常路醒了，问刚才是不是叔叔来了。吴老太说："去帮你打饭了，饿不饿?"常路人小，可天性淳良，反问："奶奶你饿不?"吴老太说："奶奶老了，胃口不如从前了。"常路想想说："我胃口也不如从前。"吴老太被逗得一笑："傻话，你是生病，天天躺着不活动，出院了就好了。"

　　常路闭了一会儿眼又睁开来问："奶奶，快暑假了，小哥哥怎么还不回来?叔叔说要好久才能再看见他呀。"吴老太一愣说："他呀……"常路感兴趣地说："我从来没见过他。他比我高吧?"吴奶奶强笑了笑说："比你大几岁，个头儿也高些，成绩没你那么好。"常路问小哥哥叫什么名字?

禁不起常路几次细问，吴老太年迈之人，分外易感，忍不住说："奶奶把你当自己人，什么都跟你说吧，你小哥哥……没了！"

常路震惊，他明白奶奶嘴里的"没了"绝非普通不见了的意思。吴老太擦着泪说："奶奶为这个生你阿姨的气，生了半年多！"常路还没缓过神来，顺口问："为什么啊？"吴老太说："那天是母亲节，全家做了好吃的菜等你阿姨。她打电话来说学校有点事，加会儿班。我们左等也不来，右等也不来，后来你小哥哥就偷跑出去准备到学校催你阿姨回来，他早就买好了节日礼物藏在家里，等不及要献宝似的给她，哪知道就在学校附近的十字路口……"

她把那悲剧讲给一个她曾经极为敌视的孩子听，一老一小相对落泪。失去亲人的痛楚不会因为另一个亲人的出现而完全抹平，哪怕另一个亲人给了她相当的安慰。但是反过来说，也正因为有了这相当的安慰，她才能情绪稳定地怀念伤悼前一个亲人。这讲述看似在旧伤上又划了一道口子，使它重又痛得这般新鲜；实则是把旧患里最后一点积郁的毒素——包括对亡人的痴、对儿媳的怨、对常路的妒——尽数挤了出来，锐痛过后，便是新生。

狠狠抽泣了一阵，吴老太情绪渐渐平复下来，拿面巾纸擦了脸，又撕一张给常路，叹道："我就是想起来心里还有点堵。等一下你叔叔阿姨来了，别提这事，不然你阿姨又要做噩梦了。"常路点头暗忖："以后我要像小哥哥一样孝顺阿姨！"

于青桦、吴永康一块进来了，吴永康手里是医院的营养餐。吴老太笑了笑说："这么快就有得吃了？"于青桦笑道："刘丽让他男朋友找了人多照顾照顾，恐怕护士给我们插了队。"给常路套上外衣，扶他坐起来喂饭。她拿枕头给常路垫着，一勺勺拌匀了送过去，爱怜横溢。三个大人看着一个孩子吃饭，带着程度不同的关切。下午的阳光斜照进来，虽是病房，却充满了家庭的温馨。

吃过饭，于青桦叫吴永康照应一下，拉了吴老太出去。唯其因为她要显得自然，多少泄露了些不自然。常路年纪虽小，经的事却不少，聪明地感觉到了什么，望望于青桦的背影，漆黑的眼珠分外灵动。

他自己撕纸擦擦嘴，机灵地说："叔叔，我睡会儿啊。"吴永康说："刚吃了就睡不消化。"常路说困。吴永康帮他脱外衣说："好吧，大概病还没好透。"看着常路合上眼，吴永康轻轻走出门外，把门缓缓带上。

常路下床，走到门口，把门拉开一些，伸头出去，依稀听见于青桦的声音。他把脑袋又尽力往外伸了一伸，门也开得大了点，这次听得较为清楚了："能借的都借了。你也知道，我跟你一样不是长袖善舞的人，除了刘丽，也没多少关系好到可以借钱的朋友……"吴永康话声："主要是上次买绿壳鸡用了一笔，买饲料是两千，后来又给送了二百棵果树苗和一些菜种。"他笑了："还专门请了果农上门辅导过，服务三包。"

于青桦微嗔的声音："亏你还有心情说笑。买家具也用了些，一时倒真是钱不凑手。"吴老太语声："你问我，我哪有什么亲戚好借的呢？都还不如咱们家。现在是真生不起病，一住院钱花得跟淌水似的。你们又非要住甲等病房，顿顿配营养餐。"于青桦道："甲等病房一个人一间，没人打扰，恢复得快。孩子前几天的情况很吓人，我也是慌神了，只要他好，还管他贵还是便宜呢。"说着却咳嗽了两声。

吴老太担心的话声："你别是也病了吧？可要当心。"于青桦笑语："我是普通感冒，多喝水就好了。"吴老太语声：

"瞎说，要吃药。"于青桦迟疑了一下："我……还是喝水吧。那些药一来就是三十几块。喝水好，没副作用。"吴永康无奈地劝："你呀，死撑，家里有正柴胡冲剂，晚上我提醒你。对了，可以找庄主席想想办法。社会妈妈的困难，她可能能协调解决……"

常路缩回头，轻推上门，回到床上，睁着大眼睛对天花板出神。他小小的心灵里第一次体会到经济拮据的滋味，而这一切都是因为自己。

十二

于青桦思想斗争了很久才去找妇联；去了，坐在沙发上，又言不及义，尽说些不相干的；给庄主席问得没办法了，才勉勉强强开口，未语先飞红了脸。庄主席怪她太见外："就不看在社会妈妈这一层，咱们也算是共过风雨的朋友了。"

于青桦听这话风，显是庄主席愿意帮忙，正暗暗喜悦，手机响了。一接，像给人兜头泼了一盆冷水："常路不见了!"

这么小的孩子私自走失，这一急非同小可。她赶紧打电话给刘丽，问她有没有见到孩子在学校一带出现。刘丽刚好在余光那边买东西，一听也吃了一惊，当下跟田主任请了假就去帮着寻找。才走了两步，余光也锁了店门追出来了。

天黑下来了，而于青桦、庄主席、吴永康、吴老太、刘丽、赵岚、余光三拨人也在街角会齐。刘丽急问怎么回事。吴永康焦虑道："这孩子听到了我们谈话，留了个纸条。"吴老太说："他以为他躲起来我们找不到，青桦就不用为他花钱了!"庄主席好笑又感动，于青桦却痛切又自责："都怪我在走廊上说这些！下楼说不就好了?!"

庄主席究竟镇定些，看看众人说："我已经把常路的照片给了同事，请他们出去找了。特别是车站，防止他回村。这时候还有晚班车。"刘丽道："我也请了热心肠的老师和同学去找了。田主任领头。"赵岚忙说："我汇报给社长和总编了，他们正跟电视台和市政部门联系。"

一个惊雷，灯光映衬下，厚重的阴云反而更加分明。于青桦右手下意识握得紧紧地说："这天说变就变！这孩子身体刚好，出来乱跑！"她抬头又看了看天。红色灯光投上黑色雨云，有种狰狞的魅艳。

庄主席当机立断，一指身后商厦说："一楼卖伞，一人一把，别孩子没找到，你们又病了。"她才转身，余光自告奋勇跑进去了。

于青桦说："顺着医院出来的路，咱们一路摸过去，跟学校老师和妇联同志不同的方向，把可能的地方跑一跑。"心头七上八下，急得发狠说，"就算大海捞针，我也要把镇江市一寸一寸搜个遍！"

刘丽见她发丝零乱，脸色憔悴，不忍地说："很多老师都说你们有母子相，你记得吗? 既然你跟常路有缘，就绝不可能错失。"于青桦眼睛一红。吴永康温柔地拍拍她，无言安慰。

余光小跑出来发伞。刘丽奇道："七个人四把伞?"余光安排得井井有条："于老师庄主席一把，老吴跟吴奶奶一把，赵记者跟你一把，我一把。四把够了，别浪费。"

赵岚二话不说，跑去跟刘丽共伞。刘丽略觉羞涩。余光冲他们大有深意地一笑。于青桦说："快走吧!"

闪电一亮，炸雷震地，大雨倾盆。

张开的四把伞都是淡青色、花瓣型的，雨夜灯光下像四朵盛开的爱之花。其中一张伞下响起了余光的声音："十块钱一把，我还价还成八块！"

车站附近，妇联的十几位工作人员来回寻觅。一名中年男人说："雨这么大，他一定在能躲雨的地方。"中年女人说："对，进去看看。不行的话留两个在这儿守着，我们再往周围找。"

河滨公园那里，众老师和自愿加入的高年级学生也在冒雨寻觅。田主任说："把报纸拿出来，没见过常路的再传阅一次，加深一下印象。"另一人应了，从皮包里小心地拿出报纸。田主任用伞挡着报身，以防给水淋湿，众人都聚拢来看。手机电筒的光打在报纸上，上面的照片是农业示范园里于青桦、常路的合照，笑容灿烂。一部分人大声说："记住了！"田主任调派众人说："你们四个一组到'永和豆浆'那里看看。你们五个到那边巷子转一下。张老师，陈老师，简老师，我们往这边找！"众人齐声答应。

医院大楼下，三位也是"社会妈妈"的护士打头，领着一队人往前。护士甲说："医院这一带咱们最熟，怕就怕太熟了反而漏掉。"护士乙说："当第一次来，一个角落也别落。"护士丙说："分开来吧，这么挤在一起，覆盖面太小。"三组人三个方向，呈扇形有序散开。

于青桦一行人经过肯德基前。庄主席说："雨小些了，于老师你宽心，孩子淋不着了。"于青桦呆呆看着大门说："我和常路第一次正式见面就在这家肯德基。"吴永康跑进去看了一圈，并无收获，失望而归；余光不死心，还跑到洗手间里去找。

于青桦见了丈夫神色，知道希望再次落空，带着哭腔说："快十点了，他能上哪儿去呢？"庄主席说："别急，我请了各行各业许多社会妈妈一起找了！"

于青桦突然涌起一个可怕的念头，双手颤抖，拉住吴永康说："又是下雨天，又是孩子跑出去。小恒是这样，常路也……也这样……万一……永康，要有个万一，我真就活不下去了啊！"吴永康强作镇静，握住她的手，然而他的手同她一样冰冷："常路那么聪明，肯定是有意躲着我们！没有万一，绝对没有！"吴老太跌脚长叹："这个小东西真要把人急煞啦！"

一片嘈杂中，赵岚忽指摩天大厦上的广告大屏幕说："看！"

屏幕上现出常路的样貌，画外音起："尊敬的市民朋友，如果您看到这个小朋友，请速与我们联系！他叫常路，红花镇小学三年级学生，是我市一位社会妈妈助养的孩子，今晚六点半离开第一人民医院，至今下落不明。他的社会妈妈非常着急。母子团聚，需要您的指引；大爱之城，渴望您的爱心！"跟着报了联系电话。

这段话循环播放着。

行人都撑伞驻足来看。有些开车的减慢车速，摇下车窗。

余光从肯德基里跑出来说："听里面的人讲，电视上也在播，收音机也在放，手机上……"

众人手机先后响起信息提示音。于青桦急急点开，与屏幕上的资讯相同："尊敬的市民朋友，如果您看到这个小朋友，请速与我们联系……"

于青桦感激莫名，而又忧心如焚。她想到她曾背负的压力、受过的冷眼、听过的闲话，她不确定地拉住庄主席问："你们说不认识的人会帮忙吗？"

庄主席向青桦深深点头，说："认不认识都一定会帮，刚才屏幕上不是说了？镇江的别称可是大爱之城！"

整座城市真如庄主席预料的那样动起来了。一位四十多岁的男子在轿车上打手机："还没睡吧？出来帮着找找小孩，人家社会妈妈急疯了。"

几个青年乘客在公交车上道："师傅这站让我们下吧，我们怀疑那孩子在这儿。"

一对老夫妻在小区内互相扶持着前行："远的跑不动，小区里要看看。"

一群少年人议论着走到绿化带中张望："什么叫社会妈妈？""你是不是镇江人啊？""就是不是亲妈，和亲的一样。""这个小弟弟真能藏。"

有人从浴室出来，有人从网吧出来，有人从 KTV 出来，有人从茶座出来。人们从豪华的商厦、普通的民居、简陋的工棚、避雨的屋檐下纷纷走出。

电视台、电台、报社、交巡警、公安人员，有的便服有的制服，有的打伞有的雨衣，到处寻找。

自行车、电动车、汽车"唰"地掠过马路，上面的人都在左右张望。

人影车灯，流向城市每一个地方，好像血液流向每一条血管。

于青桦一行人走到挹秀桥上，往下一望，黑乎乎一片。余光用电筒照照，不似有人。几人继续朝前走。

庄主席忽然说："等等，会不会在桥洞里躲雨？"刘丽忙说："倒也难说。"赵岚说下去看看。刘丽叫他当心别滑倒了。赵岚直说无妨。大家退回到引桥那里，赵岚选了个斜坡跳下，竟真的打滑，跌了满身泥。

刘丽、于青桦等都惊呼了一声。赵岚泥猴似的笑说没关系，土是烂的，不会磕着。他摸进桥洞。于青桦桥下盯着，一瞬不瞬。不一会儿，赵岚出来了，摇了摇手。

众人交换了一个失望的眼神。于青桦焦躁之余，剧烈咳嗽。吴老太忙给她轻捶着背。

于青桦手机响了，她麻木地一接，立刻挂机，语速极快地说："陈萍发动她的同事们到处找，刚在大西路那边看到了常路!"吴永康一拍大腿说："对对，清洁女工对大街小巷最熟悉了!"于青桦一言不发，冲入雨中。吴老太追在后面说："打伞哪! 打车去! 你生着病哪!"

众人打了两辆车，疾驰到大西路，陈萍等早已等在那里。

于青桦问："常路呢?"陈萍懊丧地说："刚刚看见的，一转眼又不见了。于老师，对不起!"于青桦勉强一笑，心丧若死。吴永康忙代妻子谢谢众人。其余清洁工人含笑摇手，七嘴八舌："反正就在这一带了。""找得到的。""才走了五分钟。"

于青桦心力交瘁，晃了晃，险些晕倒。吴永康扶她。于青桦烦躁地推开他的手，无意中触到胸口一物，掏出一看，是个哨子。

于青桦心中一动，假如常路真在附近……这是最后的办法，没有办法的办法，也是唯一有可能让那傻孩子现身的办法。她把哨子衔在嘴里，用力吹了起来，慢慢向前，边走边看。

清越的哨声穿透雨帘，远远传送出去。众人跟随在后，有些不知情的就听陈萍给他们解释这母子哨的来由。附近相识或不相识的寻人大军听到哨音都找了过来，跟在于青桦身后，越聚越多。

于青桦吹着，找着，脸上不知是雨水是泪水。吴老太等亲友和不认识的行人也帮着喊常路的名字。于青桦锲而不舍地吹哨，一面擦泪，一面查看。

突然之间，渐弱的雨声中"匋……匋……"两声哨声，清晰可闻。

于青桦急忙转头，常路正在一家关门的古玩店的门檐下站着，口中也衔着一只哨子。

于青桦一愣，冲过去一把抱住，拼命搂在怀里骂道："你要急死我！你要急死我！"

众人呼啦啦围拢上来。

常路抱住于青桦，哭了。于青桦帮他擦着湿头发泣道："你不知道我们到处找你啊！大屏上都播了，你没看见吗？"常路哭着说："我听见阿姨借钱给我看病。我想出来见你的，又不想你再花钱……"于青桦激动难抑："你这个呆子！钱我们会想办法，你现在就是我的孩子，妈妈为宝宝看病不是应该的吗？"常路顿了一下，叫道："妈妈！"

于青桦一呆，泪水夺眶而出："哎！你呀，你可别再跑了你！"常路流泪说："妈妈，我不跑了，我以后都不跑了。"于青桦哭着点头说："乖，乖，乖！"

众人无不热泪盈眶，刘丽、吴老太掏出手绢擦泪。赵岚脸上、身上都有泥污，刘丽顺手拿手绢给他擦了擦。赵岚微笑。

余光对庄主席语无伦次地说："庄……我……那个……我也要当社会妈妈！我现在就当！明天就报名！"庄主席含泪欣慰地说："欢迎！欢迎加入爱心集体！"

于青桦与常路仍紧紧拥抱着。常路深情地凝望着于青桦泪痕狼藉的脸。

　　常路目光中的于青桦多了眼角的纹路，多了少许白发。那是六十岁生日时的她。

　　厨房里，自来水还在哗哗地冲洗着晚餐的碗碟，哗哗声像那天她和许多人一起找他时的大雨。

　　于青桦笑道："发什么呆呢？"中年常路笑着拧上龙头，把冲洗干净的餐具用干布抹了抹，放进碗橱。

　　母子俩趁着洗碗的功夫，追忆当年，倍感酸楚，也倍感温馨。于青桦多年来愧于自己最初资助常路时是因他与吴恒长得相像，动机未免不纯。常路却说是人之常情，何况后来确是真情，这份养育之恩，用高天厚地形容亦不为过。

　　两人说着话出来，众客人刚好起身告辞。常志坚把镇上的房子卖了，新买的二室一厅离于青桦家不远，方便两家时相往来。常路先把他送到院外，约好第二天晚上住到他家，陪他饮茶。常志坚受了吴永康的影响，酒戒得很彻底，喝茶的瘾头却愈益高涨。看看功成名就的儿子，他心满意足，施施然而去。

　　余光跟吴永康说："隔天过来杀两盘，手痒了。"吴永康这时退休在家，有大把闲暇，笑说："随时奉陪。"田主任便和余光一道打了个车离去。

　　刘丽在院外的小路上，骑着电瓶车，一只脚撑在地上，同于青桦絮絮说着知心话。常路在院内看着，对吴永康说："要是奶奶能看到这一天，该有多开心。"吴永康感慨地说："晚上吃饭的时候我也这么想的。"吴老太前年去世，常路想到她疼爱自己近三十年，哀恸不输吴、于，令吴永康大为感动，父子间的情谊也更深了一层。

二人又说了些别来琐事，好不容易刘丽挥手开车而去，吴永康笑道："说什么了？忘年交一当几十年，私房话还说不够？"于青桦笑道："她说她上次参加一个活动，见到了赵岚。对方有些意意思思的，想和她复合，她拒绝了。亏得刘丽够爽利，不然反反复复拖拖拉拉的，有的缠了。"常路道："没想到他们会离婚。小时候我一直以为他们是王子公主的模板。"于青桦叹息一声说："外形上可能是，三观出入太大。刘丽更纯粹，赵岚呢到底功利心重了些，对没有回报的事并不真的上心，而且越到中年越明显。当初他们结婚我就劝刘丽慎重来着，年轻人沉醉其中，哪儿听得进去，这不走着走着就散了。"吴永康笑她事后诸葛亮。

他知道母子俩在于青桦生日这天必有许多体己话说，常路虽与自己、与吴老太都很亲厚，但与于青桦的感情却胜似亲生，比常志坚还略胜一筹似的，便笑说自己去上上网，叮嘱两人不要睡得太迟。于青桦笑道："这才八点三刻呢。"

她和常路在院子中的石椅上坐下，夏夜不怕着凉，只是有点蚊子，稍显美中不足。

当年的老房子不住以后，他们就仿着张玉茹老人的住处，特意在品牌小区买了一楼，为的就是有个独立的院落。院中的布置与张玉茹家的院子神似，只细微处体现了于青桦的审美，也算是对前辈的一种纪念。今天因是生日，院子左右的两排隔断绿植上披了几条灯链，纯黄和纯绿交织。常路原想添上红蓝灯泡调色，于青桦嫌过于纤巧艳丽，只得罢了。这时院子一角的落地灯未开，借着自然光和一左一右黄绿二色的灯光，有种依稀却又恰到好处的亮。

头上是满天星子，身边是优雅院落，对面是慈母至亲，常路想人生到此，也算圆满。于青桦便问这次回来几天。常路说三四天就要回南京，老婆病了，加上两个调皮孩子，再不回去得把丈母娘累死。于青桦说下次把孙子孙女带来，想得慌，又问儿媳妇的感冒是病毒性还是细菌性。常路笑说："吃了药好些了——妈就是儿女心重。"于青桦说："年纪大了就更牵肠挂肚。"常路调侃："哪怕火车才二十分钟的路。"

两人说笑一回，常路说想写一部比较厚实的小说，听说于青桦的太婆婆有一段传奇经历，问有没有详细一点的资料，"最好能跟社会妈妈的事迹一样有分量"。于青桦便告诉儿子，文字资料不算很多，但大致事情她却听她的长辈讲过。民国时镇江曾有一处地方叫"完节堂"，是地方上的绅士为赡养无家可归的女子所建，太婆婆就在那特殊的空间里经历了不少跌宕。她儿时听得似懂非懂，却津津有味。常路兴起，催于青桦快讲。于青桦笑道："一代代传下来的，真相里加想象，不能当正史听。"常路笑道："我不介意，我又不是写报告文学，不用事事拘泥，得其神就行了。"

他回屋泡了一壶茶来放到石桌上，蕉叶形的碧瓷杯，一人一杯。那也是此次他带回来的生日礼物之一。于青桦笑道："这架式，是不说明白了不准走啊？"常路笑道："妈，别卖关子了！从前你也零零星星地说给我听过，今天就当给我一个完整升级版吧！"

夜空是黑色天鹅绒上洒了一把碎钻，纯色的璀璨；左右明黄、湖绿的灯链一闪一闪，倒比天上的更像星星。于青桦笑着呷了口茶说："那说起来话就长了……"

彼生

一

　　那是 1937 年的镇江。说到民国，我们想起的不是上海的风华，就是北平的浑厚，可中国那么大，各地的风土人情各自不同。你知道的，镇江在长江之畔，地方不大，位置却十分重要；又有三千多年底蕴，山青水丽，长江和运河的交汇，城市的气质因此就显得分外杂糅：既有南方人的细腻，又有北方人的刚烈。

　　太婆婆姓杨，有一个在当时最寻常的名字：淑娴。虽然叫着这个温婉贞静的名字，婆家看上的也是她端庄娴雅的风范，可她骨子里不是一味传统的女性。她和宋家大少爷——对了，叫宋家林——既不是媒妁之言，也不全是自由恋爱。事实上，是有一次无意中在亲戚家遇到，经人介绍后，她那方面先看上了男方，主动暗示的。可以说，她是个传统之中有着现代性子的女人。

　　当然，女方顶多是暗示，还得是男方主动、提亲。双方家里也还满意，宋家是医药世家，杨家是诗礼传家，两家的家境都还殷实。兵荒马乱的时代，也就算门当户对了。

　　请人合了"八字"，经过复杂的一重重手续，终于到了举办婚礼的那一天。从早上起就不断地有贺客到来。太婆婆——还是叫她杨淑娴吧，不然你听着不习惯——杨淑娴是下午过来的。按规矩新娘子要坐花轿，一对新人却坚持他骑车带她过来。婆婆当时就不高兴，说："新派归新派，也不能太离了格儿。也没听说有个吉时未到新人先见面的。"两方面妥协的结果是新郎用黄包车接她，身后跟着一长串儿披红挂彩的黄包车。他在最前头；她在后面独自坐着一辆，头上披着红盖头；后面再跟着亲友的车。

这车队招摇而过，小孩子追在后面看稀奇，轰动了半个镇江。

杨淑娴记忆中的那一天是红色的。隔着盖头，天是红色，街是红色，店铺是红色，青石板变了朱红石板，连笑也是红色的，心情更是火红的。

风在盖头上一阵一阵吹着，隔着一层布也能感到那种温柔，像宋家林温热的手掌。她的视线只看得到前一辆车车尾的雨篷，但仿佛能穿过去看到丈夫的背影。跟爱的人一生相守，还有什么比这更幸福的呢？

前头一阵喧闹，像是出了什么事。她有点着急，又不便下车询问。半天才有人过来安抚她说："车前轮子坏了，"怕她觉得不吉利，又忙补上句，"巧在穿过巷子就是修车行，这也是运气好。"

这还叫运气好？然而她懂，这是新婚之日，图个顺耳。她不好说什么，说多了好像急着出嫁似的，不管旧式的闺秀还是新女性，在这样的时刻，总该不失矜持的。

宋家林去了一柱香时间还没回来，她先是急，后是担心，又变成恐惧。日本人离江南越来越近，国民政府抵抗软弱，敌人会不会突然杀到，谁也说不好。这也是他们认识才半年多就成亲的原因之一。

又过片刻，整个车队都不安起来，派了一拨又一拨人去找。天色渐渐暗了，人影不见。最后有个细心人，在暮色中的江边草丛里找到了宋家林的一只鞋。

杨淑娴大惊失色。闻讯赶来的婆婆和小姑重金悬赏，让人到江里捞人，空手而回。活不见人，死不见尸，勉强算是生死未卜。婆婆心痛已极，迁怒新娘。小姑向来同她不睦，趁机下了几句话。公公是早就过世了，宋家林不在，婆婆成了做主的那一个。她坚决不肯接纳这婚礼还没举行就要嫁进来的媳妇，可是也无法退回娘家，她提出，把杨淑娴送到城西山上的完节堂。

娘家是肯定要抗议的，但婆婆坚称她"克夫""不吉""命硬"。照当地的习俗，送去完节堂似乎是个相对妥当的安排，即仍承认她是宋家的人，并由宋家捐一大笔钱、一片田产，让她从此衣食无忧。一年里，中秋、过年她可以回婆家、娘家，但需当天来回，不能留宿。她父亲犹豫了，他是个开明的人，但终究是那个时代的一员；她接受了，她不完全是传统的女人，可毕竟不是反封建的闯将。何况丈夫离奇失踪，也使得她心灰意懒，下意识里，有时她也觉得自己或许真是不祥之人，连累了此生唯一深爱的男人。

完节堂，她听说过，那是个封闭的寡妇聚集的地方，古色古香，但难见天日；占地颇广，但死气沉沉。她在报纸上零星看过关于她们的消息，同情过她们的命运，转瞬之间，她要加入她们了，她有一种荒诞的不真实的感觉。

结婚没坐轿子，这一程却坐了一乘小轿。落轿，出帷，她不由得抬头看了看那高大的门额。"完节堂"三个大字威严厚重，重如千钧，压下来，压下来，令她窒息。

除了轿夫，陪她来的只有小姑。一路上小姑本是幸灾乐祸的，说不出来什么原因，可能单只因为这个女人分割了兄长对自己和母亲的爱，她第一次见面就不喜欢她。兄长失踪，当然叫人揪心，也正因此，送这个灾星进了这扇大门，也颇有种切齿的痛快。可是她看到杨淑娴立足不稳的样子，强自镇静的神态，拿起包袱走进去的纤细的背影，一下子有些东西被触到了——她们本是一家人啊！兄长的事真该由杨淑娴以这样的方式来"负责"吗？她难道不比她这个妹妹更悲痛？

她不禁扬声叫了声"嫂子!"杨淑娴的身子震了一震。她又说："保重……"杨淑娴微微点头，就这样走进去了。开门的两个苍老的节妇向她行了个礼，"砰"，两扇门重重地关上了。

小姑鼻子酸了，没想到嫂子不回头跟她说一句话。她刚才是坐着另一乘轿子来的，如今她却坐进杨淑娴的轿子里，叫来的那辆跟着一起走。方才全程轿子里平静如水，不知杨淑娴在想些什么？现在她拨开轿帘，不敢相信脸上热热的有少许泪滴，她想那一定是阳光太刺眼的缘故。

门在身后合上了，沉重的，伴随着嘎嘎的承轴的转动。奇怪这一刻杨淑娴冒出一个念头：这门下面定是生锈了，要倒点油润一润了。

众节妇都出来迎接新人，之中有的人显然是进了完节堂才改的名字，恰成一组，好记得很：春花、夏荷、秋婶、冬妈。秋婶的目光不大友善，毋宁说是带着挑剔。另三人倒是平和的。杨淑娴望着她们，以及身后那二十多个年轻或年长的节妇，深深施了一礼。

众人还礼。有位少女，春花介绍说叫静秀，年方十六，比她还小两岁，小孩子一般的身形，满脸的好奇，大眼睛骨碌碌转着，对她还礼还得特别周到，腰弯得比旁人都低。她一下子记住了她。

引着她进来的两位年老节妇正让她们互相认识，不料后院中转出一个青年男子。这里会有男人？她吃了一惊，大约是眼里的疑虑没藏好，春花笑道："这是陈文龙，送粮食和油的，是我们这里的司事陈二嫂的儿子。完节堂只有他一个男人能够进出，也只能每十天来一趟。"

她不言语，新来乍到，万事需谨慎，跟年轻的男人更要避嫌。可是陈文龙第一眼就被她的美貌慑住了。从前，他觉得好看的女人要么勾人，要么羞涩，可没想到真正的美会让他有害怕的感觉。一份难言的敬畏让他觉着再看一眼都是对她的亵渎。

一声咳嗽中断了他的失态，他忙喊了声"妈"。众节妇都恭恭敬敬地说："二嫂！"

杨淑娴随众施礼，心里揣度着此人是谁？那人不等别人发话，先声夺人说："新来的，我是司事，职位仅在堂主之下，以后你就叫我二嫂。"

显而易见，这是在施下马威。杨淑娴很有礼仪地应了。陈二嫂脸上的神色并未和缓，回头向儿子喝道："粮食送完，还不快走？"看看儿子，看看杨淑娴，目光比口气还要凌厉。陈文龙在母亲的积威之下毫不反抗，唯唯诺诺地就走了。鬼使神差的，临出门前他又回头望了杨淑娴一眼。这一眼让陈二嫂怒火上涌，暗想："这小子，平时憨厚，关键时候跟他的死鬼老爹一个样！"

一腔无名火既然不能发在儿子身上，不免就要对不起杨淑娴了。陈二嫂一面围着杨淑娴踱步，一面宣布堂规："新来的，听好了，不准出完节堂大门一步；不准谈论男人；不准私藏男人物品；不准看唱本小说；不准私自会见亲友；不准大声说笑；不准着装妖艳；不准顶撞司事；不准挑剔饭食！"

杨淑娴默默记住，点了点头。杨二嫂见她逆来顺受，气焰又涨了三分，命令静秀详细检查杨淑娴的包袱。静秀不敢违命，一一点看。陈二嫂耐不住性子，问："里面有什么东西?"静秀低头数着："一个棋盘，两条裤子，三件小褂，四双布鞋，五条毛巾，六块手帕，七个针线包，还有……"陈二嫂追问："还有什么?"静秀将包袱盖上说："没有了。"

　　杨淑娴感激地看了静秀一眼，刚想接过包袱，陈二嫂劈手夺去，一把掀开包袱，搜出一只男鞋。众节妇一齐变色。陈二嫂转身重重打了静秀一个耳光。杨淑娴听那手掌与脸颊的接触之声，浑身一颤。

　　陈二嫂高大的身形逼进一步，头上梳的老式发髻随之一晃："大胆！完节堂里有规定，男人物品不进门。你这小丫头片子，把堂纪堂规都忘得干干净净，竟敢包庇她私带男鞋暗藏淫心！"静秀手捂腮帮哭着解释："不是，我其实是……"陈二嫂哪容得她多申辩，厉声说："今天不教训你，日后就坏了风纪！"

　　众节妇噤若寒蝉，杨淑娴惊诧莫名。陈二嫂举手又要再打，杨淑娴上前拦住。陈二嫂眯着眼说："怎么，你要为她求情?"杨淑娴岔然说道："我不是要求情，是问你为什么要欺凌弱小！"陈二嫂之前以为她柔弱可欺，倒是颇为意外："你敢顶撞我?刚才堂规有一句'不准顶撞司事'，你这么快忘到爪哇国去啦?"不由分说，打了杨淑娴一记耳光。杨淑娴不及细想，回手就是一个耳光。众人都惊呆了，杨淑娴自己也惊呆了。长这么大，她未曾动过任何人一根手指头。她本能地想要道歉，却见一个貌相端肃、衣着简净高华、手拿佛珠的老妇人走了过来。

　　她怔怔地看着那人，那人也正看着她，面上不露喜怒。众节妇连陈二嫂在内全体俯首道："堂主！"杨淑娴心中咯噔一下。来之前她早已想好，要同堂主、司事和众节妇处好关系。守望相助，与人与己都有好处。不料来的第一天就闯下大祸，又被堂主看在眼里。这以后的日子，怕是要难过了。

堂主慢慢开口，声音低沉重浊："你就是杨淑娴？"陈二嫂抢上前来说："堂主，这新来的违反堂规私藏男人的鞋，静秀包庇她！我教训教训她们，她竟动手打我！"杨淑娴不服说："不要颠倒黑白，是你先动的手！"堂主叹了声："阿弥陀佛！"默然片刻说，"没有规矩，不成方圆，你原是百年老店功德林的少奶奶，应知书达理，进了完节堂，就要遵守堂规。你男人不幸夭折……"杨淑娴打断她说："家林没死，他只是失踪了！"陈二嫂愈怒："敢跟堂主顶嘴，你……"

堂主制止住陈二嫂，仍朝杨淑娴说："你婆家对你尚存善心，将你送到这里，还捐助了一笔善款。按理本应让你住在上首，可你一来就惹出是非，改为住下首，跟静秀一起打杂一起吃饭。其他的，二嫂按规定处罚。记住，清心嫠节，嫠家本分。阿弥陀佛。"

她缓缓走去，众节妇都躬身相送说："堂主慢走。"

陈二嫂哼了一声说："杨淑娴禁闭三天，每日一餐！静秀禁食一天！春花，夏荷，给我看好了！"夏荷吓得唯唯而应，春花垂目低眉说"是"。陈二嫂又说："秋婶，冬妈，把这只男人的臭鞋给我烧了！"秋婶、冬妈拿了鞋就走。杨淑娴追喊："把鞋还我！那是家林的鞋——"无奈二人早已奉命而去。杨淑娴心中伤痛绝望，只觉暗无天日。

陈二嫂冷笑道："新来的……"杨淑娴忽然挺了挺身说："我不叫新来的，我叫杨淑娴！"陈二嫂一怔，杨淑娴目光瞬间锋锐如刀。二人对视，却是陈二嫂先移开了目光。她心中恚怒，但想上风已然占尽，让这个狐狸精多吃几次苦头，就知道自己的厉害了，也就不再多说，扬长而去。

二

　　杨淑娴在黑屋子里一关就是三天，每日只有中午借着气窗上打进来的一小角阳光把那一餐粗茶淡饭吃了。她天性怕黑，本来一个人连暗一点的街道也不敢过。这次置身小屋，第一天抖个不停，通夜不曾入睡；第二天仍极害怕，却因为困极了，能打几个盹儿；第三天，惧意渐退，想得更多的反而是要见见天光，吃点好吃的，到属于自己的那张小床上睡一个好觉。她想人果然是要历练的，难怪父亲曾说她本性坚毅，多经风雨，可成大器。

　　到明天黎明就是整整三天了，她盼着开门的一刹那重新看见世界的愉快。人的欲望越大胃口越大，越到低谷反越容易满足。成亲前，她有许多美好的憧憬；丈夫失踪，她的希望萎缩，只盼能在婆家度过余生；进了完节堂，她只指望能与人相安无事；到了眼下，想到明天就是禁闭解除之期，能见天日，能正常饮食，竟也颇有些期待和喜悦。她为这喜悦感到深深的惨伤。

　　这时照西式的计时已是晚上将近十时，众节妇除巡夜的，多已入睡。却有一个人影悄悄地掩上前来，手上还藏藏掖掖地拿着东西。那纤小的身形，分明就是静秀，她身后尾随着春花和夏荷。眼见静秀走到禁闭之处，夏荷胳膊肘碰碰春花说："哎，静秀又去看那个新来的了。"春花便说："幸亏静秀，要不然杨淑娴一个人关在黑屋子里三天，多可怜！"夏荷叹了口气说："我们才来的时候不也受过这个罪？"忽又兴奋地笑道，"这个杨淑娴真厉害，敢打陈二嫂，还叫陈二嫂不准叫她'新来的'。"春花说道："就冲她替我们出气的一巴掌，咱们对静秀就该睁一眼闭一眼。"夏荷笑道："咱们走。"

二人悄然走开，对静秀违规探视视而不见。不料暗处走出了秋婶、冬妈，冬妈手上拿着夜里敲的梆子。秋婶道："要死了，几个小寡妇不想活啦？"冬妈叹道："算了算了，我们也积点德吧。"秋婶断然说："不行！陈二嫂要是晓得我们隐瞒不报，我们皮都没得了！"冬妈忙提醒她说："我们要是报告了，静秀的皮就没了！再说了，陈二嫂讨堂主欢喜，吃的住的都比我们好，我们报告了有什么好处？"秋婶心有不甘，冬妈强拉着她便走。秋婶因今夜冬妈主动替她敲梆子，欠了个小情，只得罢了。

冬妈心地良善，生怕梆子声太近吓着静秀，故意等离得有一段距离，才"梆——梆、梆；梆——梆、梆"地敲了几声。静秀听着，很是放心，敲了敲杨淑娴的门。

斗室内，杨淑娴蜷缩在墙角，虽不若第一天那么惊恐，看着黑乎乎的四周，还是心中惴惴。敲门声一响，她心头一喜，知道又是静秀来陪她说话分心。

二人一里一外，小声聊天。杨淑娴说昨天做了个梦。静秀天真地问好梦坏梦？杨淑娴说，头两天做的尽是恶梦，昨天梦见丈夫，不知算好算坏。静秀小大人似地说："要看梦到的是什么情景。"杨淑娴回忆了一下方说："我梦到他突然出现，如同失踪的那天。我问他到哪里去了，把人急死了！他给我擦眼泪，叫我原谅他不辞而别……"

她昨天在梦中已经哭过，早上醒来想起，又不禁流泪；这时跟静秀一说，嗓子又哽住了。静秀不知感情之事如何劝慰，只讷讷地说："这是你想他了。日有所思，夜有所梦。"

杨淑娴用衣袖拭了拭泪说："静秀，你每天冒险来陪我讲话，被陈二嫂发现可不得了。"静秀笑道："不让她发现不就行了？"杨淑娴问："三天以前我们还是素不相识，你为什么对我这么关心?"静秀的回答却令她失笑:"因为姐姐长得好看。"杨淑娴笑着说道:"傻丫头,你不知道,你也好看呢。"静秀刚想笑,又习惯地忍住了:"还有,我 16 岁了,从来没有人像你这么帮我。"

杨淑娴不解:"你爸妈呢?"静秀说得轻描淡写,杨淑娴听得心绪如浪:"我在我娘肚子里我爹就死了,娘到这里为爹守节,我是在这里出生的。娘生下我不久也死了。我没处去,堂主可怜我,让我在这里做杂工、打扫佛堂、烧饭、种菜,给有钱的节妇洗衣裳……"杨淑娴震惊道:"就是说,从小到大,你都没有出过完节堂?"静秀不管杨淑娴隔着一道门看不看得见,点了下头说:"堂主把我说给一个也在完节堂长大的孤儿,他在酱醋行里做伙计,都订婚了,我以为我这下能出去了,哪晓得他得了肺痨死了,我成了望门寡,又没处去了。她们都说我命硬,比我娘还要晦气……"

杨淑娴顿起同病相怜之感,说:"我婆家也说我命硬。反正,亲人们出了事,必定是我们克的。这个世界就是这样不讲理。"静秀一派纯真,并不抱怨:"这也没什么呀。堂主说,只要我守规矩,死了也能跟她们一样,有贞节牌坊。不过呢,我倒是想出去看看,贞节牌坊有没有都不要紧。"

随着几声梆子声,跟着便是鸟鸣,远远地,山下城里更隐约传来声声鸡啼。静秀高兴地说:"五更天了,姐姐,三天已满,你能出来了。"

话音刚落,秋婶、冬妈话声、脚步声响。静秀吓了一跳,急忙掩到树后。只见二人上前,开了斗室的门,放杨淑娴出来。杨淑娴道:"有劳!"她的感谢是真诚的,气度也甚为沉凝,落在秋婶、冬妈眼中,就只觉此人被关了三天,容色虽憔悴,却未见慌张,更未服软。秋婶哼了一声,那腔调作派宛然是个"小陈二嫂"。她原想迟些再来,还是冬妈催着她时辰一到就赶紧放人。

秋、冬二人一去，静秀立刻跑出，开心地一把抱住杨淑娴笑道："刚才吓死我了！"杨淑娴望着二人背影说："她们来得这么及时，一定是冬妈的主意。我看秋婶对我不存善意。"静秀老实地陈说："她不是对你，是对我们所有人都一样。她是北边来的，无依无靠，投靠了陈二嫂。大家都躲着她，只有冬妈不把她当外人。"

杨淑娴呼吸着清晨的新鲜空气，似要将三天的阴湿污浊气息一吐而空，一面拉着静秀问道："好妹妹，为什么大家都怕陈二嫂？"静秀懂事地劝："姐姐以后不要跟陈二嫂顶，她是男人死了自己来守节的，听说来的时候给了完节堂一笔捐助，堂主让她做了司事，完节堂里的孩子要出门、家里人来看望、中秋过年两节回家探亲，大事小事都要经过她。"杨淑娴恍然大悟："怪不得完节堂没有男人能进，他的儿子倒可以自由进出。"她之前还当作完节堂内都是被迫进来的节妇，今天听静秀一说，才知有好几位是自动自发守在这里的。如此说来，这里对有些人固然是禁锢，对有些人又可以说是善意的收留，个中滋味，倒是一言难尽。

远远的，山顶上现出朝霞，从一点点，到一朵朵，再到一片片，跟着便是一大片桔红的绚烂。旭日初升，从与云彩相似的桔红转为桔黄，那红和黄像琥珀般隐隐有宝光流动，随即内里的金色隐藏不住，全透了出来，像胀破了一层薄薄的红纸，流泄得漫天都是。

杨淑娴看得心摇神弛，静秀却顾自接着杨淑娴的话说陈二嫂的儿子："……文龙大哥在粮行，每十天到完节堂送粮送菜。"稍顿了顿，待说不说地，语声小了三分，"我看他倒是个难得的好人……"杨淑娴听在耳中，不禁想笑，转念回思这少女心事，百转千回，自己对宋家林何尝不是这样？便又转笑为悲，也不知他到了哪里，此生还有没有机会相见？

静秀神秘地拉拉杨淑娴的袖子，要带她看一样东西。杨淑娴随她穿花度柳，到了西墙一带。高墙的一面，一株爬墙草伸展枝蔓，攀沿而上，直探到墙外。

杨淑娴不知这有什么好看。静秀很自豪地说这草是她栽的，眼看着一节一节长出来，陪伴她已有数载。自己有什么心里话，有什么郁积不快，就把它当朋友讲。最重要的，是它可以爬出高墙，代她看看外面的天地。

杨淑娴不由心疼。她原以为自己遭困厄，命运乖，不料世上还有静秀这般的身世遭际。她把外面江海桥街、寺庙碑林、天然风光一一说给她听；又说起小贩长巷叫卖，美食飘香扑鼻，学堂教堂一座座，商铺林立排连排；再说到识字的重要性，读新书杂志，人生自由和仁爱，直听得静秀无限向往，目瞪口呆。

静秀道："要是能出去瞧瞧，哪怕只有一天，也好啊！"在稚嫩的静秀面前，身为姐姐，杨淑娴油然而生气概："你等着，将来总有一天我会带你出去！"

话犹未了，却见陈二嫂带着几人巡视到此，杨淑娴、静秀同时往后退了一步。杨淑娴看了眼静秀，又护到她身前。

陈二嫂冷冷地问："谁让你出来的？"杨淑娴答道："五更到了，禁闭自解。"陈二嫂仍是冷冷地说："静秀在这里做什么？"静秀不擅作伪，一问之下，乱了方寸。杨淑娴忙代答道："她来散步，正好和我碰上。"陈二嫂心说："有这么巧？"似信非信地问，"你既然解了禁闭，为什么不回房？"杨淑娴此时心神已定，笑了笑说："我透透气，随便走走，就走到这里来了。"陈二嫂冷笑道："关黑屋子挨饿的滋味不好受吧？我警告你，进了完节堂就要守节，守节就要守身，不要再有妄想，玷污了完节堂的名声。"

杨淑娴不想此时与她硬碰，便不卑不亢地说："知道了。"秋婶揣度着陈二嫂的心思，讨好地说："完节堂里除了打更，这个时辰从来没人在外面瞎晃。"

　　冬妈不满地瞥了眼秋婶。陈二嫂看在眼里，沉着脸说："冬妈，你看秋婶干什么？她比你识大体！知情不报按堂规怎么处罚你知道吧？"冬妈连忙垂首，话却有点赌气："我哪敢呢？"陈二嫂哈哈一笑，脸上却如一块铁板："不敢？听说你的胆子不小呢！对我吃得好住得好不大满意是吧？"冬妈瞄了眼秋婶，不作声。陈二嫂提高嗓子说："有本事叫你男人从地底下爬出来，也给完节堂捐点东西，省得别人捐钱捐物养住你们还在背后说三道四！都是吃饱了撑的！滚回去！"

　　冬妈嘴唇颤抖，强忍着羞耻去了。杨淑娴瞧得心中十分不忍。

　　陈二嫂要在众人面前立威，当下便说："秋婶，明天起，搬到上首来住吧，就我隔壁那间。"秋婶浑身骨头都轻了二两，这在完节堂是少有的殊荣，当下顾不得因卖友求荣而为人唾弃，高兴地直说："谢谢司事！"

　　这一顿"赏罚分明"，当有震慑之效。陈二嫂满意了，也不再同杨淑娴、静秀多说，风风火火走了，秋婶小跑着一路跟随。她不知这一番得罪的人可不止冬妈一个，更会因此掀起连串风波。

　　次日，春花、夏荷边做事边聊，谈得兴致勃勃。春花笑向夏荷夸耀："今天我家大嫂来看我，说我家小宝会写文章了！"在报纸上指点，"你看，这是他写的——《不做亡国奴》。"夏荷羡慕又心酸："我父母公婆过世早，探视日你们家家来人探视，只有我孤苦一人。我家那死鬼，也没给我留个一男半女，死了连磕头的人都没有……"春花忙问："要是不嫌，小宝给你做干儿子吧？"夏荷大喜，说这下两人真是嫡嫡亲亲的姐妹了。

二人正说着，冬妈穿着件新衣服喜容满脸，已把昨日的屈辱暂且丢到一边。二人笑问什么事这样高兴。冬妈转动着身子叫她们看。春花、夏荷都夸："是你家姑娘做的吧？"冬妈笑道："可不是，我们家芸儿今天才送来的。"春、夏二人夸她好福气，冬妈笑得合不拢嘴。

三人这里又说到，最近日本飞机老来炸，学校报馆恐怕都要关门，城里好多人逃到苏北乡下去了。秋婶从另一边过堂里穿过来，一见也凑来笑道："聊什么呢？"春花、夏荷都笑道："没有什么。"冬妈毫不客气地说："再告诉你，你再告诉二嫂去啊。"秋婶脸上通红。冬妈往地上吐了一口唾沫说："猪狗不如！"自到一边换旧衣服扫地，以防灰尘污了女儿新买的好衣服。

秋婶见了三人形状，自气自怨，不敢回嘴，只嘀嘀咕咕，似说不说地往对面角门里走："说我猪狗不如？反正一辈子待在这里了，我不就是想跟二嫂一样，吃得好点、住得好点吗？你们不想啊？"自己伤起心来，淌眼抹泪地走了。

这边三人互相看看，扑哧一声都笑了，认真商议，都喜欢杨淑娴的人品心性，敢做敢为，要不要让她做她们这一派的领头人？放眼完节堂，也唯有这个新来的女子上过学堂，婆家捐款又多，胆气又壮，能与陈二嫂一较高下。

三人托静秀私下给杨淑娴传话，说得半吐半露，意存试探。但那意思是明白的。静秀问杨淑娴怎么办，杨淑娴想了想说："坐以待毙不行，即使在这小小的世界里，也要活得有尊严。我看春花夏荷冬妈朴实厚道，结成盟友，未必不可。"说到要与陈二嫂争夺司事，她却委婉推辞了。那三人哪肯罢休，轮番上阵数说备受陈二嫂欺凌，说只有杨淑娴出头，大家才可能有好日子过。杨淑娴仍是只答应大家互为援手，司事之职则不置一词。

完节堂内人虽不多，老老小小也有近30人。以前陈二嫂一人之下，诸人之上，大家别无选择，只得由她作威作福。如今却有十三四人逐渐聚集到杨淑娴一边。杨淑娴待人以诚，遇事又肯担当，时候一长，陈二嫂备感威胁，寻思着怎样设计，引杨淑娴入局，在堂主面前落一个大大的口实。

三

这天下午，静秀做完杂事，离晚饭时间尚远，便来找杨淑娴闲聊。杨淑娴教她下棋，静秀一学便会，竟然颇有天分。杨淑娴笑着叫她不许骄傲，围棋易学难精，上手简单，想要精通，绝非一朝一夕。

二人一子一子清脆地落在竹棋盘上，不防陈二嫂领着秋婶等七八个人一拥而入。静秀胆小，缩到杨淑娴身后。杨淑娴不语，只淡淡地瞧着对方。

陈二嫂满心里等着杨淑娴问她的来意，好冷嘲热讽一番，不料杨淑娴既不起身，亦不开口，倒弄得自己下不来台，心下一阵恼怒，便道："杨淑娴，你进完节堂也有一阵子了，怎么明知故犯，还把静秀这样不明世事的小丫头也带坏了？"按常理，此时杨淑娴便该问她"敢问犯了哪条堂规？"哪知杨淑娴句句出人意料，微微一笑说："多谢二嫂，终于承认我来了一阵子，不叫我'新来的'了。否则，被你喊来喊去，我几乎忘了祖上的姓氏，还以为自己姓'新'，名叫'来的'。"说着款款站起，盈盈福了一福。

陈二嫂、秋婶心里同时一咯登，不知打几时起，这杨淑娴变得这样软硬不吃，一拳打出去，到她那里恰似打进了棉花堆，说不上反击不反击，却有种像下楼梯踏空了一级般的说不出的难受。秋婵把头低下，只等陈二嫂出手。陈二嫂脸如冰霜说："新人旧人，都要守规矩。谁违背堂规，不管什么来头，都要重重惩处！"

杨淑娴淡然说道："静秀，各位，你们记着二嫂这句教诲：新人旧人，都要守规矩。谁违背堂规，不管什么来头，都要重重惩处。"陈二嫂吃不准她什么意思，心想需得快刀斩乱麻，省得与她歪缠，便将头一昂说："动手！"

秋婵早就在等这一声，忙与众节妇上前，不左不右，直取那竹制棋盘。众节妇在外隔住杨、静二人，似怕她俩阻拦，秋婵举起那张棋盘，朝地下用力一摔，啪的一声，棋盘碎裂，内中掉出一本薄薄的册子。

秋婵脸露喜色，俯身拾起。此时春花、夏荷、冬妈等已得了讯息，围在门外。陈二嫂情知这些人对己有怨，生怕她们抢上来把水搅混，借着人多把证据或拿走或弄破，箭步上前从秋婵手里夺过书来，紧紧捏在手上说："杨淑娴，你还有什么话讲？"

杨淑娴仍不正面答话："据我猜测，你该是派人请了堂主，顷刻就来。何不等她老人家到了，大家当面锣，对面鼓，说个清白？"陈二嫂笑道："你还想清白？有了这本书，你在完节堂里永远别想翻身！"杨淑娴冷冷地说："二嫂，有句话，不知当讲不当讲。"陈二嫂笑道："你有什么狡辩？"杨淑娴说："我在完节堂里是什么下场，似乎应由堂主决定，而不是二嫂你。我杨淑娴清不清白，似乎也是堂主判定，而不是二嫂你。当着这么多人，你把话说说清楚，你若能代堂主作主，要打要罚，淑娴都认。"

陈二嫂吃了一惊，忙朝四周看去。众人有的错愕，有的木然，有的隐约有些幸灾乐祸。她正了正脸色，提高声音斥道："事到如今，你还想要挑拨我与堂主的关系，叫你不要痴心妄想！我对堂主忠心耿耿，不必向你这来了还不到半年、命硬克夫、想在婆家守寡还被扫地出门的不祥人解释，更别指望凭这一番说辞就能掩盖你触犯堂规、带坏静秀的恶行！"

随着一声佛号，堂主在两名年老节妇的陪侍下走了进来。她扫视了一眼众人，自行坐下，并不言语。众节妇连陈二嫂、杨淑娴等人在内，人人穿得十分朴素，颜色唯恐鲜亮，与环境不符招致非议。唯有堂主本人，从发式到衣衫，款式虽奇古，却是很亮眼的明黄，兼之绣工精致，整体气象华贵，在一众黯淡中显得分外突出。

陈二嫂越众向前，躬身回道："堂主，杨淑娴把唱本藏在棋盘里，还与静秀同看，违反了不得接触唱本小说的堂规。我带人拿赃，她还顶嘴！"堂主慢慢地说："如果二嫂所查属实，杨淑娴禁闭一月，每日一餐，从今以后拨入下等杂役行列，中秋、年关也不得出堂门一步。"静秀连连央告。春花、冬妈明知形势凶险，也还是上前为杨淑娴求情。夏荷想要出声，几番犹豫，这一步始终没跨出去。

陈二嫂冷笑着对静秀说："你还帮她叫屈？你自己也参与其中，等着一起受罚吧！"

堂主看了杨淑娴一眼，心中略感奇怪，便侧身转向她说："你不发一言，是什么道理？如有话说，不妨明讲。"

杨淑娴这时才抬起头来，明净如秋水的眼中全是坦荡："堂主，捉贼拿赃，不知赃在何处？要是没有真凭实据，如何使人心服？"

陈二嫂把书直送到她脸上。杨淑娴不避不让地说："请问我闲来钻研《本草纲目》，犯了哪门子法？"

众人听了，齐感惊诧。陈二嫂忙将那本书拿回来细看，正是《本草》，每一页上还有手绘药草图案，只不过不是全本，也并非石刻。杨淑娴接着说："这一册是我丈夫宋家林亲手所抄，虽不齐备，却是《本草》中的精华，一字一句，皆是他抄写，成婚前送我作为特殊的纪念。"陈二嫂心中暗呼不好，影影绰绰感到是上了当。她霍地转身，一腔羞怒尽数发泄在秋婶身上："你不是说，她把弹词《再生缘》藏在棋盘之中吗？"

秋婶乖觉，急忙接口说："是别人告诉我的，我急于维护堂风，未经查实，就来禀报于你，是我的不对。"

陈二嫂脸上热辣辣的，哼了一声，对杨淑娴说："空穴来风，未必无因，怎么没有人打别人的报告？好好的棋盘，做什么夹层？还是你平时行踪诡密，才引得人家注目。"杨淑娴仍不理她，只向堂主回话："堂主，这棋盘是儿时我父亲所制，家母在时，常与我逗趣，今日她放一首诗在棋盘里，明日我一幅涂鸦也放了进去，母亲看我的，我也看她的，天伦之乐，小小游戏，自非二嫂这样训子苛刻的严母所懂。"陈二嫂气急，伸手指着她只道："你……你……"

春花、冬妈等都松了口气，在旁互相小声笑道："二嫂是要培育大人才的，比岳飞的母亲还厉害，不在文龙背上刺字，已经算不容易了。"她们大着胆子在堂主面前开这些玩笑，也是要造成一种声势，使堂主不能袒护陈二嫂。

杨淑娴向春花使了个眼色。春花会意，笑着提醒："方才二嫂说，新人旧人，都要守规矩。谁违背堂规，不管什么来头，都要重重惩处。二嫂，不如你负荆请罪，免得堂主操心，大家为难。"

形格势禁，堂主轻叹一声说道："捕风捉影，轻信人言。秋婶，你搬回下首去住，手上事务交于杨淑娴。杨淑娴，你父亲的棋盘无辜被毁，又受了冤屈，明日起挪到上首来住。我新设一职，叫作监事，位在司事之下，你向陈二嫂好好习学。二嫂的心思多放在有益之事上吧。"她看似没惩罚陈二嫂，却惩戒其党羽，提升其对手，削损其颜面，是不罚之罚。陈二嫂只得暂忍一时之辱，躬身领命。

堂主去了，杨淑娴蹲下收拾散落一地的碎棋盘，静秀等也去帮她。按理陈二嫂该向杨淑娴致歉，她犹豫了一下，终究抹不下面子，把秋婶朝前一推，骂道："还不快滚!"就算给了交待。

直等她们走远，春花、夏荷、冬妈才驱散众人进来慰问。春花心细，早瞧出端倪，笑说陈二嫂设局反中了别人的圈套，自食其果。夏荷因刚才自己的怯懦不好意思，分外话多，说陈二嫂、秋婶偷鸡不成反蚀一把米等等。冬妈问究竟怎么回事? 春花去关上了门，在窗户外一张，确信四周无人，才放下窗棂回来。

杨淑娴叹道："要不是别人苦苦相逼，我们何必费尽心机?"她望望静秀，静秀刚才吓得不轻，这时才似回了魂，脸上乍青乍白，半天才说："二嫂让文龙大哥带一本《再生缘》进来，这是违禁的事。文龙大哥百思不解，被我和姐姐碰到，问了他他才实说。姐姐心思转得快，立刻想到这是二嫂要找机会把这本书放进我们房里，嫁祸我们。"冬妈骂道："好一条毒计!"静秀续道："姐姐求文龙大哥不要在二嫂面前露出口风，说出我俩已知此事，否则性命难保。她又知道二嫂在我们这里安置了眼线，便故意让她们看到棋盘中有夹层，有时会藏些好吃的在里面。"春花将手一拍说："妙计!"

夏荷、冬妈尚未反应过来，忙问端详。春花笑道："这还不明白吗? 二嫂那边知道棋盘有夹层，肯定会指使她的爪牙趁淑娴不在把那本弹词《再生缘》塞进棋盘里，让淑娴百口莫辩。"夏、冬二人恍然大悟。夏荷对杨淑娴说："不过你这一招也很险啊，陈文龙跟她母子至亲，万一口风不紧，岂不是全盘皆输？"杨淑娴顿了顿才说："逼到这个地步，不得不搏一搏，好在文龙大哥的确是个信守诺言的至诚君子。"冬妈喜滋滋地说："你做了监事，就是完节堂的三号人物，把陈二嫂斗倒，你就是司事，到那时你辅佐堂主，开明治理，我们起码不用事事紧张，步步留心，说梦话都要压低声音。"说得众人都笑了。

你说，杨淑娴这"搏一搏"，是不是过于冒险呢？

院子里，石桌边，茶烟袅袅，两侧围栏灯链缠绕。常路听得津津有味，忽然听于青桦有此一问，不禁一呆。他想了想说："是有点险呢！"于青桦笑道："我就知道你会这么说。傻孩子，你这么想，就低估了我的太婆婆。"

坐得久了，母子俩站起来活动活动，好在小院不小，绕着圈儿慢慢地尽可散步。见常路一脸问号，于青桦笑着说下去："这是我的猜测，可不知对不对。我想，太婆婆之所以敢这么设下计谋，不怕陈文龙走露风声，是有双保险的，只不过内情不方便跟春花、夏荷她们说而已。"常路笑着挽起母亲的胳膊，亲昵而又体贴："请于老师解惑。"

于青桦刚要说话，吴永康走出来说："娘儿俩聊天没完没了了，你看看，都快十点了。"于青桦假装横了他一眼，笑道："难得孩子回来，你还要催。"吴永康笑道："看看我手里的道具就知道不是真催你们。"他把一个不大不小的电子驱蚊器放到石桌边，开了插头，紫色的灯光顿时照亮了一小块地面；又搁下一碟鱼皮花生和一袋话梅。吴永康说："这么着，你们哪怕聊到天亮，我也不管了。"

于青桦笑着夸他周到，常路也笑劝吴永康早点休息，并表示他们这边故事说完了也就进来了。吴永康帮他们把桌上的水壶灌满了水才回屋睡觉。

这里于青桦才说："据我猜想，太婆婆是知道陈文龙喜欢她的，他们见第一面时他的表情她就看在眼里了。再一个，陈文龙多半也知道静秀对他的倾慕，一个小姑娘对他有没有情愫，来的次数多了，怎么可能一点数都没有？"常路明白了："这就是你说的双保险，一个是他喜欢的人，一个是喜欢他的人，他又很可能觉得母亲在对付这两个可怜人，所以……"于青桦点头接着说："所以太婆婆断定陈文龙绝不会出卖她们。"

常路叹服："没想到我们家祖上有这么聪慧的女性，真正了不得。那时她才18岁呀！"于青桦的太婆婆和常路并无血缘关系，但他很自然地说出"我们家祖上"，听得于青桦心中一暖。她拉着常路回到石桌边坐下，给常路面前的蕉叶杯注了水说："你听到后面才知道她的智慧和决断。老实说，我是很以有这样一位祖先为荣。"常路诚恳地说："我也是！"他催着于青桦快往下说，一是急于得知后续发展，二也是怕熬夜对母亲身体不好。

于青桦点点头说，后来静秀就很可惜那棋盘，太婆婆说："为了与对手周旋，有时不得不有所牺牲。"春花就说："要不然怎能引得陈二嫂上钩呢？"她们对太婆婆杨淑娴那是心服口服。总之，杨淑娴做了监事，住了上首，成了堂主的左右手，是完节堂那十几年间一个重大的人事变化。只是谁也没想到，接下来的更大转折来得那么快……

四

"咚、咚！"

两声沉重的重物落地声，夜深之际，着实骇人。这声音不仅把静秀惊着了，连杨淑娴也本能地退了几步。

这是几个月后的晚上。杨淑娴婆家送来一批精美点心、一批精致小玩物、一些常备的丸药。随着时间推移，在小姑的劝说下，婆婆心思活动，颇有些想把儿媳妇接回家来。但完节堂名声素著，进去固然不易，出来更是极难。小姑便出主意，四时八节多送些礼物来结好上下，为日后提出接人作个铺垫。这番心意，杨淑娴自然懂得，对小姑和婆婆的怨也渐渐淡去。她细心把吃的玩的和药物分成若干分，从堂主、陈二嫂到春花、夏荷、冬妈，以及其余众节妇，几乎一个不落，也并不露出谁厚谁薄。众人欢喜，陈二嫂却尴尬。她望着那份不轻不重的礼物，颇为意外，听说这么多人中，只有秋婶两手空空，被明着冷落，更加感到杨淑娴的为人行事非同一般。

完节堂内，与杨淑娴真正情同姐妹的，唯有静秀。杨淑娴不想在众人面前让这个小妹妹过于突出，招人嫉妒，明面上备的礼物与春花她们相仿，夜间又悄悄约了静秀到僻静竹林里，单独给她带好吃的。

竹林后就是围墙，也即完节堂东南西北四条边界之一。因完节堂在山上，白天墙外也只闻百鸟啁啾，偶尔才有人声。到了这时，除了山风隐隐，松涛阵阵，更无别般声响。

竹叶在风里发出萧萧的细声，有时又飒飒的，是另一种声部，让杨淑娴想到笛韵。此时她看着吃点心吃得极为香甜的静秀，心中升起缕缕长姐的柔情。静秀笑道："姐姐，你也吃啊！"杨淑娴微笑着替她抹掉唇边的屑子，拈起一小块细点吃了。

月光破云而出，洒在墙头、竹叶和两个女人的脸上、身上。静秀瞧着杨淑娴文雅的吃相，呆呆地说："姐姐，你真好看！"杨淑娴笑了："你要说多少遍才罢休？我的妹妹也好看，要不是生在这里，不知要让多少后生牵肠挂肚。"静秀羞红了脸，心中不禁浮起一张端正憨厚的面庞。

杨淑娴笑道："怎么啦，想到了谁?"静秀不依，笑着呵杨淑娴的痒。二人正互相取笑，猛听得"咚、咚"两声沉响。

静秀急向竹林里退，杨淑娴退后几步，随手把金属的点心盒子拿在手里，当个护身之物。依稀见墙内有两个人影，其中一个一动不动，显然是从外面翻进来的。杨淑娴只当是盗贼，却见后面那人背起前面那个往前挪动，半张脸在月光下显露无遗。

静秀忍不住说："文龙大哥!"

陈文龙侧过身来，朝暗处看看，脸露喜色："太好了，正想找你们!"

杨淑娴搀着静秀的手出来，轻斥："你半夜翻墙，还带了外人，想做什么?"陈文龙一指旁边的人说："他昏迷了。"杨淑娴一看那人穿着，心口又是一紧："当兵的?"陈文龙"嘘"了一声，点点头，小声说："他是抗日军人，从南京撤下来的伤兵，刚才短暂地醒了一下，跟我说了两三句话又昏迷了。这一阵从城里到山上常有伤兵死在路边。我看他还活着……"杨淑娴打断她说："可这里除了你，什么男人都不准进来，你不知道吗?"陈文龙急道："他伤势严重，我不能见死不救!他昏倒在完节堂附近，我想起你婆家开药店行医，你也粗通药理，能不能先把他的伤包扎一下，上点保命的药，我再把他背走，要不然他肯定活不过明天早上……"杨淑娴犹豫难决，忽又问道："你这时刻还在山上干嘛?"

陈文龙一愣，嗫嗫嚅嚅不知说了些什么，目光不敢与杨淑娴相接。杨淑娴不禁也红了脸，猜到是陈文龙对她钟情，相思难遣，月夜在完节堂一带徘徊，撞上了受伤的士兵。自己虽问心无愧，想到此节，仍是脸上发烫。

　　静秀催道："怎么办啊？要包扎，就要到姐姐房里。"杨淑娴忙说："不行！离堂主和二嫂太近。"那伤兵突然睁眼，喊了一声："枪，给我枪！"

　　便在此时，前院传来陈二嫂的喝声："是谁?！"

　　杨淑娴等大惊。她心念电转，打个手势，三人一起把伤兵拉到竹林深处阴影之内，若不细看，不易发觉。她随即拉着静秀出林，定了定神。

　　陈二嫂、秋婶和几个节妇一见是她二人，都是一怔。陈二嫂侧目而视："深更半夜，你们不睡觉，跑到这里来干什么?"杨淑娴说："近来外面很不太平，我四处走走，看有无可疑人等打我们完节堂的主意。"陈二嫂说："没有家贼，引不来外鬼，自己人不兴风作浪，不怕外面的盗贼。"秋婶笑向杨淑娴说："监事，今天不是你值守啊，怎么这么不辞劳苦？要巡查，也是我们的事哎。"杨淑娴一笑说："维护堂风，人人有责。"秋婶又笑道："那静秀为什么也在这里?"杨淑娴灵机一动，笑着说："不怕各位见笑，日间礼物，除了秋婶，想来都已收到。我与静秀姐妹情深，专门又备了些好吃的让她品尝。"秋婶听她毫无顾忌地说"除了秋婶"，顿时脸涨得血红，然而杨淑娴又没有任何义务非得送她礼物，当下只是红头胀脑地生闷气。

　　杨淑娴这番说辞相当巧妙，陈二嫂正准备讥讽两句离去，忽又亢声说道："不对！刚才我听到的是个男人声音。"杨淑娴说："只怕是风动树梢，搅乱视听。"陈二嫂冷笑："的确有人扰乱视听。"环视四周，除了竹林，再无可藏身之处，手一挥："搜！"

　　杨淑娴额头沁出汗珠，正待遮掩，陈文龙大步走了出来说："妈，是我。"

秋婶等呆住了，都看陈二嫂。陈二嫂又气又疑："文龙？你是怎么进来的？"警惕地看看他与杨淑娴道："说，你们怎么回事？"

杨淑娴想此刻如不洗清，日后可要成为一桩把柄，当不当这个监事也罢了，名声受损可对不起丈夫，便正色说："二嫂这是什么意思？你以为我们是怎么回事？别人智子疑邻，你连亲生儿子也不相信吗？倘若有人在这里私相授受，又怎么会多了一个静秀？"

陈二嫂脸上仿佛结了一层冰，每句话都透着丝丝寒意："我的儿子，我自然信得过，可万一有狐狸精立意勾引，年轻人血气方刚，也不可不防！"

陈文龙忙道："妈，你胡说什么？我是这样的人吗？监事的名誉更不能拿来乱说乱道！"

陈二嫂并不理会，还是面朝杨淑娴说："至于怎么多了个静秀……呵呵，或者你攻心计，故意多带一个不谙世事的小丫头给自己打掩护呢？"秋婶上前凑趣说："小丫头长大了，说不定变成小红娘了。"身后众节妇有几人顿时笑了出来，另几个生怕事情闹大，惹火上身，之前领教过杨淑娴的手段，这时眼观鼻鼻观心，一声不吭。

杨淑娴腰背挺得笔直，目光锐利："你们污蔑我，我暂时不与你们计较，日久自见人心。你们侮辱静秀，就万万不该。你们人人是看着她长大的，为了打击异己，连她也要羞辱，你们倒摸着良心说说，她当真会是个给人奔走、穿针引线、丧德败行的红娘吗？"

静秀委屈得眼泪犹如走珠般滚落下来，小小的身子不知是愤怒还是难堪，不住颤抖。那几个笑出声来的节妇都面现惭色，秋婶哑了哑嘴，也不再往下说了。

陈文龙见是个话缝儿，忙上前说："妈，我是翻墙进来，特地向你报信的！”陈二嫂疑惑地问：“报什么信？”陈文龙说：“日本人已经打下了上海，前两天飞机把大华饭店炸了，今天铁路西站的机车房也炸了，炸死三百多人，还有一百多人受伤！”陈二嫂“啊”了一声：“怪不得老听到飞机响……”陈文龙又说：“日本人随时都能进镇江城。妈，各位，你们要当心啊！”陈二嫂半信半疑说：“当真就要进城了？就算进城，完节堂在山上，也跟他们井水不犯河水。你深更半夜赶来就是说这个？明天早上不能讲吗？”陈文龙一时语塞。陈二嫂扫了杨淑娴一眼说：“孤男寡女，你要注意，不要再像你老子，做个不成器的东西，身败名裂……”

陈文龙见母亲对家国危亡、城如累卵俱不上心，反拿死去已久的父亲说事，又把自己与她心中最不堪之人类比，尤其是当着杨淑娴、静秀的面，脸上越发挂不住，火气上涌，脱口而出：“你天天说，月月说，从小到大说！我知道他到上海包了一个红舞女，败光了家产，被舞女扫地出门，回来又气又悔病死了！你少说一次，我恐怕还能多活几天呢！”

陈二嫂气骂：“炮子子，闭嘴！”

“炮子子”是本地骂小辈的话，同“小兔崽子”类似，众人听她骂出这句话来，都是忍俊不禁。母子俩当众比赛似的互揭家底，连秋婶和跟着陈二嫂的几个节妇都要发笑，一来人同此心，爱打听隐私，听听秘辛；二来就算是陈二嫂的手下，长年看她颐指气使，受她呼来喝去，也难免心有积怨。此时见她公然出丑，还被亲儿子顶撞，都暗中快意。

杨淑娴无意中得知内情，对陈二嫂却不免多了三分同情，想到她同丈夫反目成仇，阴阳两隔；自己和家林恩爱虽笃，丈夫却生死未卜，不由得黯然神伤。

陈二嫂见一向内向的儿子发了牛性，再吵下去还不知道抖出多少好话来，便转了话题，严厉地说：“好了，回去吧！

以后不管什么急事，都不许翻墙进来！秋婵，你带他从前门出去！"秋婵答应了，陈文龙不得已跟着出去，边走边回头，一语双关地说："你们要处处小心，千万照顾好自己啊。"陈二嫂听儿子临走关心，在众人面前挽回了一点面子，口中说："不要婆婆妈妈的，快走。"语气已大为缓和。

陈文龙随母亲等人去了。他们这一走，可急坏了杨淑娴和静秀。静秀六神无主说："他走了，这伤兵怎么办？"杨淑娴也焦虑纠结："他真要害死我们了……"她强迫自己冷静，像是问静秀，又像是在问自己："陈二嫂和节妇们去得最少的地方是哪里？"

静秀不太有把握地说："佛堂？"杨淑娴略一沉思说："走，去佛堂！"静秀惊道："菩萨不生气吗？再说，堂主每天都去祷告，被她发现了我们又要被罚了！"杨淑娴咬牙说道："罚，就罚吧！"

她和静秀使尽力气，才把伤兵搬进佛堂。这一举看似鲁莽，却正合了那句"最危险的地方最安全"。那佛堂分左右两间，右间供堂主礼佛念经，左间隔出一小间单独的杂物房，内有用破的蒲团、坏了的桌椅等。除堂主外，只有静秀会去打扫，实在是整个完节堂最人迹罕至之处了。

一堆棉絮中，伤兵闭目半卧。杨淑娴端碗喂水，放下碗，解开他腿上缠的绷带。伤兵吃痛醒来，粗声问道："这是哪里？"杨淑娴据实以答。那伤兵说："完节堂，就是西山关了好多寡妇……"说着住口不言。杨淑娴听了便说："你知道完节堂？你是镇江人？"那人说："对，我叫王照祥，国民革命军八十七师……"他话没说完，蓦然停住，借着微光审视着杨淑娴说："我好像在哪儿见过你？你……"他触动伤口，疼得直吸冷气。

静秀在旁忙说："别动，你伤得厉害，文龙大哥救你来的，叫我们给你治伤。"

王照祥郑重道谢。杨淑娴苦笑着说："倒不必客气。完
节堂不准男人进出，我们是偷偷将你藏在这里，文龙大哥一
来你就要跟他出去。实话实说，你在一天，我们就提心吊胆
一天。"王照祥说："我知道，我一定不连累你们。"

杨淑娴待要为他清洗伤口，刚给他轻轻翻身，不意王照
祥衣服里一样东西掉出。杨淑娴看也没看，随手放在一边，
继续在静秀的协助下清理、包扎，直到一切妥当，才拾起那
东西准备归还，目光一瞥，突然吃惊地瞪大了眼睛："同
心结？"

她激动地仔细辨认。王照祥见状不解，看向静秀。静秀
也懵懵懂懂地摇了摇头。

杨淑娴双手发颤，忽地落下泪来。

于青桦和常路走到三人身边，三人浑如不觉。

于青桦对常路说："你是作家，该已经猜到是怎么回事
了吧？"常路说："同心结是宋家林送她的？"于青桦点头：
"太婆婆当时乍惊乍喜，心情一定挺复杂的。"常路也点头
说："我是按小说构思，如果是电影，可以配上一首插曲，
比如：'这结法是我为你亲手编创，这上面有我对你心意千
行；我曾说此结与你终生依傍，你曾说结在人在同存同
亡——'"于青桦感动地说："真好，就是这感觉！"

他们一起看向杨淑娴。杨淑娴颤声问道："这是我做的，
同心结的主人呢？到哪里去了？"王照祥恍然："你是宋家林
的妻子？怪不得看你面熟！我们班的弟兄都看过你的照片！"

杨淑娴抚摸着同心结，潸然泪下："家林，原来你上了
前线！为什么不告诉我？也免得我和婆母、小姑担心！"静
秀一见姐姐伤心，也捱不住陪着流泪，问王照祥姐夫人在

何处。

王照祥一只手撑着身体说："宋家林早已参军，只是怕你婆婆反对，怕你不理解，跟谁都守口如瓶。"

常路叹道："宋家的独生爱子，他妈妈一定不愿让他上战场；又即将成为杨淑娴的新郎，于是瞒着新娘。可是我不懂，"他望着于青桦，"为什么不早不迟，结婚当天走？"

王照祥对杨淑娴，于青桦对常路同时同声说道："他原来打算婚后说出实情，求得谅解，晓以大义，再去保家卫国。这个婚假，他事先是请过了的。哪儿料得到，结婚当天，军情紧急，连长下令立刻开拔。他就在巷子那边修车行不到的拐角上碰上了排长。他想要抽身回来告别，军令如山，不容转圜，一路疾行，到江边坐船走了，那只鞋就是上船前匆忙弄丢的。"

王照祥道："迫于形势，请你原谅。"杨淑娴抽泣着说："造化弄人，不必再提。"常路却说："最后的告别也不允许，未免有点不近人情。对了，"他再次看向于青桦："妈，不是我要挑剔，从创作的角度讲，这件事说不通。他就算风急火急地走了，难道后面这么长时间，一封信也不能写来？任由家人日夜悬心。"于青桦说："你可以问问王照祥。"

杨淑娴关心情切，早已托着同心结问王照祥："同心结为何在你手上？家林人呢？他……他还好吗？"王照祥喝了口水说："我们和日本人在南塘激战，打得惨烈。弟兄们拼了性命，可惜将军昏聩，一群虎跟着一只羊，这样的部队怎么打得赢？那边的大员时不时还要派人来监督，临走又要刮掉我们的军费进他自己的口袋，这样的政权怎么领导人民打仗？连败几仗，好不容易冲出敌人的包围网，撤退时我们……"他似乎惭愧未能照顾好他最好的战友，过了会儿才说："失散了。他找不到我，我找不到他。上战场前我们曾经互换信物，说好谁牺牲了就由兄弟联系他的家人。同心结就是这样到我手上的。"

众人吁了口气。杨淑娴既忧虑，又不无欣慰，至少丈夫还有生还的希望，夫妻也许还有团聚的一天。

王照祥说："你不用太挂心，相信他一定能逢凶化吉、遇难呈祥!"杨淑娴面上泪痕未干，心中暗想："但愿你平安回来，淑娴在这里等你接我回家。"

她定了下神，又给王照祥喂了半碗水，服了两粒药。王照祥说："你怎么到了完节堂?"杨淑娴想，只要一解释，免不了要说婆母的迁怒、小姑的怂恿，这时她对婆家已不怎么怨恨，更想将来丈夫能回到镇江接了自己团圆，别因为这件事与他的亲人再生龃龉，伤了和气，因此只摇摇头，并不回答。

见她这样善良宽厚，反叫人愈加心酸。常路不忍再看，说："妈，你就客观陈述吧，不要让我沉浸式体验。"于青桦说："你从小感情细腻，大了还是这样。"二人如轻烟淡去，飘然于堂外，是竹林，是月光，是漫山的树，是泊然的风，无时不在又全然超越。

五

不久后就是黄明节了。陈二嫂传堂主的话，休息半天。大家依照惯例，三三两两穿堂过户走到花园里去。完节堂的围墙高大森严，内部虽没有那么巍峨，也是色泽晦暗，风格端肃，就算回廊也是横平竖直，偶有必须转弯的，也做成一个截然的角度，像几何学上的锐角，尽量避免轻柔转折的风致，但花园却是一个例外。那是堂主梁青璇亲自监工修成的，镇江半数奇花瑶草被收在这里，占了完节堂将近四分之一的区域。整修时颇惹起一些保守士绅的非议，堂主全不理会，但凭己见，多方募捐，还贴上了自己不少积蓄，方才大功告成。

这时恰当花季，春日正好，园内名花异卉争彩斗艳，假山竹篱间隔其间，衬着满园碧树芳草，将衣装简素黯淡的众人比得倍加落寞。然而众人只觉开心，毕竟在陈二嫂的提议下，花园平日深锁，除了堂主能在此休憩，不让一人出入。一年里难得几次深入禁地饱览风光，终究是件让人愉快的事儿。

众人如出笼之鸟——其实还在笼中——各找交情好的，呼姐唤妹，寻张觅李，在偌大的花园里说说笑笑。陈二嫂眉头皱起，向堂主进言："堂主，节妇该当净心慎言，看她们这狂浪样子，下次最好别让她们进园了。"堂主微微一笑说："难得散心，随她们去吧。这园子很大，你看不惯听不惯，我们到那边走走。"陈二嫂只得躬身称"是"。

杨淑娴与静秀、春花、夏荷、冬妈一道，边走边细细赏玩。因许多花草可以入药，杨淑娴多识其形、其性，笑着为她们讲解。她口才甚佳，大家听得有趣，围上来的人越来越多。堂主、陈二嫂和稍微落后跟随的秋婶尽收眼底。堂主笑道："二嫂，你叫她们都过来。"

陈二嫂便令秋婶传了众人上坡——花园中间有一隆起的土坡，可谓山上之山，方便视野更阔，瞧得更远。杨淑娴等便忙赶来问堂主有何垂询。堂主笑道："没有什么事，看你们说得热闹，大家一起闲话过节。"

说到过节，杨淑娴笑着忆起儿时和父亲登圌山过黄明节的旧事。堂主道："你可知黄明节的来由？"杨淑娴说："听父亲讲，秦始皇一统天下后，春暖花开时节东巡到镇江，见长江之滨高山耸峙，形如巨龙，瑞气升腾，心中大悦。为了留住这份瑞气，便赐名圐山。周边百姓逐渐地形成了清明节后第一天登圐山、祈福佑的习俗，这一天便叫作黄明节。"陈二嫂插嘴说："不对吧，我听说是秦始皇见这里地貌特别，风水太好，怕威胁到他的皇位，才把瑞山改名圐山，把'瑞'气锁在框里，成了个'圐'字。"秋婶忙也附和。杨淑娴说："始皇并六国，定九州，这样大气概的人，要是在这样的小事上小肚鸡肠，斤斤计较，以为做文字游戏就能免祸固权，也未免太没有气象了。"堂主在心里喝了声彩。

陈二嫂嘴不饶人，紧跟着就问："那这传说是怎么来的？总不成是我现编的吧。"杨淑娴不露敌意，淡淡地说："想是秦始皇后来骄横残暴，百姓不满，便把那些有的没的全扣在他头上，发泄一下胸中怨气。这也是人情之常。"陈二嫂侧目斜睨说："就你杨监事知书识字，懂得故典，我们都是无知妇孺。"杨淑娴笑道："淑娴不敢，比起堂主渊博，我是自愧不如。"言下之意，比二嫂你胜出不少。可是这话不易反驳，总不能说自己比堂主还强，陈二嫂只得冷笑不语。

春花伶俐机变，这时便笑着打圆场岔话题说："我们镇上现在还有人说'黄明登圐山，瑞气保平安'呢。"夏荷最怕人吵架，哪怕不是冲着她的她也气短心慌，便顺着春花的话继续岔："我也听过，叫作'黄明登圐山，腿脚不发酸'。"

说起这个，大家兴致均高，连秋婶都说她们家长辈每到黄明节就泡饊子叫全家吃，边吃边说"黄明家家吃饊子，噼里啪啦好日子"。大家听得都笑了起来。

她们所处的这座山与圐山东西相对，加之又在土坡上，又更高了数尺。堂主命将西洋望远镜拿来，远远看了一下。

望远镜在众人眼中还是稀罕物件，大家啧啧称奇。堂主看了，脸色不愉，给陈二嫂、杨淑娴看了看。圐山上一片沉寂，林木也似不及往年翁郁，别的也没什么特别。二人均不知堂主情绪何以忽然低沉下来。

堂主叹道："往日过节，对面山上游人济济，不仅本地，扬州那边也有不少游客特意赶来。如今……"她想到国事日非，风雨飘摇，骤然充满了担忧焦虑。陈二嫂轻轻劝道："将来的事将来再说吧，车到山前自有路。"堂主忧色溢于言表："来日大难，路在何处？"杨淑娴因二嫂在侧，不好明说，只作自说自话一般："还是要早做打算才好呢。咱们这的地形，万一被人一围，就像箍了个铁桶……"陈二嫂忙道："你胡说什么？身为监事，动摇人心！"堂主伸手止住，欲言不言，只想："要真到了那一天，闭着眼图侥幸吗？这是上天要逼得我违反堂规，违反祖训，走那条不得已的路吗？"

堂主的神气十分复杂，杨淑娴见了颇为疑惑，心想：难道堂主有难言之隐？还是对未来的危机另有安排？

午间，众人如平常时那样聚在餐堂吃中饭，一张长方的大桌子，每人有固定的位子，除堂主、陈二嫂，最近加了杨淑娴，饭菜端到她们单门独户的居所自吃，其他人都是聚在一起。今天过节，蔬菜的种类比平时多了一样秧草，还有一个小炒肉丝。大家安安静静吃着，有时也会有坐得近的互相交头接耳说几句话，声音不大，也不会有人当真去管。

夏荷不慎溅了小半勺汤到秋婶的衣服下摆，秋婶心疼新衣裳，立时跳起来质问。她这一阵跟着陈二嫂，眼看着杨淑娴一系声势日涨，人数日多，心里很不是滋味，这时也是有意无意间发泄郁闷。春花精细；冬妈是个大炮筒子，堂内只畏堂主、陈、杨三人；静秀是众所周知的杨淑娴的好妹妹，要借机生事，最好的人选莫过于夏荷。

夏荷先还解释，架不住秋婶话越说越难听，渐次有挑衅和辱骂的苗头，不禁哭了。冬妈看不过，帮着夏荷理论。对面又有节妇帮着秋婶讲话。春花冷笑了两声，给夏荷擦脸，说："这有什么哭的，你说她不听，请说话比咱们管用的人来就是。"秋婶头皮一麻，正想拦阻，不料杨淑娴恰好此时过来同众人闲话。

杨淑娴不像堂主自持身份、陈二嫂高高在上，而是经常午、晚两餐时来与大家聊天，有时还带着自己的那份饭菜过来与大家同吃。这时一见众人脸色，知道又有了事故，便问怎么回事。秋婶抢着派夏荷的不是。

杨淑娴看了看她衣服说："这有什么，回头派粗作拿到城里找人专门浆洗，晒干了就和新的一样。"秋婶不服说："汤里有油……"冬妈是个直肠子，当下便舀了一勺汤从左到右亮给大家看："这一碗汤里有多少油？亮透透的，赶上水了。"春花哧的一声笑了。

镇江风声很紧，各类生活供给渐渐不如以前，乃是公开的秘密，秋婶这一发难，竟揭开了本来心照不宣要捂着的盖子。饭食是陈二嫂管的，春花敢笑，别人却面露尴尬。杨淑娴也不便多说，安抚了夏荷、秋婶两句，私下叮嘱静秀给王照祥送饭，宁可她这边俭省些，要保证王照祥受伤之人的营养。

午后黄明节的半天假就算放完了。众人又恢复了千篇一律的节奏，有的做体力活，有的看《女则》《女训》或《阿弥陀经》。杨淑娴天生精力旺盛，从不午睡，饭后便在桌前研究丈夫留给他的《本草》节选。

中药的世界永远那样稳定、祥和，隔着书页仿佛能闻到宋家药房的药草香，微苦的，又颇醒脑，像一切有益的格言。家林，究竟人在何方呢？如果万幸他能回到镇江，要打听她的行踪该是很容易的。他会来接她吗？完节堂会允许她来而复去吗？众姐妹失去了她，群龙无首，又要受陈二嫂她们欺凌摆布了吗？可是，她笑了笑，哪来的这种两难选择？家林要过多久才能回来还不知道，甚至他是生是……她不敢再想下去了，手指无意识地摩挲着书页。

有人在外"笃笃笃"轻敲了三下。杨淑娴合上书页，问是谁？外边说是春花。杨淑娴这一干姐妹里，春花要算是第一个既有胆略又心思细密的，于公于私都是膀臂，忙起身开门，迎她进来。春花笑着说："你还亲自开门，说声'进来'我顺脚儿就到了。"其实这也是她喜欢杨淑娴的地方。地位不论是高是低，杨淑娴待人的态度始终如一，她和冬妈私底下说过，这种人是能干大事的，不像那些个轻狂之辈，稍有迁升，就不知道自己几斤几两，恨不能把眼睛长到脑门子上。

杨淑娴看她手上还捧着盆水仙，笑道："这是做什么？来坐坐就是，还带花儿来。"春花放下水仙笑道："是大伙儿的心意，托我带来的。刚巧又逢过节，就当节下的贺礼吧。好在不值钱，不怕人褒贬。"杨淑娴看那水仙，白绿相间，花叶扶疏，清雅绝俗，十分喜欢，连连道谢。春花笑道："你对我们的照顾，抵得上一百盆水仙。"提到上午说圖山之名，夸杨淑娴又下一城，定然在堂主心中又添了几分好印象，"到底是你们读书人家，凡事说得出个子丑寅卯。只不过这么一来，陈二嫂要更恨你了。你得加意提防才行。"

杨淑娴抚弄着叶子说："只要对方不苦苦相逼，大可相安无事；但无事不惹事，有事我也不怕事。我如所料不错，二嫂很快就要来为秋婶出头了。"

春花一听，毕竟对陈二嫂忌惮，忙问如何应对。杨淑娴把药吊子煎的药倒下一碗说："凉一凉，就是时候了。"

春花没听懂，早听得陈二嫂的脚步声在外响起。一行四五人不请自入，却没有秋婶在内。杨淑娴让座，陈二嫂道：

"咱们明人不说暗话，中午的事是谁的错，你知我知。"杨淑娴给药吊子熄了火，拿小团扇给桌上的小碗轻扇着说："二嫂，夏荷并非故意，秋婶性子急些，我也没深责她。至于她在你面前怎么形容，有没有添枝加叶，我就不敢保证。"陈二嫂大咧咧在杨淑娴平素坐的椅子上坐下，扫了眼《本草》，又看看那碗药："秋婶碎嘴子，为人却是直来直去，不比有些人心术不正，喝多少药也治不好。"杨淑娴端起药碗在鼻边过了一过说："你以为这碗药是治病的吗？"顿了顿才说，"是调理滋补元气的。二嫂动辄暴怒，阴虚火旺，如果信得过淑娴，不如让我为你施药，扶正祛邪，固本培元。"说着把药碗递了过来。陈二嫂一闻味道已生嫌恶，更哪堪对方话里话外的暗示，手一扬，"啪"的一声，药碗碎裂。春花与另四五人皆吃了一惊。

杨淑娴声音也抬高了："我一片好意，你何以以怨报德？"陈二嫂怒道："秋婶的事，加这件事，咱们老账新账一并算！"

忽听得左边传来声声木鱼声，敲得比平时响亮不少。陈二嫂猛然省悟，完节堂只有三人住在上首，她居左，杨淑娴居右，堂主居中。杨淑娴这间房里闹出动静，堂主不需任何人通风报信也能耳闻。再加上春花等早晚会去添油添酱，原来煎药送药是对方早就设计好了来激自己失态的。她从椅上缓缓站起，高大的影子似乎笼住了整个房间："杨淑娴，我小看你了。"杨淑娴平视着她说："我却从不敢小看二嫂。"陈二嫂重重哼了一声去了。那四五人垂头急急跟出。春花忙传人来帮着收拾一地狼藉。

过了几天，堂主传令，监事与司事平起平坐，不分高低，给杨淑娴增加了几项权限，又特许她阅读新文学书籍，只是事先要经堂主本人大致审阅。消息传到时，陈二嫂在为陈文龙裁衣服，杨淑娴在室内仿着宋家林曾经教过她的体式写新诗。她也是完节堂里第一个用钢笔的人。陈二嫂飞针走线，不动声色，暗忖："不扳倒这个狐狸精，誓不为人！"杨淑娴流丽地在纸上沙沙地写着，文思澎湃。

六

王照祥在佛堂杂物房一住数日，虽没有特别对症的药材，没有抗生素消炎，好在年轻，精心照料下还是恢复了几成。可说好要接他走的陈文龙却始终没有出现。

这天，佛堂右间梵音阵阵，香烟缭绕。堂主庄严肃穆，佛前虔诚礼拜，手敲木鱼，潜心祷告。静秀在一边低头侍立。左间的杂物房里，每到此时王照祥便一声也不敢吭，生恐惊动了堂主。

陈二嫂、秋婵路过，听佛堂杂物房似有声响，起疑，转身。却是一只老鼠从王照祥身前掠过。王照祥猝不及防之下，发出了一点微响。陈二嫂心系全堂，不放过任何风吹草动，加上近来在堂主面前举措失当，急于挽回，便欲带人进去。静秀在窗内见到，忙轻声说："堂主，司事来了。"堂主双目微睁说："叫她进来，我有事找她。"

静秀疾步出门，传了堂主的话。陈二嫂只得止步，对秋婵说："到杂物房看看。"静秀心提到了嗓子眼。堂主却说："秋婵一起进来吧。"

堂主极少在佛堂传陈二嫂议事，今日已属破例。秋婵更是从未蒙堂主点名召见，此时受宠若惊，一时忘形，跑得比陈二嫂还快。陈二嫂只好跟着进去，想秋婵这样沉不住气，难怪大家都不服她。

秋婵请了安，陈二嫂敬问堂主有何吩咐。堂主说："征信录要及时见报，每一笔善款、资物，无论巨细，均须在册。完节堂建堂至今，凡 63 载，几任堂主，未有半点讹误，万不可马虎。"陈二嫂恭敬答道："是。文龙说日本人已经打下上海，这几天镇江也常有日本飞机轰炸，原答应捐助的孙老板、吴老板，还有报馆那边，已好久没有消息了……"堂主眉间颇有隐忧。

一声飞机呼啸从头顶掠过，那低低长长的嗡嗡声，透着十足的压迫。众人互望，眼中都写着惊慌。堂主心中默祷："愿佛祖保佑镇江，保佑完节堂……"

陈二嫂见堂主别无特殊事务要问，好生奇怪，想这些事何必定要在今天来问，更全程与秋婶并不相干。她本已走到门口，忽又折回，径直走向杂物房。堂主道："何事？"陈二嫂赔笑说："方才听到动静，这兵荒马乱的，要是有闲杂人等翻墙进来，随处藏身，我们这里都是女人，后果不堪设想。您放心，我就是到处看看，防患未然。"静秀心想坏了，坏了！堂主不语。

秋婶正心里嗔着陈二嫂多事，不如早点回去歇着，有何不美？冷不防陈二嫂一声惊呼。秋婶忙小碎步跑进去，撞进眼帘的是身子尚未好透的王照祥。

大天白日，堂主隔壁，竟然藏着一个男人。陈二嫂脑中飞速转动，立时便想到那天晚上竹林边的杨淑娴和静秀，以及自己那宝贝儿子的神情。当时只道杨淑娴与儿子有些首尾，不料还牵涉到另一个男人。她原该立刻发作，但想到陈文龙多半脱不了关系，心下踌躇，只将凌厉的眼神投向静秀。静秀瑟瑟发抖，神色近于不打自招。

陈二嫂还没想好如何处理，秋婶却像抓到个宝，不仅跑到右间向堂主汇报，更一路快乐地惊呼着把所有人全喊到了佛堂。平静如死水的完节堂，几曾有过这样爆炸性的新闻，更何况这新闻能扯上静秀，说不定还能牵连杨淑娴，真是何乐而不为。她唯独不曾想过，一向雷厉风行的陈二嫂，这次何以这么瞻前顾后？

事情闹出来了就没有回避的道理。佛堂平时归静秀打理，首当其冲要拷问的就是她。静秀生性老实，本来死无对证的事，最多治她个疏忽之罪。她自己心虚，换了别人早推得一干二净，她却咬紧牙关不作声，被秋婶问得急了，不说"不知道"，而说"我不说"。这答复等于承认她深知内情，弄得春花等想帮腔的都不好说话，陈二嫂都暗暗摇头。

杨淑娴赶来时，秋婶和几个节妇已把王照祥推出佛堂。王照祥旧伤未痊，身体虚弱，站立不稳，被秋婶等膀大腰圆的中年女人一推，身不由主，跌倒在地。陈二嫂问他是谁，他只说是受伤的军人，自己翻墙进来，与任何人无关。秋婶冷笑说："不对吧？与人无关，静秀为什么刚才要讲'我不说'？"王照祥道："你们不要为难无辜……"秋婶笑了，得意地说："我只说了静秀，你就跳出来维护，眼睛还准准地看向她，我倒要问了，这里这么多人，你怎么认得谁是静秀？说你们没有勾结，有谁能信？"王照祥被人拿住把柄，张口结舌。他几年来过的都是枪林弹雨的日子，打交道的不是豪迈的战友就是凶恶的敌军，对后方这阴柔的心机没有半点防范。

陈二嫂不得不发话了，便说："成天偷偷摸摸的，不干好事！连伤兵也敢窝藏！堂主，不用问了，必定是静秀滥好人，见到伤兵求救，私下放人进来。"秋婶接口说："要是传出去怎么得了！"堂主双眼似睁似闭，莫测高深："阿弥陀佛，罪过罪过。"

陈二嫂只怕说出陈文龙，心想把此事扣在静秀一个人身上，不提儿子，也不追究杨淑娴，大家心照不宣，便说：

"堂主，按堂规，静秀要禁闭 7 天，这个野男人要暴打一顿，逐出完节堂!"这个惩罚对静秀可说高高举起，轻轻放下，已是最轻。杨淑娴明知陈二嫂为了陈文龙与己方妥协，只求快快了结，但王照祥带伤逐出，外面如此凶险，只怕三两天就送了性命。此人是家林的兄弟，怎能为了明哲保身袖手旁观?

秋婶诧异陈二嫂罚得如此之轻，但今天风头已然出得很足，也就不节外生枝，领着几个节妇上前拿人。谁也没想到，杨淑娴缓缓走了出来道："且慢!"

陈二嫂心道："你偏要逞英雄，真是自作孽，不可活!"

杨淑娴不等别人发问，主动说道："这事的确与静秀无关，是我放了王照祥进门，静秀只是为我遮掩而已。一人做事一人当，要打要罚我甘心情愿，只求堂主不要将王照祥逐出门外。"秋婶见成功将杨淑娴拉下了水，大喜过望，畏惧之心刹时少了七成："听听，你们听听!堂主，她居然有脸为这个男人求情!她屡屡违反堂规，这样下去完节堂定然风气败坏，名声不保!"杨淑娴道："堂主，实不相瞒，淑娴之夫去了前线，王照祥是他的战友，是抗日军人!求你们让他留下治伤!"

陈二嫂虽要回护儿子，但毕竟镇守完节堂多年，到了此时，见闹得实在不像话，而杨淑娴的要求在她眼中又几近荒唐，忍不住上前两步说："是军人就更不能留!打仗跟我们有什么关系?军人就该打仗，节妇就该守节!他在这里不但坏了堂规，还要连累我们!"

王照祥道："对不起，我走……请你们不要再责难她!"他强撑着欲走，一下摔倒在地。静秀鼓起勇气扶他，众人的目光如同道道无形的皮鞭抽在她身上，她忍住眼泪，还是把王照祥扶了起来。

杨淑娴也过去扶住，对堂主求恳："他伤成这样，根本不能行走，完节堂一向怜弱恤贫，怎能见死不救！"

堂主心有所动，又念了一声"阿弥陀佛"。都是口宣佛号，这次与上次截然不同，人人听了出来。

陈二嫂坚决地说："堂主万万不能！"杨淑娴跪下求告："堂主救人一命！"秋婶道："堂主不能！"静秀生平第一次正面与人对抗，扑通跪倒，清脆地喊道："堂主开恩！"

众节妇偷偷议论，陈二嫂那一派的趁机说："她来了以后完节堂就没安稳过！"与杨淑娴亲近的如春花、冬妈等却说："总不能把受伤的人往恶鬼面前推吧？"

正当堂主左右为难之际，夏荷带着手拿一小袋粮食的陈文龙急步奔来。夏荷叫道："堂主，陈文龙送粮来了！"

陈二嫂极不愿儿子这当口来"自投罗网"，想要斥退，但堂主已谦和致谢。陈文龙还了一礼，瞥见王照祥，面露惊愕，不及细问，随即心急火燎地说："堂主，妈，前方部队全部撤走，警察局也关闭了，日本人已经进城啦！"

堂主身子一颤："什么？前几日听说偶有敌踪，如今，是大兵压城了吗？"陈文龙跌足叹道："强盗人性尽丧，毒似豺狼，所到之处烧杀抢掠，老幼青壮尽遭蹂躏，整个镇江成了杀人场！"

众人齐声惊呼，王照祥急问详情。陈文龙说："全城 39 个镇烧了 36 个！五条街、西坞街、日新街、大市口、中华路二马路南马路、鱼巷山巷柴炭巷太保巷姚一湾小营盘全部被烧！镇江师范和千秋、敏成、穆园小学都化为灰烬！甘露寺、竹林寺、鹤林寺、招隐寺也成一片瓦砾！"

堂主带众人快步走到花园小坡上，登高望远，遥见远处城内火光冲天，黑烟滚滚。

春花第一个哭出声来："我家小宝！大嫂和小宝啊——"

冬妈跟着哭道："我的女儿，我的芸儿啊——"夏荷、秋婶忙上前搀扶。众节妇哭声一片。堂主白发零乱，看着城区哽咽："若不是走火入魔，怎会造此业障？阿弥陀佛！"

陈文龙怕她年老支撑不住，伸手微微扶住说："堂主，粮行的粮食被日本人抢光了，我好不容易留下这一小袋！趁日本人还没发现这里，大家赶紧出去逃生吧！"

逃生，离开完节堂，平素想也没想过的念头突然之间清清楚楚浮现在每个人的心头。有什么事比生死更大？连秋婶都心下活动了。陈二嫂却说："我不走！走了到哪里去拿贞节牌坊！我死也要死在完节堂里！"陈文龙又气又急："还说什么贞节牌坊？完节堂只怕也保不住啦！"陈二嫂道："我们只要不出这个门，日本人就不会拿我们怎么样！堂主，现在最要紧的是把狐狸精和这个野男人一起赶出门去！"

不久之前，她还能精明计算如何不与杨淑娴破脸、如何不把儿子牵进风波。这时骤逢大变，她心神大乱，面临走与不走、毕生追求的牌坊能不能拿到的极端局面，自制力一失，压在心底深处的恨意蓬勃上涌，竟有些不管不顾起来。

陈文龙简直难以相信："妈，你胡说什么？被日本人抓住的伤兵全都被身上浇了火油活活烧死！这个伤兵是我背到这里，叫她藏起来的！"

他终于还是把自己"供"了出来。众人又是一阵惊呼。

陈文龙走到杨淑娴面前，心疼又愧疚地说："对不起，怪我不好，让你受委屈了！"杨淑娴道："现在不是说这些的时候，你告诉我，我父亲、我婆婆他们怎么样啦？"陈文龙忙说："你婆家已把你父亲接过去，一起到郊区田庄避难，叫我劝你有机会也过去同他们相聚，不要死守。"杨淑娴稍稍松了口气，感激婆婆之余，又不无担忧："只怕田庄也不安全。"陈文龙说："回头我就劝他们下决心收拾细软，远走高飞。镇江，是朝不保夕了！"杨淑娴流泪轻声道："谢谢文龙……"

陈二嫂眼睁睁看着这一幕，恍如又看到了自己的男人与舞女难舍难分，似乎自己又一次在感情中败北，成了那个凄凄惶惶的落魄人。全部的隐痛，全部的不甘，全部的愤恨，在她脑中轰地奏出了宏大狂乱的乐章。她气急败坏，冲过去给陈文龙照脸一记耳光："你还要去田庄劝她的家人，还要冒险帮她跑腿，她是你什么人？你，你，跟你死鬼老子一个样，被狐狸精迷住了心窍！"回过头来，锐声说道："堂主，这个不守妇道的娼妇不除，完节堂不得安宁！"

杨淑娴大怒，不料王照祥忍无可忍，抢在她前面喝道："不许你侮辱她！她丈夫为了保家卫国在抗日前线英勇牺牲……"

众人愣住。杨淑娴惊呆了，稍顿后才说："你，你说什么？"王照祥自知激愤失言，也怔住了。

杨淑娴慢慢走到王照祥面前，慢慢地说："怪不得同心结在你这里……他不在了，是吗？"

王照祥不得已从内衣口袋拿出染着鲜血的杨淑娴照片和一封信来："他在前线曾想给你写信，形势紧张，通信兵都穿不过密集的火线。"杨淑娴说："那这一封……"王照祥虎目含泪："这是家林一封没有寄出的信，也是我们战败他身受重伤后留给你的遗书……"

杨淑娴接过照片和信，泪雨滂沱，说不出话。泪水擦了又擦，几度忍住悲痛，这才看清那纸上的内容。只一眼看到熟悉的笔迹，新的眼泪又顷刻充满了眼眶。静秀懂事地上前，靠在姐姐身上，一字字念出来："淑娴，要是你看到这封信，说明我已经不在人世了，对不起，我没有兑现我的诺言，没有好好守着我们的家，守着你！我甚至没能给你一个完整的婚礼！我们来世再做好夫妻，好吗？到那时，想必已是太平盛世，我会天天陪着你，一步也不离开你，我保证，一步也不离开……"

杨淑娴身子一软，晕倒在地，就此人事不知。

七

杨淑娴醒来时，已是一天一夜水米未沾，她身子一抬，只觉得头重脚轻，重又躺倒。她还住在上首，完节堂最好的三间房屋之一。屋内桌椅俱全，床柜俱全，桌上花盆内水仙、卵石俱全，可是她的人生却残缺了。她空洞地望着房顶那雕着清雅图案、盎然有古意的房梁，觉得一切是都完了，国残家残，山残水残，桥残路残，心残梦残，只剩下她孑孓残躯，还苟活在人世间。

门"吱呀"一声开了，是静秀。她精心熬了姐姐爱吃的火腿青菜粥。杨淑娴存了死志，不肯喝粥。静秀不会劝人，只是跪在姐姐床边默默流泪，直到一碗热粥变得冰凉。后来静秀无意间一句话让杨淑娴悚然省悟，她道："姐姐，你不养好身子，将来怎么跟你父亲和婆婆小姑他们见面呢？他们还要靠你照顾呢！"

小姑娇纵任性，不是能当顶梁柱的人。而今的形势，完节堂是肯定待不下去了。这个家若不由她挑起，指望谁呢？家林走得这么早，不从亲戚中挑一个孩子过来承嗣，岂不是断了这一房的血脉？静秀说得对，她必须振作。她没有相从家林于地下的权利。

她哑着嗓子叫静秀把粥拿去热一热。静秀欢天喜地去了。从此，杨淑娴的身体渐渐复元，也没有人再提叫王照祥离开的事了。表面看来，完节堂倒是难得有了一段风平浪静的时光——如果忽略那不时响起的隆隆炮声和炸弹声的话。

陈文龙不放心杨淑娴,又特意探视过一趟。陈二嫂极担心儿子反复奔走会有性命之忧,碍于杨淑娴是抗日军人的未亡人,嘴上没有多说。陈文龙告诉杨淑娴,宋家得知噩耗,悲哭不止。婆婆、小姑还说家林牺牲与媳妇不相干,媳妇就不是不吉祥的克夫命,"请我务必把你接到田庄再定下一步逃往何方,见不到你,他们不走。"

杨淑娴这时候如果提出要走,不会再有谁留难,却又舍不得亲如手足的静秀、心慈悲悯的堂主,春花夏荷冬妈等一众姐妹。然而,另一边是她娘家婆家的亲人,不由得好生为难。

精神上的折磨没持续多久,就被另一个更实际的问题压倒了:完节堂断粮。

陈文龙自从上次来传过话,说出去寻找粮食,寻找逃生的小路,就没有再来,想是周围日渐紧张,虽在深山,亦不能轻易穿梭。

存粮吃得差不多了,从一日三餐变为两餐,又变为一餐,大家饿得奄奄一息。一月之内,七八个或老或病的节妇去世,夏荷也在其中。众人先还痛哭,后来为饥饿所迫,似乎连眼泪也流干了。

杨淑娴坐在窗前,看着那盆众姐妹凑钱送给她的水仙出神。来的时日不久,竟已经过了那么多跌宕。这里的人,她爱着的也好,怨着的也好,尊敬的也好,鄙视的也好,在"饿"这个字面前,统统成了真正的自己人。她亲眼看到冬妈有气无力地打水,腿一软摔倒在井边。秋婶与平素判若两人,过去用力扶起冬妈,与她一同把水桶扯了上来。冬妈哭着解下围巾裹住秋婶,二人跌跌撞撞搀扶着走开。从前的一点恩怨尽让位于寒天里的点点温情。

堂主叫大家尽量在房里待着,减少活动,就可以少吃东西。饶是这么着，米缸也快见底了，再这么下去，不用敌人上山，她们自己就都饿死了。杨淑娴心想，与其坐以待毙，不如趁黑到城里搏个侥幸。万一成功，不仅救了姐妹们，也救了九泉下的丈夫的战友。

白天当然不能去，去就是送死。晚上，山上是黑的，城里大片区域也是黑的。她生来怕黑，可人被逼到这个份上，别说黑暗，就是妖魔鬼怪在前，她也要出去拼一拼。有了禁闭房的三天，她对黑漆漆的环境至少不是当初的完全不敢面对，一触即溃。

打定主意后，她早早睡下，养足精神，夜里悄悄起床，拎了一桶火油，穿堂过户到大门边。一路上早没有往日巡夜的人，如入无人之境。她把火油倒进那生了锈的承轴里，以防开门发出刺耳的嘎嘎声。

她打开大门，见外面一片漆黑，下意识往后一缩。便在此时，有人拉住了她的衣襟，她惊上加惊，回身脱口问："谁?!"那人轻声说："姐姐!"她这才看出是静秀的身形。静秀问道："外面这么危险，你怎么要出去?"杨淑娴道："找文龙，找粮食，不能等死!"

静秀想想确是如此，别无他法，便说："我跟你一起去吧?"杨淑娴一口回绝说："不行!"静秀道："姐姐怕黑，我不放心姐姐一个人。"杨淑娴感动地说："好静秀，事到如今，姐姐什么都不怕了。你留在这里等我回来。如果堂主问起，你就如实回复吧。"

她抽身欲走，被静秀拉住，话里已带了三分急促："我……我想出完节堂的门!"杨淑娴道："也许过不了多久我们都会离开，不用急于一时啊!"静秀摇晃着她的衣袖说："16年了，好不容易有机会能出去，我一刻也等不得了! 你就带我到外面看看吧，求求你了!"说着千姐姐万姐姐的求恳。杨淑娴心软了，想这风声鹤唳的当口，也不会有人在意什么堂规不常规，何不让静秀早偿心愿？此行虽险，两人大可互相照顾。在她心中，有一个信得过的朋友共同面对黑暗，也是一种心理上的依靠，比起孤身涉险，稍觉安慰。

她点了点头，静秀喜出望外——当真是喜得望向了外面广大的空间，一个她从未踏足过的地方。杨淑娴叮嘱了几句，两人手拉着手，悄悄出门，回身将门关上。

这是一个没有月亮的晚上，疏疏两三点星光，聊胜于无。杨淑娴禁闭时虽已部分克服了对黑暗的恐惧，等到这时离开熟悉的环境，置身于那无边无涯的黑暗时，还是不禁胆寒。那黑是会移动的，你走到哪里，它如影相随，无穷无尽。哪怕有一盏孤灯，照亮一小片区域，也不至于像现在这样黑得让人窒息。

相比她的心慌意乱，静秀却是一边紧张，一边新奇，且眼睛逐渐适应了夜色之后，已可大致看见事物的轮廓，她贪婪地左瞧右瞧，颇有雀跃之意。

可是她的愉快的探险心情很快就荡然无存。高一脚低一脚抖抖颤颤，走一步探一步冷汗淋淋。山路崎岖、坑坑洼洼还是小事，时不时一粒子弹飞过，吓得二人几度跌扑在地。到这时静秀方才切身意识到，这次出行，稍有不慎就进了鬼门关。

二人搀扶着爬起，下山后地势较为平坦，改为悄然疾行。杨淑娴随手抓起一把泥土，在自己和静秀脸上涂了，又用帽子把长发盖住，粗粗一看，已像个瘦瘦小小的男子；只是静秀不像她有备而来，衣服还是明显的女装，她便尽量多找烂泥，东一块西一块抹了静秀满身，幸而是裤子，若是裙子，她压根儿就不能带静秀出来了。

到了开阔地段，昔日繁华的店铺尽成断壁残垣，人烟稠密、叫卖声声也尽数不见。四周树上吊着人，地上躺着人。静秀被脚下的一堆尸体绊倒，再也忍耐不住，失声惊叫。

杨淑娴生怕引来敌人，一把按住她的嘴，看着眼前一具具焦炭般的尸身，又有几具身首异处、四肢不全，真不知这是在人间还是在阴曹地府。她甚至没有想哭，伤感、悲痛、抚今追昔这时都成了奢侈，充塞胸臆的唯有恐惧。

杨淑娴凭记忆找到几家米行，米袋空空，米缸碎成两半；又寻至两家饭馆，实盼望找到些残羹冷饭，结果只瞧见锅倾灶倒。正失望间，忽听外面街上传来脚步声，听人数着实不少。杨淑娴不知是敌是友，但恐凶多吉少，急思对策，对方来的已近了许多，这次听清说的是日语。静秀一时还没反应过来，杨淑娴已知到了生死顷刻之间。

杨淑娴在静秀耳边轻道："是日本人！"静秀花容失色。杨淑娴用力一拽，不往里躲，反往外迎，走到与对方甚近处的死人堆里，钻了进去。

杨淑娴眼前就是一具老者的尸体，还好背朝着她，她闭上眼，屏住呼吸，一动不动。静秀再天真也知道此刻命悬一线，也是闭眼屏息，僵卧不动。

眼睛闭上，耳朵却合不上，只听脚步声越来越响，越来越响，近在咫尺，伴随着几声日语的说笑。这也是人类的说声与笑声，他们对镇江竟犯下这等有悖人伦的滔天罪孽。

脚步声和话声渐去渐远。静秀吁了口气，刚要试着伸展手脚，杨淑娴在她腿上轻轻一捏。静秀立时明白，保持原来的姿势不动。果然，脚步声去而复返，渐渐响彻耳鼓，似乎近到就在二人头顶。她们管得住自身不动，能不能管得住身子不发颤，能不能借浓重的夜色逃过对方的眼睛，只能听天由命。

两三个日本兵在议论着什么，口气轻松，间或笑语。杨淑娴的心狂跳不止，几乎要从腔子里直蹦出来，她简直疑心敌人听到了她擂鼓般的心跳。一秒，两秒，一分，两分，极短的一瞬，长得像永恒，不能承受的重量，压住了全身。她现在不担心她会动了，原来人害怕到了极处真会动不了的。她开始出现剧烈的耳鸣，手脚冰冷，胃里阵阵抽搐，她想她要完了，她控制不住了，她立刻就要紧张得呕吐出来。

她"哇"的一声吐了出来，一双手搭在了她肩头。她想，死就死吧，至少吐个痛快。等她搜肠刮肚吐得头晕眼花时，才隐约听见那手的主人在焦急地轻喊："姐姐，姐姐！"

是静秀？日本人走了？她猛烈地呼吸着，努力让自己镇定下来。她定睛一看，可不是静秀那张清秀白皙的小脸吗？到这一刻她才确定，她们拣回了一条命。

静秀拍拍心口说："他们……回来干什么的？说走就又走了。"杨淑娴惊魂未定道："大约是来看看这些人的死法，当作笑谈。"

她们惊吓得太厉害，手酸脚软，暂时不能走路，索性靠着那堆死人养力。静秀提议到刚才的饭馆里休息，杨淑娴摇头说："日本人都是一队队的，此去彼来。那一队去了，未必不会有另一队过来。咱们唯一的掩护，就是这些死人。"

倚仗着死人才有活下去的希望，杨淑娴觉得是个天大的讽刺。她方才对这些尸体只有怕，经过了死里逃生的这一番，对他们却多了感恩与怜悯。或许早上他们还活着，能呼吸，会讲话，会难受，会气愤。这些人是她的同胞、同乡，面目无法辨认了，说不定还有从小抚过她脑袋的左邻右舍、亲戚长辈。她的眼泪到这时才夺眶而出，对日本人的痛恨真正勃然而生。跟这恨相比，以前对婆婆的不满，对小姑的不满，对陈二嫂和秋婶的抵触，显得太小太小，小到根本不是一种性质。

静秀这次没有哭，只抱着姐姐抖个不停，半天才说："刚才不知道怎么搞的，脑子里一片空白，眼明明闭着，却好像看见了我娘，还没来得及过门的……那个男人，还有文龙大哥。"人到了这个关口，什么羞涩、顾忌，全都一扫而空，想什么就都说了出来。静秀续道："除了文龙大哥，其他两个我不知道他们长什么样子，刚才倒清清楚楚看到了，你说奇怪不奇怪？而且我忽然就不抖了，躺得笔挺，比死人更像死人，一直到日本鬼子走了，我才全身抖得停不下来。"她说着笑起来，像庆幸，又像后怕，边笑边还在发着抖。杨淑娴也跟着笑，神经质地，一笑就是好半天。

　　笑够了，杨淑娴正准备起身，忽然在一线微光中看到那背朝着她的老者手中露出一角布片。她伸手抽了抽没抽动，让静秀帮忙，把压着布片的另一具少年的尸体轻轻推开。顺着布片拉扯，竟抽出一个干粮袋，二人不敢相信，抓起，辨认。杨淑娴惊喜地说："馒头？静秀！是馒头！"静秀扑过来说："真的！姐姐！真的是干粮！"杨淑娴道："再找找，说不定还有！"

　　二人分别跪地摸索，翻找一番，又找到两袋干粮，想是遇难之人抱着那干粮护在胸口，连逃命也不舍得丢，中枪后顺势压在身下，没被敌人搜了去。

　　一阵枪声传来，两人急忙扑倒。杨淑娴小声说："我们先把这些干粮拿回去给大家充饥，至少能多捱个三天五天。说不定文龙就回来了，也说不定会逃往别处，路上带着吃。"边说边解下身上的包袱，将地上一小堆干粮收好，扎起，背在身上。

　　静秀肚子咕噜噜叫唤，她不好意思地捂住。杨淑娴心疼地说："饿了吧？来，先吃点东西。"静秀拿起馒头刚要咬，又放下，咽了一下口水，懂事地说："堂主她们也饿着呢，回去跟她们一起吃。"杨淑娴点点头："好静秀！我们走！"

杨淑娴猫腰准备离开，静秀眼尖，忽地发现角落里有个散落的馒头。她忙跑过去拿起，转身高兴地举起道："还有一个，就是沾了泥……"

话音未落，"砰"的一声枪响，静秀应声中弹。

杨淑娴大惊，顾不得还有流弹，扑过去抱住静秀。静秀摇晃着跌倒在地。杨淑娴血全往头上冲去，只问："你怎么样？你怎么样？"静秀将手中的馒头捧上，躺在杨淑娴的怀里，想说话，血水堵住了喉咙，呛得咳嗽。杨淑娴给她抚着胸口，语无伦次地说："不怕，不怕，吐出来就好，吐出来就不咳了……你撑住，好静秀，姐姐带你回去，姐姐带你回去啊……"静秀喘息着挣出话来说："姐夫不在了，你……文龙大哥……能不能……"杨淑娴泪珠滚滚而下，哪里还能答她。静秀伸手抚摸杨淑娴的头道："姐姐别难过，我到底……出过完节堂的门，看见了外面……外面，要是真像你以前说的那样……多、好、啊……"

她上身一软，头侧向一边，双眼犹自睁着。

杨淑娴呆了半晌，一股尖锐的痛楚像一根钢条，从头到脚搅动起来。她失声大恸，无限怜爱地把静秀搂在怀里说："姐姐对不起你，姐姐不该带你出来！你看见的这是个什么世界啊？不该是这样的，你才16岁，才16岁啊……"

八

完节堂议事厅内，堂主焦急踱步，众节妇悚然而立。那议事厅占地颇广，离大门只隔着一道照壁，布置得甚为典雅简洁。

不一会儿，陈二嫂和春花、秋婶、冬妈由四处分上。堂主连忙迎上问："有没有找到？"陈二嫂道："找遍了，不见人影。"堂主焦急喃喃："这兵荒马乱的，能到哪里去呢？"陈二嫂道："杨淑娴生性叛逆，她会不会带静秀……自顾逃走了？"堂主叹道："果真如此，倒也罢了，大难当头，保住一个是一个！只怕到了外面也……"闭目念了声"阿弥陀佛"。

冬妈憨直，问道："那我们怎么办？"春花提醒："那个伤兵还在这里……"秋婶倒也爽快："我们自己都没有吃的了，还管他吗？"若在以前，春花少不得又在心里把秋婶骂得体无完肤，这时同舟共济，心境已变，虽不赞成，只是不语；何况杨、静二人的下落才是最记挂的头等大事。

堂主双手合十说："救人一命胜造七级浮屠，把留给我的那一点米熬粥给他吃吧。"秋婶只得应声"是"。

众人一筹莫展之际，一节妇急跑过来说："堂主、司事，杨淑娴回来了！"堂主喜道："哦？淑娴在哪里？"在这种时刻人最无法作伪，堂主这一声"淑娴"把她的牵挂、看重淋漓尽致地流露了出来。众节妇也喜动颜色。陈二嫂看在眼里，胸口微微一酸，随又克制住了。

满身血迹、衣衫破碎的杨淑娴踉跄着走进，众人都吃了一惊。杨淑娴一手撑着椅子扶手，勉力站住说："堂主……"一口气噎住了，说不下去。堂主亲自相扶，温言相问："你到哪里去的？怎么这副模样？静秀呢？"

杨淑娴喘息稍定，满眼含泪说："静秀再也回不来了……"解下系在身上的包袱，蹲身打开，捧起粮袋和那个带血的馒头说，"这是静秀用性命换来的，她说，要留着跟堂主和大家一起吃。她……她是饿着肚子走的……"

犹如受了重重一击，堂主晃了晃，跌坐椅中。众节妇哀声一片，连陈二嫂、秋婶等也泪流不止。

堂主对杨淑娴说："既出去了，你又何必回来？为什么不自行逃生？"杨淑娴动情地说："堂主你忘了吗？我进堂那天，你叫二嫂对我交待，进了完节堂就不许出门一步，这次出门，已属违规。这扇门，从前只觉得是禁锢，而今家林、静秀已去，才发觉它也在为我遮风挡雨，隔绝纷扰艰险。我怎么能丢下门内的众姐妹，独自逃命呢？"

堂主凄然泪下说："难得你有此心，令人感佩不已！完节堂第六任堂主梁青璇，有礼了！"说着站起深鞠一躬。杨淑娴急忙扶住说："堂主，你折煞淑娴了！"

陈二嫂慢慢上前说："监事，你和静秀冒着生命危险出去找粮，我还差点冤枉你们……自从你进了完节堂，私藏伤兵，出门找粮，虽一次次违反堂规，实一次次冒险救人，我却没少让你和静秀受委屈！实话实说，我与你性情不投，但时至今日，也不得不对你说声服气，你这趟下山，陈二嫂就万万没有这个胆！我对不起你，对不起静秀……"她劈手给了自己一个耳光道："我把这一巴掌还给死去的静秀，再把这一巴掌还给你！"她举手又要击打自己，杨淑娴拉住，泪如雨下。春花、秋婶、冬妈齐齐动容。

"砰、砰、砰！"一声声拍门声在清晨的山间回荡，显得那么异常。杨淑娴脑中电闪："日本人这么快上山来了？"却听门外叫道："开门，是我！"她略松了口气，是陈文龙，可他的声音也显得那么异常，让人生出说不出的慌张。

陈二嫂飞奔过去开门，领着伤痕累累的陈文龙过来。她乍见儿子无恙归来，又悲又喜又生气地说："死到哪里去了？呸呸，这时候不作兴说个'死'字。你从哪儿来？"

陈文龙不及与她述说多日坎坷，抢上前来说："堂主，淑……监事，山下的尼姑庵刚刚已被血洗，尼姑们一个没逃得出去，全都惨遭强暴！"众人大哗，恐惧像冰凉的刀锋，让人还没感到痛，先已彻骨寒冷。

陈文龙额头青筋乱蹦道："鬼子已经知道完节堂里有伤兵和女人，随时会来抓人。我们不能再犹豫，需要立刻逃走！"

堂主看向陈二嫂、杨淑娴，意示征询。陈二嫂想点头，又停住，只看儿子。杨淑娴见堂主年老力衰，二嫂关心则乱，这时已顾不得别的，吸了口气一连串说道："春花，请王照祥！冬妈，让所有不在这里的姐妹全体过来！秋婵，带人把所有细软集中收拾好！"众人领命而去。她沉吟片刻，终于说道："堂主、二嫂，我们如今只有一条路可走：去茅山。"

众人跟着重复了一句："去茅山？"

木讷的还没反应过来，心思灵活的已隐约明白她的意图。

杨淑娴索性明说："茅山有抗日武装，听闻对百姓秋毫无犯，军纪严明，那是我们唯一的生路！"

这时王照祥已挂着拐杖来到厅上，听了便说："可那是共产党的队伍……"杨淑娴望着他说："你自己说过，一头羊领着一群虎只会节节败退。我们要托庇于人，春花、冬妈她们要找自己的儿女，难道不该依靠最值得依靠的人？"王照祥想起宋家林等浴血苦战、不得回还的众战友，想到所见种种，长叹一声说："我们的见识比起你来，差得远了！"

陈文龙一直蜷在一角喘气，这时才看向杨淑娴，钦佩地说："我们想到一起去了。"接着从怀里掏出一张图来："这上面去茅山的路，我都画好了。这里三面环山，一旦被日本人发现，只有死路一条，不如趁天还没有透亮，赶紧下山！"看向面如土色的众人道："留得青山在，将来才能找你们失散的亲人。"众人哭着点头。杨淑娴接过图来，望向堂主。

堂主略一权衡，主意已定，对陈文龙郑重相托："文龙，王照祥枪伤未愈，除他之外，这里只有你一个男人，我把她们托付给你了。"陈文龙道："我……堂主，我……"堂主诧异说："你有什么为难之处？"陈文龙突然晕厥倒地，显然刚才是强撑着一口气。

陈二嫂惊呼："文龙！"杨淑娴、王照祥急急看视。王照祥脸色一变说："受了重伤！"

陈二嫂大惊失色，她每日虽与堂主相伴，骨子里从不信世上有鬼神，这时却不由得在心里直念"菩萨保佑"，伸手一探，儿子的后背上一片血迹。她心下冰冷，脑中空白，只能机械地重复："文龙，文龙……"

陈文龙挣扎着向王照祥说："好兄弟，现在只有你能带她们走，拜托了……"王照祥哽着嗓子答应。

杨淑娴明知他伤已无救，仍抽泣着说："文龙大哥，我们一起走，我为你治伤……"陈文龙一笑说："有你这句话……什么都值了……"目光渐渐涣散。陈二嫂哭道："你不能丢下妈，不能丢下妈啊——"陈文龙气如游丝。陈二嫂把头伸到他耳边才听清他说："儿子不孝，不能给你养老送……"他话未说完，已然气绝，神色中满是留恋。

陈二嫂连连哭喊，堂主与众节妇无不泪下。

此时所有活着的节妇已然齐集，贴身衣物、药食也收拾完毕。众人正想着如何劝陈二嫂与她们一同逃离，突然传来了激烈的枪声，又是一阵日本兵的喊叫，直似地狱无常的勾魂之音。

秋婶惊恐地叫道："日本人来了！"春花、冬妈亦说："我们走不了啦！"陈二嫂红了眼喊："我跟他们拼了！"堂主忙阻止说："不可！不要白白丢了性命！"

王照祥道："那让我出去，你们跳墙从后面走！"杨淑娴一把拉住他说："他们要来，自然是四面合围。再说，你的命，是拿来和他们拼的吗？这里这么多姐妹要靠你照料逃出生天！"

日本人声音逼近，王照祥跺足说："难道就这样坐着等死吗？！"杨淑娴看见油桶，有了一个不得已的主意，她道："看来，这扇门是挡不住强盗了！"凄然环顾着说："完节堂，完节堂，以往守节，只有守身，今日献身，方完大节！"她率先把油桶四处倒洒。

众人明白了她的意思，有的于慌乱中冷静下来，有的想到死亡将至，恐惧反而倍增。冬妈烈性，也去倒火油说："决不能落在鬼子手里！"

越来越多的人被感染，纷纷将油桶内的火油浇洒于地；陈二嫂一言不发，拿来油灯，掷于墙上，"啪"的一声，灯油糊了小半个墙面。

以杨淑娴为首站定，春花、秋婶、冬妈等一个一个走到身边，如同一组群塑。陈二嫂看看堂主，尚自犹豫是去自焚，还是留下来与鬼子拼命。死并不可怕，怎么死是今生最后一个选择。

杨淑娴说："照祥，你一定要活着出去，到茅山替我们打鬼子！点火吧，让我们完节！"王照祥痛苦不堪，然而这时心软，就等于让她们面对更惨酷的命运。

他拿起一盏油灯，一拐一拐，缓缓走近。他右手举起，侧过了头，不忍相看，却听堂主喝了一声："住手！"

王照祥缩手回望。

堂主仰天浩叹："天意，这是天意！"她左手扶着陈二嫂，右手握住杨淑娴，看向众人，说出一番出人意料的话来："我祖上曾是清末抗击英国侵略军的将领，怎奈清政府暗弱，侵略者强横，难以抵挡。他死在战场，家族半数男丁殉城丧生。清政府不加抚恤，反而怪他办事不力，夺爵削封。我梁家后代心灰意冷，立下遗训，代代不准涉及国事战事，到我这一代更是青灯古佛，独善其身。"她顿了一顿又说："今天到了这个地步，又见你们宁愿玉碎，不肯苟全，这个遗训，我是不能再守了！淑娴，二嫂，照祥，佛堂佛像下有一密道……"

众人大奇，又听她接着说道："你们三人带众人逃生，将来为死难同胞报仇。我留下拖延日本人。"陈二嫂忙道："这怎么行……"堂主手一挥说："完节堂是我的祖产，我决意要与这里的每块砖、每片瓦共存亡。"

杨淑娴黄明节那天说到如何脱困，堂主神色有异，自己当时便已起疑，不料应在今日。她道："堂主，既有生路，大家一起出去，以后卷土重来……"堂主说："但愿你等化险为夷，愿佛祖降下降魔杵，金刚现象荡平妖孽，还我太平！"

门外叫嚷声、喝骂声，跟着便是砸门之声。堂主道："不要说了！密道出口就是后山！去吧！"

杨淑娴等犹自不肯，而杂乱的砸门声变成了重器撞击声。陈二嫂大踏步上前，不由分说，将杨淑娴一推，向众人喊道："还不快滚！"杨淑娴道："二嫂，你也不走？"堂主背朝她们跪地，如同入定。陈二嫂亦不言语。

王照祥一咬牙说："……走吧！"秋婶先行，众节妇陆续上前，杨淑娴、春花、冬妈最后跟上。杨淑娴与陈二嫂对视一眼。陈二嫂陡然笑了："你这个狐狸精，不仅迷得住男人，还迷死了这帮女人。我晓得，跟着我，她们口服心不服；跟着你，她们才是心口一致。这些个大小寡妇们，就交给你了！"杨淑娴泪水涔涔而下。陈二嫂给她擦擦脸说："好一张俏脸，可惜前半生有命无运，后半辈子你就代我家文龙、代静秀好好活下去，把她们照顾好吧！"杨淑娴盈盈下拜说：
"拜别堂主、司事！"众人跟着拜倒。陈二嫂还了一礼，这是
她进完节堂担任司事以来第一次向她们还礼。堂主低诵佛
谒，全然不睬。

杨淑娴示意王照祥带领众人向后方跑去，将将出厅，听
堂主扬声说道："杨淑娴，我传你为完节堂第七代堂主。生
此乱世，活着比死更难，这副重担，我就交给你了！"杨淑
娴不敢回头，只怕这一回便再也舍不得走。她硬起心肠，朗
声说道："堂主放心！"心道："家林，盼你地下有知，保佑
我带众姐妹逃出生天，将来为你和堂主、二嫂和这满城同胞
报仇！"

众人去了。须臾，堂门、围墙已摇摇欲倒。堂主默念：
"梁青璇向先人谢罪——献堂献身，为完大节，望祖上成全！
阿弥陀佛！"

陈二嫂在她身边跪下。堂主叹道："二嫂，文龙牺牲，
你何不留着性命，看日本人的下场？"陈二嫂深情地说："我
不走，也为了文龙，也为了堂主你。二嫂陪了你十几年了，
怎么能最后时刻让你一个人留下呢？"堂主眼角边沁出泪来。

"砰"的一声巨响，大门砸开，围墙也塌了大半。隔着
照壁，日本兵的嘶叫如在耳畔。陈二嫂亢声说道："天杀的
日本人，你姑奶奶在这里！"将手中油灯捧上。堂主低头看
了一看火苗，微微一笑，凛然扔出。"轰"的一声，熊熊火
焰腾空而起，瞬即成为漫天大火。刚抢进门来的日本兵嚎叫
之声此起彼伏。堂主、陈二嫂挺立于熊熊大火之中，宛如两
尊巍巍雕像。

常路出现在二人身旁，仰视着她们，热泪盈眶："如果
可以，我真想穿越回去和你们同生共死，为守护你们竭尽
全力！"

密道中，听到那震天大响，人人皆知是怎么回事，同时停步，回首相望。杨淑娴仿佛看到一片烟火、一片废墟中，静秀精心培育的那棵爬墙草顽强露头，伸展墙外，瞬间铺天盖地，长成一片碧绿。

完节堂残损的大门"轰"的一声，彻底倾倒，仿佛带走了一个时代。烟尘中叠现着杨淑娴惊人的美丽和坚毅。

常路的目光像穿透了长长的光阴隧道，每一句话都带着历史的回响："从守身到献身，从守节到守义，封闭的心门打开了，沉重的堂门打开了。你们知道吗，历经忧患与沧桑，我们的复兴之门也打开了。"他忍了忍，不无哽咽："如果能够打开时空之门，让你们来到今天，该有多好！"

于青桦轻拍着常路，平复他的情绪。小院里，宁静祥和，岁月静好。将近晚上十一点了，于青桦讲完了这段长长的故事，自己的心情也颇不平静。对于常路的反应，她事先是有预感的。儿子人已中年，情感有中年的醇厚，却还留着青年的激越；平时稳重自持，而遇到那些触动他心底深处的人和事，他的情感会激烈得像镇江之畔的长江水。

常路问后来怎样了？小时候于青桦给他讲童话时他也爱这样追问，只不过那时是稚气，这时是赤子之心。于青桦给他理了理夜风吹乱的头发说："太婆婆领着大家，历经磨难，到了茅山。王照祥成为人民军队的一分子，屡立战功；太婆婆她们先是救死扶伤，过后也如愿入党，枪林弹雨里百炼成钢。我有时简直想象不出来，那种情况下，她是怎么领着一个伤员、一队此前门都没出过的女人走到抗日根据地的。那位堂主没有看错人！"

常路从于青桦的话中听出了她由衷的骄傲。他怕于青桦在院中久坐疲累，而且她白天为了筹备生日又足足忙了一天，催她回房休息。于青桦边和他往里走边告诉他，杨淑娴嫁给了一个志同道合的人，也就是于青桦的太公公，夫妻俩尽可能整理保存了完节堂的部分资料。杨淑娴还写了回忆文章，做过省医学研究院的院长，一生投身于医疗卫生事业，1997 年 78 岁去世，刚好看到了香港的回归。

坡
上

　　夜里又下起雨来了，瑟瑟轻响，不像夏天下的，倒有秋雨的情韵。常路午夜梦回，朦朦胧胧中依稀听到雨打芭蕉，联想到窗外还有一株梧桐，鼻中似乎闻到了那股清气。这雨声使人想起李商隐的《夜雨寄北》，想到李清照，也想到施蛰存的那篇散文；心里很平静，一切都恰到好处的熨贴，慢慢地就又在满足中滑入了梦乡。

　　早上醒来，刷牙时想到"梦乡"这词，不知是谁发明的。梦里是家乡，清醒时反而是异地吗？就好像昨天听杨淑娴的事迹像"现在"，那么眼前的现在倒反而是恍恍惚惚不知今昔何昔了吗？

　　这些终极问题照例是不能多想的，不然多半就要陷入庄周梦蝶的哲思里。他和于青桦、吴永康就着宴春的酱菜吃了碗粥，搭上块铺着杏黄姜丝的水晶肴肉、一个白水煮蛋和一个蟹黄包子。于青桦不准他多吃，昨晚太丰盛了，夜里又吃了鱼皮花生，别几顿积起来伤了脾胃。吴永康笑着给儿子热了杯牛奶，加了勺蜂蜜，聊作安抚。

　　吴永康问今天几时回常志坚那边。常路说："吃过中饭睡了午觉再去，横竖晚上要在那儿住，迟点不怕。"于青桦白了丈夫一眼说："你也是的，儿子没说走，你催他。"吴永康笑道："我是怕他去晚了，老常吃咱们的飞醋。"于青桦笑着讲他胡说，叫常路陪她出院子，到小区走走，今天起得早，正好看日出。

院外的小路很清幽，加上多数人还在沉睡，母子俩漫步，很是惬意。常路说："也奇怪昨天睡得挺迟，早上倒比平时醒得早。大概是杨婆婆的事儿后劲太大。"于青桦笑了，和他走到了小区中间的大土坡上。土坡遍植绿草，远远高出地表。于青桦说："有传说说咱们这儿就是当年的完节堂，这个坡就是它花园里的小坡。"常路"啊"的一声，眼睛都亮了。于青桦笑道："只是传说。我们小区的地理位置倒是在城西，可完节堂按说在山上。"常路怪她破坏佳话。

灰蓝的天空渐次透亮，朝霞像定格动画的镜头，一帧帧艳丽起来。云破日出，虽然是寻常景象，却又透着壮观。常、于二人沐浴在晨曦里，遍身红晕。常路轻声说："当年杨婆婆和静秀也是这么看日出的吧？"

二人感慨良久，常路说左右没事，妈妈要是还藏着什么不知道的事迹，不妨一次性跟我竹筒倒豆子。好的故事储备是不嫌多的。于青桦说："老是被动地听也没意思。妈妈倒有个想法：我们一起拉个故事大纲，像小时候帮你拉作文大纲一样。"常路双手一拍笑道："有意思！拿什么为题材呢？完节堂我是要留着写长篇的。"于青桦笑道："中华民族的美德代代承传，反过来说，好的家风也可以逆流而上，一定有迹可寻。"常路说她讲得太抽象。于青桦笑着说："我太婆婆杨淑娴的表姨叫颜明玉，堪称巾帼英雄，可她是清朝末年的人，离当代更远，但是呢，留给咱们的合理虚构空间也更大。"常路笑了，说："我懂了，你把她的事情作为蓝本，我们随时加工，左右故事进程，共写这段传奇。"于青桦笑说："不错。"

有两个晨运的老人经过，一个做做扩胸，快步过去了；

另一个和于青桦认识，互相打了招呼，又问常路近况，常路客气而耐心地同他说了一会儿，待他走远，才笑着和于青桦绕着那绿毯子般的大草坪一圈圈地散步。他们的速度比先一个锻炼身体的老人慢得多，往往老人绕了两圈，他们才走大半圈，可是老人有老人的乐趣，他们有他们的愉悦。

清晨的清新空气里，于青桦把颜明玉的曲折经历一一说给常路听，常路听了一会笑道："妈，我发现你说太婆婆的事迹充满感情，说颜婆婆的事儿反倒理性，是隔得太久了吗？"于青桦想了想说："可能。太婆婆我小时候见过，颜婆婆真的是只存在于口口相传里，一张照片也没留下。人就是这样的，隔到三代以上，基本上就只是个名字。五代以外，恐怕连名字也不记得了。"她平平静静说着，陈述一个客观的事实。常路听了，却有几分黯然。如果终将被人遗忘，连自己的后人也不例外，那么人生意义何在？他想起那部动画电影《寻梦环游记》，讲的也是同类的主题，那结果还算好的，多数人怕还没有那样的幸运。

于青桦问他发什么呆。他照实说了。于青桦微笑道："你现在的职业不就在帮你突破这个困局吗？"常路一怔，随即明白，笑道："那也得我成了个大作家，写出了光耀千秋的巨作，才可能进文学史，永远被人家记住。我是没这个野心。"于青桦笑道："说没有野心的人，十个有八个是怕万一失败，情绪上没有退路而伤心。"常路"呀"的一声笑说："妈，你60岁了，还没学会'看破不说破'。"

土坡占地甚广，一大半是草坪和跑道，另有一小半是公用健身器材。这时陆续就有人"光顾"，不仅有老年，中年和青年也颇为不少。于青桦和常路加入其中，坐到一个翘翘板上，一升一降，一降一升，都为这童趣盎然又简单到极点的玩乐笑出声来。于青桦说："升升降降，就同历史一样。

我觉得我们的口头创作可以开始了。"常路脚下一蹬，升起来说："可惜没带笔记本电脑，要不要把手机打开来录音？"于青桦那边一用力，升上去半个人高，常路这边相应下降，她笑道："别太依赖这些东西，大脑啊，用进废退。我是老师，你是作家，一早上说的情节记住不漏掉，这点儿聪明总是有的。"

她之前简略说了颜明玉的经历，这时便和常路在这基础上一同编织起一段故事来。常路说万事开头难，让于青桦先起一个头。于青桦笑道："我构思中的开篇力量雄浑，适合男性。还是我的作家儿子先请。"常路略问了一下，看向天际，大朵的白云正聚聚散散，云气离合，如同江流。

他生

序

浩瀚长江，波涛汹涌，风雨交加。

江中现出了一批落水之人，其中有老有少，有男有女，沉浮、翻滚、呼号、求生。眼看着他们气衰力竭，将要为江涛所吞噬。

远处传来锣声，一艘红色船只劈波斩浪而来。

落水者中有人大呼："红船，红船!"

那船体型较一般船只为大，颜色鲜艳，在浊浪滔天中显得异常醒目。在正中立着的中年人名叫颜皓初，脸色沉静。船头掌舵者是二十来岁的水生，神色极为紧张。二人恰成对照。

颜皓初看了看水流说："下水，救人!"

船上水手或跳到江中，或抛出绳索营救。水生则满面焦急地瞧着大家，用力稳住船身。

众落水者纷纷被救上，水生视线迅速一扫喊道："船已满载——"颜皓初道："返航!"江上浩浩江风，众人交谈也感为难，水生发令、发讯号都要竭尽全力地喊叫。颜皓初天赋异禀，中气极足，往往短促一喝，小半个江面皆闻。他女儿颜明玉常半开玩笑说他定是背着大伙儿去修习了少林寺的"狮子吼"。他自己也解释不清何以如此，只能认为是上天赋予，目的就是让他从江神手中夺回活生生的性命。

浪头迭涌，满载着落水之人的红船几度歪斜，全亏颜皓初指挥得宜，水生和众水手经验老道，才没有倾覆。颜皓初看看这日渐老旧的船只，正如同他日渐衰退的精力，虽然还不到50岁年纪，心里已颇有豪迈后的苍凉。

一路又救上五六人，今天已挽救了二十几条生命。他正想着上岸后怎么为他们驱寒，怎么妥为安置，雨声中突然又听到一声"救命！"

水生也听见了，叫道："老爷，船后还有人！"

刚才又救了几人后，船从满载到超载，已达极限，可是人命关天，不能不尽力一试。颜皓初一挥手，船身微倾，试图调转方向。满船的人身上还在滴水，却也牵挂着江中那素不相识的男人。那人又再呼救，颜皓初忽地心中一凛："这声音好熟，难道是……"向来镇静的他连催了几声"还不掉头？"急促间竟是方寸大乱。

水生和几个较大的水手从未见颜老爷这般失态，都觉得奇怪，加紧划水。

颜皓初耳边仿佛又听到了多年来流传的那首歌："雷电声声风怒号，长江滚滚起银涛；警锣阵阵传噩耗，我心悬旆正摇摇——"这当儿当真是心旆摇摇，如果这个人没有救起，他一辈子不能原谅自己！

常路大致说了一段，问于青桦这个调子定得对不对，于青桦说："很好。"常路让她往下接，于青桦笑说："你这是要跟我比赛接龙了吗？也好，这形式颇能激起斗志。"

一

(于青桦篇)

镇江有座山，名叫蒜山，以形得名。蒜山之北是西津渡街区，商旅货运，车来人往。离发生江难的地方其实很近，却一个凶险，一个太平，宛然是两个世界。

颜明玉和蒋雨轩并肩游玩，蒋雨轩手上还有刚收起的一把纸伞。本来是买着玩的，每次过来，颜明玉兴致一起，就会随手买些东西，也不管家里有没有，也不论价格贵不贵，全凭一己喜好。蒋雨轩对她百依百顺，从不稍拂其意。今天她看上了那把画得很精工的纸伞，比一般的伞小些，剔透些，伞面上画着桃花杨柳、双燕回旋，一派江南春色。别说她喜欢，蒋雨轩也是一眼就看上了。

没料想，一场雨说来便来，这把伞从玩物变成了遮风挡雨之物，只是面积较小，遮不住二人。蒋雨轩体贴地尽力挡在颜明玉头顶，自己右半边身子都淋湿了。

雨过天晴，收了伞，雨水顺着伞的筋络分几条线流下。颜明玉明眸微动，笑道："要不我们再买一把荷叶图样的伞吧？下了雨，雨打荷叶，正好浑然一体。"蒋雨轩温柔笑道："胡闹，一来未必有现成的荷叶图案，二来买了也不见得恰好碰见一场这么应时的雨。"颜明玉笑道："不买拉倒，本来也是看你半个身子潮了，想帮帮你的忙。"原来她注意到了？蒋雨轩笑了："你别乱花钱就是帮我的忙了。"

两人从人丛中穿行而过，两边当地口音的叫卖不绝于耳，有的是店主招徕生意，有的是流动的小贩沿街呼喊。

"香醋——""水晶肴肉——""回卤豆腐干唻——""麦芽糖——吃啊！"

颜明玉从中听出了旋律来。蒋雨轩说这怎么可能，颜明玉说万物皆带音律，你若在船上仔细听去，江水都在唱歌，只不过有时唱得不怀好意而已。

前方是观音洞，只见过江旅客、善男信女敬香祷告，祈求平安。一女子跪祷："大慈大悲的观世音菩萨，保佑他爹人船俱安……"一老者跪祷："救苦救难的观世音菩萨，保佑我儿平安归来……"

颜明玉道："咱们也去拜拜吧。"蒋雨轩奇道："拜什么呢？"颜明玉假装生气，调过头去说："哦，原来你没什么心愿可求，那好得很、妙得很，我回家啦。"作势欲走，早被蒋雨轩拉住。颜明玉格格一笑，声如黄鹂："现在想起什么来没有？"蒋雨轩瞧着她娇美的容颜，难描难画，心中升起一股柔情，想这一生要是天天听到她的"无理取闹"，看着她的古怪刁钻，也不枉了。

他笑着说："我想起有什么愿望了：但愿飞阁流丹永如笑靥，层峦耸翠风情无边。"颜明玉却不像他以为的发小姐脾气，偏着头，认真听着，还问他，第二个愿望是什么。蒋雨轩存心逗她，偏不说她想听的："再一个，但愿车辙深深向神殿，五十三坡意绵绵。"颜明玉手指绕着头发道："第三个愿望我帮你说：但愿观音洞前他们许的愿都能如愿，昭关石塔下虔诚走过的人都能安然。"

蒋雨轩"咦"的一声笑道："没想到你有这样的胸襟，倒把我堂堂男子比下去了。"颜明玉笑道："我可是颜家的女儿，流的是我颜氏祖先的热血。"

他们说笑着往前走了一程，便到了待渡亭。坐船打渔或是到对面扬州去的人大多在此等候过渡，故名"待渡"。蒋雨轩这时才说："说好我父亲商船一靠岸，我们就去你家下聘，你怎么反倒跑到这里来了？"颜明玉理直气壮地说："父亲去江上救生，吩咐我在家等你们。他一出门，我就偷溜出来玩儿。这都想不到啊？"仿佛问题不在她这里，只怪他太迟钝。蒋雨轩给她说得哭笑不得。

街那边一阵喧嚷，一对母女被一人追赶着仓皇奔来。到了待渡亭附近，那追着的人边喊"站住"边凶神恶煞地追上，一把拉住了女孩的衣领子。有人在旁边小声议论："皮四又发横了！""那不是小莲娘儿俩吗？""人善被人欺呀！"

皮四欲抢包裹，小莲抱住不放，苦苦哀求。皮四上前抢夺，小莲拼死摁住，被皮四连踢带踹倒在地上。蒋雨轩瞧得怒气填膺，上前质问："你为何抢她的东西？"皮四还没说话，小莲先哭诉道："我陪妈妈过江抓药看病，这位船主要的船钱太贵，我们出不起，他就抢我包裹！"蒋雨轩看似文弱书生，这时却气宇轩昂，厉声责问："光天化日，竟敢强抢病弱母女的钱财？"

众人一见有人出头，纷纷鼓噪，围上来七嘴八舌地说："这种缺德的钱也能要，不怕遭报应！"许多人的正义感不是没有，而是要在保证安全的前提下才敢有。皮四对他们可谓了解透彻，当下骂道："谁敢多嘴？赏你们一顿嘴巴子！"众人果然在他意料之内的噤了声。

皮四得意洋洋，逼近小莲。蒋雨轩待要再次挺身而出，颜明玉将他衣角一拉，自己上前笑道："皮四，还认得我吗？"皮四之前没留心，这时一见是她，吓了一跳，勉强挤出个笑说："颜小姐……"

颜明玉笑道："这位小莲姑娘我看上了，要带回家做个丫环。那点儿船钱，不如你就请了客吧？"皮四见周围人多，下不了台，心底发虚，嘴上却说："你们家的事，凭什么要我出钱？你也太欺负人了。"从他嘴里说出"欺负人"的话来，众人都是暗中发笑。颜明玉叹了口气，向东边望了望说："师父，我面子小，劝不动……"皮四向东一瞧，冷不防颜明玉脚下一勾。他扑地跌倒，刚想跳起，不知怎么，又被一勾，起而复跌，跌而复起，最后索性撒泼，躺在街上不起来，只说："颜小姐打死人啦！"

颜明玉笑出一串银铃儿，随手褪下白玉手镯给他说："大男人当街撒赖，也不怕丢人，快滚吧。"手上微一用力，角度奇刁，皮四不知怎么，一下就站了起来，愣了片刻，看看手镯，觉得还是要找补两句，向小莲狠霸霸地说："看在颜小姐的份上，饶了你们！"毕竟不敢多说，脚底抹油溜了。

小莲母女感激涕零，连说："谢谢小姐，谢谢少爷！"她二人道谢时把明玉放在雨轩前面，换了寻常男子，难免不快，雨轩却自谓小事，并不介怀，笑着对小莲母女逊谢了一番。

颜明玉这才正经起来，告诉小莲说："江匪之船切不可乘，轻则丢财，重则丧命。过江可乘我爹爹的红船，船帮船帆涂有红色的便是。那是不收钱的。"小莲和母亲齐齐鞠躬。颜明玉又叮嘱："若在外难以谋生，不妨真来我家。我父亲定会收留。"母女二人千恩万谢而去。围观的人见无戏可看，也就散去。

蒋雨轩微笑着责备："明知那人不是善类，你还给他钱，不怕助长他的气焰？"颜明玉说："这些江匪原是当兵的，逃到此处，聚众敲诈渡江人。我倒不怕得罪他们，父亲江上救生，事关重大，却要防着他们捣乱。所以嘛，吓吓他们就够了，不把他们真逼成了敌人，对父亲不利。"蒋雨轩说："道理我懂，我就看不得有人欺凌弱女子，觉得太便宜了他们。"颜明玉笑道："你放心，至少我不是弱女子，会把自己护得好好的。"蒋雨轩得她一言提醒，问道："你刚才那几下，是怎么做到的？你会功夫？"颜明玉笑吟吟地说："那算什么功夫？三脚猫的把式，也只有皮四这样的草包才被我治得服服帖帖。我师父那才真的厉害呢！"言下颇为崇仰。

蒋雨轩问她师父是谁。她笑说师父有命，不得泄露身份，至亲亦不例外。蒋雨轩心想："不说便不说，起码你拿我当至亲。"这么一想，反而颇为喜慰。

两人携伞出亭，打算找一家面店吃了，早些回返，途中蒋雨轩问起，为何皮四一见颜明玉仿佛很害怕。颜明玉笑说："他呀，武艺又差，人又蠢笨。我作弄过他好几次，没一次不被我教训得灰头土脸。他跟他的手下说我是个小妖女呢！"说着又笑了起来。蒋雨轩一脸的不可思议："这绰号实在难听，你倒一点不介意啊？"颜明玉在前走得异常轻灵："江匪说我是小妖女，不就是夸我智勇双全吗？"蒋雨轩倒被她说得笑了。

颜明玉笑了一回，叹道："可惜我明明不是弱女子，却做不了父亲的传人。"蒋雨轩神秘一笑说："我知道，救生一事，在你颜家历代传男不传女。此事嘛，我倒有好消息！不过要等我父亲回来再说！"颜明玉撒娇，缠着要他立刻马上就说。蒋雨轩才告诉她，颜家六代救生，善名远扬，蒋家十分钦佩；难得他与她又情投义合，他父亲应允他入赘颜家，作为下一代救生掌门，让自己的二弟蒋雨楼继承蒋氏香烟。

入赘叫作上门女婿，那不是相当于半个儿子，而是整个儿算做女家的人，生了孩子也姓颜不姓蒋。在当时大户人家，极少有父母如此开明。颜明玉确认再三，开心地跳了起来："没想到蒋伯伯这般大量，我父亲再不要愁肠百结了。你我同掌红船，颜蒋两家也可互相依傍，可真是太好太好了！"

蒋雨轩笑道："父亲还说，你家两只救生船均已旧损，他这次来，一是带我上门提亲……"颜明玉终究是女孩儿家，当面听了这话，还是有三分羞涩，笑道："我自会回避。这二呢？"蒋雨轩道："二是要将所挣银两赠予你家打造新船。"颜明玉星眸闪动，笑意方自唇角露出，瞬间就渗透了整张脸庞。

二人正相视而笑，水生喊着"小姐——"一路跌跌撞撞找了过来。

颜明玉诧异道："水生哥？你回来了？父亲呢？"水生道："我登岸后找了你半天，遇到皮四，说你在待渡亭。"颜明玉耐心有限，急着催问："父亲呢？对了，有没有见到……伯父？"她险些儿要把"公公"说出来，急忙刹住。她再娇纵大胆，也知婚前绝不能如此称呼，否则在别人眼中就不是娇纵，而是放纵了。

蒋雨轩虽家在扬州，但晚清之时男女大防已不如何严苛，南方风气尤其舒展，一江之隔，时相往来，他和颜家上下都不陌生，这时便问了句："水生哥，可见到我父亲？今日我们有要事要找颜伯父。"

水生失魂落魄地说："蒋大少爷，小姐，半个时辰前江上起了狂风，蒋老爷的盐船行至江河交汇处，被风浪刮进漩涡……"蒋雨轩惊呼一声，抓住水生，只盼他快往下说。颜明玉道："你们一定救了伯父！伯父呢？父亲呢？他们在哪里？"

水生看看蒋雨轩，嗫嚅地说："他们，他们……"颜明玉跺脚道："你倒是说呀！"水生想再难启齿，终究要说，心一横道："发现蒋老爷时，红船先已搭救了满船老小，已然超载；加上风急浪大，实在无法掉头。我家老爷和我们几个几次三番下水都被浪打回，再耽搁，整艘救生船都会侧翻，无奈之下老爷只好……只好载着一船落水之人返航……"

蒋雨轩浑身冰冷，不敢追问，听水生说："蒋老爷他……他他已经没了呀!"

蒋雨轩眼前一黑,呆若木鸡。颜明玉不敢相信,愣在原地。过了半晌,水生才说:"老爷将一船人送到岸边,叫我先来给蒋大少爷报信,此刻他又往江上救人去了!"

蒋雨轩捏得伞柄吱吱作响道:"此刻再救,还有何用?"水生不敢言语。蒋雨轩又问:"颜家救生船就在我父亲船翻处不远,是吗?"水生点点头。蒋雨轩又道:"看见我父亲,你们顾念着一船之人,不敢调头,不施救援,是吗?"水生点头又摇头说:"不不,不敢调头是真,救援却是救的呀,只是……"

颜明玉怯怯拉起蒋雨轩袖子。蒋雨轩用力甩开,将伞狠命一摔,冲了出去。

眼见得晴空又聚集起滚滚乌云,哗啦啦劈头盖脸落下一阵大雨。水生见颜明玉不知闪避,忙将那把被弃的雨伞撑了起来为她遮雨。

敲锣人沿江示警,声声报急:"发水喽——长江发水喽——"

电闪雷鸣,风声大作。锣声镗镗,人心惶惶。颜明玉抬头一望,那沾了泥污的伞上,依稀仍可见桃花杨柳,双燕飞翔。

二

(常路篇)

三天后,颜明玉代父亲颜皓初渡江,来到扬州蒋家大院。蒋家白色灯笼高挂,白幡幽幽飘曳。下人们也提着较小的白灯笼,引着神情哀戚的亲友们进去祭拜。未闻哭声震天,先觉凄风苦雨。

颜皓初来过三趟，均被拒之门外，不得已，让女儿代替自己上门，希望蒋家看在女儿与蒋雨轩的情分上网开一面。至于蒋家给不给这个面子，他是半分把握也没有。

　　颜明玉一身素服，头上除了一根纯白的玉钗，别无他物。跟随在后的也只有水生一人。她懵懵懂懂，如遭梦魇，从下船到蒋府短短一段路，心中百转千回：原以为顺风顺水，佳偶天成，颜家缺少男性掌家顶门立户的大难题一朝尽解；谁料想蒋伯父忽遇江难，偏偏父亲未能搭救，致受猜嫌，瞬息之间，乐极生悲。老天爷的玩笑，委实开得太大也太惨酷了些。

　　水生上前与看门的男仆蒋富、蒋贵交涉，二人面露难色。水生说道："我家大小姐特来为蒋老爷吊唁，请两位念在世交，行个方便。"说着作揖。蒋富礼数不缺，连忙还了一揖，可态度并不松动："夫人再三吩咐，颜家人不许进门。"颜明玉刚想说话，蒋贵直接封住："请大小姐莫再让我们为难。"

　　颜明玉想了想说："求求二位大哥，我给你们跪下了！"她说跪就跪，吓了三人一跳。水生用力要扶她起来，她坚决不肯。水生这才发觉小姐力道不小，以自己这身蛮力，竟然奈何不了她。

　　这一来轮到蒋富、蒋贵尴尬。他们在蒋家已久，于这大家族中尊卑上下、主仆分野看得最重。眼见颜家千金毫不犹豫，扑通跪下，倔强不动，顿时让他们慌了手脚。蒋富连忙托住她说："大小姐，你这是要折我们的阳寿啊！"颜明玉趁机求恳。蒋贵望望蒋富说："看在大小姐一片诚心，睁一眼闭一眼算了吧？"蒋富说："那夫人怪罪下来如何是好？"

　　颜明玉见蒋贵迟疑，忙下说词，其实是早就想好了的："就说是我自己闯进去的，与你俩无关。"

蒋贵道："这样甚好。"蒋富忙说："好什么好？两个大男人拦不住一个女子，别说夫人和大少爷不信，你信吗？"颜明玉微微一笑说："你们愿意高抬贵手就好。雨轩知道我学过些粗浅功夫，与一般女子不同。取信于他，并不很难。"见二人神色显是不信，不再多说，身子一晃，也不知如何，就从二人之间极窄的缝隙间挤了过去，一面说道："谢谢两位！"

蒋富碰碰蒋贵，二人忙跟在身后，假意追赶，水生又落在二人之后。蒋富一路喊着："哎哎哎，你们怎么闯进来了？"蒋贵有样学样，且有发挥："快给我出去！"

颜明玉脚步细碎，走得却快，不一会儿就过了两进庭院，到了灵堂。她一见堂内布置，烛火摇晃，灵牌高放，不由得鼻中一酸，掉下泪来。

灵堂内本来有几个本家亲戚相帮着料理，陪几位外客说话，见颜明玉来得突兀，都朝里望。

内堂转出一个中年妇人，脸儿圆圆，是最和善的面相，但这时脸上却罩着一层寒霜，正是蒋雨轩的继母薛氏。薛氏凛然肃立道："谁在灵前喧闹？"只一句话便扣下了一顶大帽子。蒋富、蒋贵均起了自保之心，低眉顺眼地说："夫人，颜家大小姐闯了进来。我们拦不住。"薛氏不悦，手势让二人退下。颜明玉这才上前拜倒。

薛氏道："你还敢来我蒋家？我前日打发人在门前对你父亲说得还不清楚？"颜明玉拭了拭泪说："伯父在世时与我父亲交情深厚，对我也视如亲生，若不送他一程，明玉于心不安。"薛氏冷然道："说什么交情深厚，视如亲生？为什么对老爷见死不救，心却能安？你走吧，蒋颜两家再无瓜葛，老死不相往来！"

水生忍不住上前躬身说："蒋夫人，水生亲眼所见，江上风急浪大，木船超载不能掉头，此事不能怪罪我家老爷！"薛氏悲愤欲绝说："一船人可救，偏不能救他？哪怕长江上只救一个人，你颜家救的也应该是他呀！"

这话本来不错，颜明玉却轻轻嘀咕了一声："难道把船上的难民推一两个落水吗？"薛氏气得无话可说，众人在旁，又不能过分失礼，只道："蒋富蒋贵，把她请出去！"

蒋富、蒋贵无法再装聋作哑，上前作势推搡二人。水生想心意已到，无谓强求。颜明玉却说："求伯母让我见一见雨轩。"薛氏道："你别得寸进尺，雨轩决计不会见你！"

颜明玉抢上两步，跪到灵前，磕了三个头，薛氏尚未明白她的意思，颜明玉已对内叫唤："雨轩，雨轩——"薛氏边喝："住口！"一边心念电转，原来这小妮子也知道灵堂前大呼小叫于理不合，所以先叩拜，再呼喊，就不会太过惊世骇俗，顶多责她疏于管教，却不好说她大闹灵堂。

这边正不可开交，蒋雨轩从后房走了出来。颜明玉见他面色苍白、形容消瘦，心中酸楚更甚。她叫了声他的名字，他并无回应。她想上前，他却退了一步。他的神态似乎不是愤怒嫌恶，却透着十足的冷淡。

颜明玉求他谅解，蒋雨轩摇了摇头，扶薛氏便要回房。

薛氏手搭着蒋雨轩的肩望空泣道："老爷，你一生积德行善，为何天不佑你、人不救你，让你白白送命！"又对蒋雨轩道："你虽不是我亲生，我一向视你与雨楼无异。今日我当着亲友把话放在这里，你若是蒋家孝子，就和她一刀两断！往日婚约就此作罢，永不再提！"

这是颜明玉事先隐约料到又最不能接受的结局。她想申辩，蒋雨轩却点了点头。薛氏再疾言厉色，旁观众人再指指点点，哪怕镇江、扬州两地千夫所指，也不及蒋雨轩这无声的点头更刺痛她的心。

薛氏脸上微现欣慰，对蒋雨轩说："你父亲江上惨死，你身为长子，要替你父亲执掌门庭。其余的事，日后再议吧。"

下人过来禀道："二少爷已将金山寺的大师接到码头，时辰一到，即为老爷超度。"

薛氏每一句说给蒋雨轩，又句句敲打着颜明玉："可怜你父亲尸骨未还，今请高僧招魂，别再让闲杂人等阻了他返家之路。"蒋雨轩低头说道："孩儿明白。"这是这一天他唯一一次开口。

他扶着继母正要进内，颜明玉又叫"雨轩！"他身子僵了僵，顾自走进去了。颜明玉气道："蒋雨轩！"她差一点儿就要说出她父亲并无过错，整件事乃是天意，为何如此不近情理？一瞥眼间看到灵牌，想到蒋伯父生前的慈爱，甚至打算让蒋雨轩入赘颜家的苦心，又把委屈不甘尽数咽了回去。

蒋富、蒋贵劝道："颜小姐，回去吧。"水生也心疼地说："大小姐，我们回家吧。"

颜明玉擦擦泪，倒退着出了灵堂，以示对刚才惊扰蒋伯父的歉意；一出大门，转身快步走到江边，上了船便抱膝坐下。她从小每当彷徨无助，就会这样一个人坐着。八岁那年母亲病逝，她躲在房里，抱着自己足有七八天。水生自然明白，也知道这时候说什么都是隔靴搔痒，因此也不作声。

船公摇着橹，发出轻微的"吱呀""吱咯"声。她把下巴藏在双臂间，想到三天前同蒋雨轩游西津古街，待渡亭边共惩皮四，觉得人生一梦，了无意趣。

江水温柔地拍打着船帮，那声音听久了成为某种背景，明明近在耳边又像是分外遥远，有时又像午夜梦回，依稀飘渺。她木木地瞧着船板，阳光照在上面，将每一条粗粗细细的纹路都显示无遗。质朴的、家常的，又是生硬的、粗糙的……蒋雨轩今天的态度她没想到，他全程没跟她接谈一句，她相信要不是她不顾礼节叫他，他可能压根儿不会出来。看来父子之情远胜与她的情分，而在情和理的交战中，平素端方儒雅的君子也会变得不可理喻。她伸手到水里，任由船身带着手指划过。如人饮水，冷暖自知，其实不需饮水，只要试试水温，世间的冷暖也就格外分明。她不知道想到哪里去了。

　　到家后，颜皓初见了她脸色，也约略猜到，当下并不问她，只说任中堂过府探望，自己陪了一盏茶，让她过去见见。换了别人，颜明玉绝无心绪前去周旋，任中堂是她义父，是半个亲人，特意上门宽慰他们父女，不能不见，便整整衣衫进去。这边颜皓初私下再从水生口中细问端详。

　　当时把军机大臣唤作中堂，这任中堂虽曾入职军机处，只做到军机章京，又称"打帘子军机"——给真正的军机重臣打帘子之意，然而地方上出了这样一位人物，颇以为荣，也就从宽算起，尊称他为"中堂"了。颜明玉一见了他，小嘴一瘪，眼泪扑簌簌流了下来。任中堂忙过来好言抚慰，说："傻孩子，世上有什么过不去的坎？老佛爷和皇上娘儿俩一辈子合不来，这不也过去了吗？"这时慈禧和光绪去世已近一年，这"过去"指的是驾崩，倒逗得颜明玉哧的一声笑了出来。

　　颜明玉爱与任中堂说话，便因他人前人后截然不同的两副面貌。在人前，他是退休京官，虽然是维新失败，被太后罢了官发落回来，毕竟有资历有声望，行动举止，言语谈吐，讲究分寸，在颜明玉听来，叫作"经常说些等于没说的官话"。可是在疼爱的干女儿面前，他却直言谈相，有什么说什么，几年前一次酒后，他甚至对着颜氏父子流露出对太后专权、皇帝软弱的愤慨，惊得颜皓初忙岔开话头，给他做醒酒汤喝。这时任中堂便说："笑了就好，傻丫头，你这么年轻，花朵般的人才，什么样的才俊找不到？蒋家那小子不过跟你青梅竹马，打小儿有些感情，他能放下，你就能放下。咱们别叫人家看轻了。"

这话激起了颜明玉的傲气，使她悲伤稍抑。她笑笑说："义父怎么知道我是为这个难过？父亲说的？"任中堂笑道："你父亲说了些，我自己猜了些。说到揣度人心，我这么多年宦海沉浮，总算有点心得。"他手中转着两颗小小钢球，悠闲地说："蒋家是否十分无礼？"颜明玉心中一紧，忙说："他们还算适可而止。蒋伯父新逝，他们说话冒撞些也是寻常的事。"任中堂笑道："你怕什么？我又没说要找他的晦气。"颜明玉续了杯水，奉于他手中说："我可不敢赌这个运气。"声音低了一低说，"我怕师父太疼我了，眼里容不得沙子。"摇摇他袖子撒娇说，"就算他是沙子，我多哭两次，也顺着眼泪流掉啦。"

任中堂笑了笑说："好孩子，谁要是老让你淌眼抹泪，别说隔着江，就算隔海隔山，我也会要他好看。走明的么，我在京中还有不少朋友；走暗的么……"他喝了口茶，用杯盖抹掉茶沫，又啜了一口，伸手在太师椅扶手上一捏。格的一声，扶手现出一条细缝，随即蜈蚣一般格格格蜿蜒变长，竟裂开了好长一道口子。

颜明玉微微变色，知他余怒未息，生怕他找蒋家的麻烦，忙抑制住心中被毁婚的伤痛，陪他谈天说地，他才渐渐再开笑脸。原来任中堂与颜明玉投缘，对外是颜明玉义父，对内却是传授她功夫的师父。徒弟不过学了几年，就能把皮四这等悍匪治得服服帖帖，何况他本人？只不过他深藏不露，平时只以文官面目示人，轻易不让人知道他文武兼修。他道："蒋家的事可以不必管了，你往后有什么打算？"

颜明玉托着腮帮发呆说："脑子乱得很，我得好好计议一下。"任中堂暗想："我也得好好计议一下了。"

三

（常路打破规则，又接了一篇）

　　这天一早，颜皓初赶往自家开设的简易粥场，那地方专为难民而设，有遮阳遮雨的棚户，有小床和薄被，有舍粥放饭的小桌子和大木桶，还有一大锅解渴的茶水。众难民衣衫褴褛，挤在一起吃粥。角落里蜷缩着的赫然正是曾被颜明玉搭救过的小莲。

　　颜皓初近来连遭变故，神情疲惫，身后颜福、颜寿两个下人拿着铺盖、衣衫和笼屉等。颜皓初道："告示可曾在全城张贴?"颜福回禀："城内、近郊都已张贴，多数难民已被领走。"颜皓初点点头，将衣衫、铺盖分给众人。颜福、颜寿则发放馒头。

　　一老者拉着儿子颤巍巍上前说："若非恩公相救，我儿早就命丧江底，请受我父子一拜!"颜皓初未及去扶，一女子拉着男人说："恩公救了我男人性命，还留宿赐饭，赠衣赠被，大恩大德我们永世不忘。"众难民乌压压跪了一地。有的说："恩公是菩萨再世。"有的说："谢恩公再造之恩。"颜皓初是个忠厚长者，想着"施人慎不念，受施慎不忘"，连说："快快请起!"扶了这个，顾不到那个。

　　皮四等人恰好经过，见了便笑，互相说道："这颜大善人又在大发善心了。""读书人不是有句话么，叫什么来着?哦，沽名钓誉。"

　　颜皓初明明听见，只作清风过耳，并不介怀，忙着叫众人起身，又叮嘱煮粥要稠，插筷不倒。

皮四等索性站住了，你一言我一语笑道："这如今要骗个好名声也真容易，拿出点家里喝剩的馊粥，加两床掉了絮的破被子，棚子一搭，就算积德行善了。"颜福回嘴说："怎么不见你皮四爷舍粥舍被搭棚子？"皮四笑道："我们不比你家是大族，又有田产又做生意，有钱人不做善事，难道叫我们小老百姓去做？"颜福手上边忙着发馒头边说："有钱是罪？就活该边做善事边被你们这些游手好闲的人数落？"皮四"嘿"的一声高声叫道："大家伙儿听到了啊，颜家的人说他家活该有钱，做点儿善事就功德大过天哪！"颜福怒道："你含血喷人！"颜皓初低声道："跟这种人说些什么？自古小人难缠，天天与他斗口，正事还做不做了？"颜福忍气道："是！"

　　皮四更得了意，领着手下欺上前来拍拍颜福、颜寿说："怎么着兄弟？不服气啊？谁叫你们颜家有钱又有声望呢？"眼角里钩着颜皓初说："要我说，你们与其这么滴滴嗒嗒细水长流，不如把家里的钱一把头全拿出来舍给难民，这才叫真正的行善呢。"颜福气得浑身发抖。颜寿只顾做事，轻轻推开皮四拍肩的手。颜皓初微微一笑，只忙自己的。

　　他这不理会却让皮四觉着受到了轻慢，原是气别人的，这时自己也生起气来，他终究不敢直接骂颜皓初，却转而推了一把颜福，骂道："他妈的装什么清高？在老子面前……"

　　"在你面前怎样？"

　　话犹未了，皮四的手被一只纤纤素手捏住了手腕，顿时痛入骨髓。他疼得满脸泪流，"哎哟哎哟"直呼痛，隔着糊住了眼眶的泪水隐约看到，是这辈子最怕的小魔头。

　　颜明玉隔着衣袖拿住了对方腕骨，直待对方痛叫狼狈到了极点，才放手在他背上一推。皮四踉踉跄跄跌出几步，面红耳赤，又想撂几句狠话，又怕激得颜明玉不知用什么古怪法子整治自己。

颜明玉说："知道疼啦？行善就必须倾家荡产，也亏你嚼得出这样的蛆来！这世上就是有你们这些不做好事、专说怪话、假装淳朴、实怀嫉妒的恶人，才弄得世风日下。别再说自己是什么小老百姓，谁封你是百姓代表了？你问问他们认不认。"她一指众难民。众人瞧着皮四，其中不少人是吃过他的亏的，都露出愤慨之色。小莲更是上前一步，对着皮四清脆地喊出来："你禽兽不如！"

众难民平时被欺压得狠了，这时有人撑腰，又有人领头，顿时群情汹涌，纷纷痛骂起来。皮四怒道："你们要反天了？"

颜明玉道："你不是天，公理、正义、仁心才是。以后也别动不动拿'小老百姓'压人，别侮辱了'百姓'二字。再有下次，"她凑上前去说道："我可要把你老婆与手下私通、逃走的事说出来了。"

她话声甚轻，皮四听来却比汛期时江上的炸雷还要响。这是他的奇耻大辱，这小妮子怎会知道？万一传了出去，颜面扫地，别说做江匪头领，只怕做个小卒也为人所笑，无法立足了。颜明玉这时还是黄花闺女，未嫁之身，竟然毫无顾忌地拿妇人私通等事要挟他，也令他惊诧莫名，只觉这小妖女胆大包天，出人意表，什么事都做得出来。这样的人，少惹为妙，他气焰顿敛，手一挥，带人走了，连一句狠话都没敢说。

颜明玉笑了笑，过来帮父亲张罗。忙了一会儿，颜皓初吩咐颜福："把需要回乡盘缠的人带去账房。"颜福小声提醒："老爷，账房说财务吃紧。"颜皓初一愣，旋即说道："家中一应开支再行缩减，下个月有笔生意的定金也能到了，总有办法。"颜福只得称是，对众难民说："大家随我来。"

众难民千恩万谢，随他和颜寿去了。棚子底下，只有小莲一人孤零零站着。

颜皓初上前说："小姑娘，你家人呢？"小莲摇头说："我母亲在江上没了。我一时情急昏了头，求皮四捞我母亲埋葬，他反讹我的钱，还是你们府上水生大爷把我母亲的尸身打捞上来，不然我连她最后一面也不能见了。"说着泪下如雨。颜皓初摸摸她的头说："苦命的孩子，你叫什么名字？几岁了？"颜明玉在旁说道："她叫小莲，上次皮四欺侮她，我曾见过她一次。"小莲点点头，颇显稚气："老爷，小姐，我十四了。"颜皓初问她："家中还有人吗？"小莲顿了顿才说"有个叔父在苏北。"颜皓初甚为怜惜："你愿留下，便在我家安身；若想去苏北投亲，伯伯赠你一些银两。"颜明玉抢着说："要不就让她留在我身边吧。我看她还伶俐，正好缺个伴儿。"颜皓初望向小莲，要她自己拿主意。

颜氏父女都以为小莲本来漂泊异乡，忽有容身之所，定会满口应允。不料小莲说："两位要是能赐副棺材让我先埋了母亲，小莲愿做牛做马，否则小莲不敢从命。"

颜明玉因年纪小，平时人人宠她惯她，这时却有一个更稚弱的小妹妹让她呵护，这感觉着实新鲜，她便大姐姐般地夸赞："倒是个有骨气的孩子。"颜皓初点头，对小莲说："自当成全你的一片孝心。你母亲的后事我让水生帮着办，你放心吧。"小莲跪地连磕了三个响头，额头一片乌青。颜明玉心疼，掏出手帕给她揉了又揉。

三人一同回府，小莲年纪虽小，却很识得眉眼高低，坚决不肯与二人并行，落后半步以示对恩人的恭谨。

回到颜府，将小莲交于水生，颜皓初让颜明玉陪他逛逛。每逢心情极佳，或心情极差时，颜皓初便会叫上女儿到后园的水阁散心。反而平日无风无浪时，他难有这闲情逸致。

眼前月洞门精致婉约，门额上写着"挹秀"两字，笔致挺拔，出自任中堂的手笔。父女二人进门左转，一排青翠掩映，后有回廊，通往池中。池畔一排醉仙芙蓉，临水照花，随风摇曳。石阶从岸上延伸到水里，一级一级，直到池水中间的阁楼。楼分二层，一楼饮茶，二楼观景，四面窗格互通，开合自如。这时二人拾级而上，到二楼凭窗远眺，园内景致，家居房屋，尽收眼底，高墙外的街道像一幅画的画框，街道外的江水隐约可见，像框上镶的细边。

颜皓初道："我看你这两天总似乎有话要说，似言不言。我一生没有儿子，你母亲又走得早，我们父女之间，还有什么话不能大胆言讲？"颜明玉笑着说道："女儿的胆子已经够大，父亲不加约束，反而鼓励吗？"颜皓初笑了笑说："要看是什么事。你不拘小节，大事上却立得很稳，这也是我甚少拘束你的原因。"颜明玉点点头说："有些事，我想不通。"略停了停又说，"蒋伯伯的事，你就不怨？"

颜皓初叹道："桅断船漏，强行掉头救他定会即刻倾覆，满船老幼尽皆丧命，非我不救，实不能救。为父是问心无愧，但蒋家不能谅解，原也怪不得他们。"颜明玉瞧着父亲眼中的莹莹泪光说："为了护航救生，二十余年，风打浪颠，年岁日增，力不如前，水上行船，日益不便，父亲也不怨？"颜皓初看着远方风景，神思也已到了极远处："那有何怨？只怕我这身子骨，不几年就要挂桨封帆……"

颜明玉道："还在想这些！你不怨，我怨！"颜皓初愕然。颜明玉连日故作轻松，此时身边更无第三人，加上上午被皮四等事一闹，满心愤慨幽怨委屈难堪全都发泄了出来："自打你从爷爷手里接过这副重担，二十年来拯救了无数性命，只落得华发早生，自家心血耗尽，受气受累；只落得皮四们嘲讽，蒋伯母呵斥，雨轩毁婚。我就想问，凭什么这救生重任偏让我颜家世世代代承担？凭什么啊?!"

颜皓初看着女儿，目光中有无奈也有骄傲："你作为颜家后人，该知道祖上留下的祖训。"颜明玉道："我知道。我祖上的祖上江上遇险，有好心渔人相救幸免于难，为报大恩，便与志同道合的士绅发起了第一代民间救生，打造了名扬大江南北的红船。但这份恩情还到今天，也该报完了吧?"颜皓初摇了摇头，神色肃然："有件事，你大概没有听说！祖先年迈去世前，将家产分为三份，一份是千两白银，长保富贵；一份是百亩良田，足可谋生；第三份却是救生红船，自愿继承者得不到分文。如此分派，就是要确保救生者心无杂念！这分心思和心胸，你身为颜氏传人，可需体会。"

颜明玉道："胸襟高远，自不必说；代代有传人，救生百余年，自然也是美名远扬；可是如今人心不古，不比当年。"颜皓初说："那也不能畏难卸责，辜负百姓，愧对先人！"颜明玉气道："我倒想问问，既然如此，为什么与我家号称志同道合的那些人家都退出了？为什么别人能退，颜家就要勉力支撑?"

颜皓初被问住了，一时语塞。

颜明玉又道："自你创办宝诚商号，所挣钱财大半用来救生，可如今家中只剩两艘旧船，这般状况，何以为继?"

颜皓初仍然答不出来，心中苦涩无比。

颜明玉又说："你多年至交都无力相救，我心爱之人也因此失去！你救众生，谁来救你？谁来救我?!"

颜皓初被她一连三问，直问得哑口无言。

颜明玉脱口把最想说的说了出来："父亲，百年事业，至此要断绝了，至此该断绝了！"

颜皓初下颌抖动，半晌方说："你是要劝我罢手吗？是要我颜家从此置身事外？"

颜明玉这番话在心中盘来盘去，不吐不快，也是想趁机让父亲一举断掉执念。见父亲这般神态，只怕把他激出病来，刚要缓和一下口气再下说辞，颜福、颜寿喊着"老爷——"带小莲寻了过来。

颜皓初为人平易，但世家就是世家，规矩丝毫不乱，两位主人议事，尤其是在水阁这样的私密之处，下人们是从来不敢擅闯的。这时见颜福颜寿大呼小叫，脚步凌乱，情知必有大变，忙问怎么了。

颜福平时口齿还算便捷，这时一急，竟然说不出来，连喊了几声"老爷"，恨得只想打自己一耳光，把心里的话震出来。小莲见了，只得上前禀告："老爷，小姐，上午你们搭救的那群难民，身上盘缠被洗劫一空，还被江匪从中挑了十几个精壮的强行拉进了他们的队伍。"

颜明玉怒道："又是皮四？"颜福顺过气来，忙说："这回不关他事，是从扬州过来的江匪，与皮四他们争地盘，争过江路费，纠缠不清！皮四一伙差点跟他们打起来。"颜寿这时才冒了一句："简直没王法了！"

颜皓初长叹道："王法？哪里还有王法？军阀混战，民生凋敝，衙门虚设，匪徒横行。"他看看颜明玉说："在这样风雨飘摇的当口，如果我还明哲保身，谁来救沿江百姓……"

小莲甚是激动："老爷，小姐，求你们救救那些难民伯伯！"颜皓初拉起小莲说："先人面前我曾立誓，只要我颜皓初有口气在，绝不放弃！看来除了救生，还得把地方治安担起一分！"颜寿忧形于色："咱们势孤力单，做得到吗？"颜皓初说："知其不可而为之，学学诸葛武侯，鞠躬尽瘁，死而后已吧！"

矮矮的小莲仰头看着颜皓初，满眼都是崇敬。颜明玉看着雕塑般的父亲和小莲等人的神情，之前想劝父亲放手的话，再也说不出一句。

四

（于青桦篇）

光阴如同长江水，倏忽之间，过去了两年。这两年里，颜皓初越发老了，颜明玉参与救生诸事反倒越来越深。想起之前竭力劝父亲放弃六代家传，没想到大半事务落到了她手中，也真好笑。

最近颜皓初听说一场大水将至，颜家又独木难支，一急之下病倒了。颜明玉思来想去，别人是绝无可能与颜家站到一起的，唯有这个人，却有一线希望。七百多个日日夜夜，难道当真就磨不平误会带来的激愤？多炽烈的恨怨也该冷却了吧？

她这么自我安慰着，走到西津渡附近的码头边。不远处，水生和小莲瞧着她的背影，不约而同叹了口气。二人一怔，不约而同互问："你叹什么气？"小莲先掌不住笑了，水生也跟着她笑了。

小莲道："我叹气，是发现小姐不像从前了。这才两年哪，你不觉得她好像大了好几岁吗？"水生微微点了个头说："还好她素性洒脱，换了寻常柔弱女子，怕要整日以泪洗面。"小莲道："她一腔心意全放在红船上了，这倒也好，虽然没有那样爱说爱笑，却另是一种……一种……"她书读得少，心里有话，嘴上形容不出来。水生替她说出："飒爽。"小莲拍手笑道："就是这个话！"

二人说了一会儿话，天色已暗，行人渐少，小莲道：

"老爷生病，小姐和你都不在家，货船到了，可把我急坏了！"水生笑道："老爷、小姐都夸你现在是半个当家的，验货、卸货这点事还能难得住你？"小莲嗔道："还说呢，你一大早去了哪里？怎么不告诉我？"水生竟是有点窘迫："我去……我去有点急事。"忙岔开话头说，"船上货都卸了？"小莲一指江边："还有一趟就卸完了。"鼻子嗅嗅说，"好香！"水生挡住她伸过来的小手说："小姐大早出门就没好好吃饭，这是她最爱吃的宴春包子。"小莲缩回手说："我还以为是给我的。"水生不忍心道："要不，你先吃一个？"小莲道："我在家吃过'京江脐'了，还是留给小姐吧。"水生赞道："真懂事。"小莲叫起来说："喂喂喂，我都16岁啦，你比我才大几岁啊？充什么老！"水生被逗笑了："好好好，你是大姑娘了好吧？"小莲侧头看看水生，水生不自在地摸了摸头说："怎么，我头上有草？"小莲左右看看，确定无人听见，忽然笑道："水生哥，你是不是以为我喜欢你？"

水生活生生被自己的口水呛得咳嗽起来。这丫头人小鬼大，竟然看穿了他的心思，更要命的是居然不遮不掩地问了出来。

小莲边给他捶背边笑道："我拿你当哥哥，才跟你说说笑笑，你可别想歪了。我们两个心里，各有各的人。"水生脸比小莲更红："女孩子家，也不害臊。"小莲笑道："你个大男人，倒比我会害臊呢。有什么呀，科举考试都取消了，革命党都出来了，这个世界变得这么快，说不定还有更大的变化要来，我们诚诚心心喜欢一个人，还要像以前那样躲躲闪闪的吗？就不能也变一变？"水生望着她笑道："小莲，你让我刮目相看！"他停了一停才说："让我猜猜，我们小莲的心上人是哪一个？"

正说到这里，只见颜福、颜寿和几个精壮小伙拿着扁担、麻绳走来。小莲眼中刹时亮了起来。水生被这光照亮了，只觉得人世间的美好莫过于此。而她能这样大大方方显露爱意，又实在令他羡慕。

水生上前道："两位兄弟，这几位新来乍到，要跟他们交代好，绸缎不能沾上水，酱醋要格外小心。"颜福、颜寿道："都说了。"水生道："我们去码头看看。"他带着伙计们走远。小莲瞧着颜福的背影，嘴角掩不住笑意。

旁边有人咳嗽一声，她正了正脸色，回头看去，见是任中堂，忙行礼问安。任中堂笑着虚扶一下，看看水生等三人，又看看小莲："水生今年快上20了吧？"小莲笑道："下个月的生日。小姐说他辛苦，跟我合计要好好给他做个整生日呢。"任中堂"嗯"的一声，显然对生日的事心不在焉："他不是本地人吧？"小莲不疑有他，仍是笑着答道："本来我也不知道，还是有一次老爷叫水生去京城迁祖坟什么的，刚好被我听到。我告诉小姐，她还诧异说没想到水生还是京城人氏。原来小姐也不晓得。"任中堂笑了一笑，缓步上前，脚步明明不快，却有如行云流水，只一瞬之间已追到了水生身后。

水生常年与江水、悍匪打交道，耳聪目明，这时直觉背后有人，霍地转身，与任中堂四目对视。任中堂伸手抓出，水生对他本无敌意，又是出其不意，闪得甚为狼狈。任中堂一抓既出，次抓随至，瞬息之间，连出四招。第四招上，出手如电，水生终于避不过，被他拿住腰间衣服。水生刚叫声"任中堂"，任中堂并指如刀，在他衣服上划了个圆，割下一片正圆形的衣衫。这可比撕碎衣服要难上十倍，一手阴劲堪称出神入化。几个小伙子不知厉害，水生和颜家两兄弟不禁变色。

众人不解其意，任中堂直勾勾盯着水生腰际一小片朱红胎记，半天才回过神来。这当儿江边除了颜家货船，来往闲人极少，他双目炯炯，直接问道："水生，你本家是不是姓许？"

水生姓许，还是前不久颜皓初告诉他他才知道的，为的是年将二十，身世不可再瞒，至于知道身世后何去何从，由他自决。任中堂又如何得知？眼看任中堂神情特异，他便小心答道："水生自幼父母双亡，不知姓氏，将来或许就随了颜老爷，算作颜家的人。"

任中堂心念一转，笑道："志向不小，心比天高。"水生不懂，任中堂侧头看了看江边等候的颜明玉，那意思再明白不过。水生原欲辩解，忽想起方才小莲的话，时世已然大变，也许主仆之间也能打破森森壁垒？更何况，如果他选择冒险在小范围内公开身世，他的出身并不辱没了颜家门楣。

水生不说话，等于承认。任中堂不再多问，一切了然。此刻有人在旁，不便动手，并且水生的心思爱徒颜明玉知不知道，知道多少，尚还存疑。找了这么多年，不急在一时三刻，今天为了确认水生身份，已然泄露了武功，以后万不可再唐突冒进。他边筹思边拍拍水生笑道："老夫试试你的身手，小一辈中敌得过你的该当不多，有你在我干女儿身边，我也放心了。"径自走开去了。水生听得云里雾里，只诧异这位退居原籍、打发残生的朝廷前高官，竟是个深藏不露的大高手。

他按捺下隐隐的不安，走到颜明玉身边说："蒋老板还没来吗？"颜明玉一笑："也许你该问蒋老板会不会来。"水生道："他亲口答应过我的。"颜明玉笑着说道："亲口许诺，又再推翻的，我们见的还少吗？"水生听出她是在说颜蒋两家的婚约，胸口一酸："小姐，我未经你许可擅自约他，你怪不怪我？"

颜明玉一直落在江上的目光收了回来，落在水生身上："自然怪你。"水生一愣，颜明玉蓦然笑了："怪你竟会问我怪不怪你。"水生想了想，也笑道："小姐说话，总是出人意料。"颜明玉笑道："你代我相约蒋家，也是因为他家本是扬州望族，蒋雨轩接过商号之后，生意兴隆，声名远播。我们要组建船队，唯有跟他们联手才能事半功倍。你做的是我想做的，此刻未做，说不定过两天也会去做。你处处为我……和父亲着想，我要是怪你，成个什么人了？"

　　她这番话说得十分诚恳，水生不禁感动。两人默默望着长江水滔滔东流，如同人生不可复回，均涌起一种又通透豁达、又感慨沧桑的复杂意绪。

　　江上现出一个小黑点，二人同时看见，心中也同时升起了指望。片刻之间，黑点变大，再到近处，已大致看出了船的轮廓。那船越驶越近，却不曾往码头这边，水中一折，径自往待渡亭去了。

　　水生道："那是……"颜明玉点点头说："雨轩的船。"她对蒋雨轩的称呼变了，一字之差，水生敏感地捕捉到了，心口像压上了小船中常备的那块压舱石。说不清是心灰意懒，还是意欲成全，抑或是仅仅想促成两家携手救生，他清清嗓子说："你现在就去见他吧。他选在待渡亭，应有深意。"

　　他少见地不称她"小姐"，她也敏感地捕捉到了，但这根心弦只被这事轻轻一拨，奏出的音乐却化为了待渡亭旁的小贩叫卖。她走到那里，在暮色中看到了蒋雨轩的身影。他还是很瘦削，可能更瘦了，侧头观看亭上对联时，鬓角边依稀有几根白发。是幻觉吗，还是他也为情所苦？虽然于事无补，但如果他的心境同她有那么一两分相似，她也就有了一份凄凉的满足。

"雨轩。"她叫了一声。

蒋雨轩回过头来，未语先浮起了他特有的友善的笑。两年了，她在梦里也没见过他开笑脸，不料今日重现。她耳边仿佛响起了两年前那熟悉的叫唤："香醋——""回卤豆腐干来——""麦芽糖——吃啊！""水晶肴肉——"

二人相对，颜明玉万般滋味涌上心头。她又叫了声"雨轩……"刚分开的那一年，她曾无数次设想过重逢的场景，每一次都会颤栗，奇怪这场景真的来了，她反倒还算平静。蒋雨轩的口型似乎要叫"明玉"，但旋即改口说："颜小姐有何见教？"

她的变化着实让他吃惊。她脸上调皮促狭的天真褪去了，亦正亦邪的劲儿淡化了，从身形到面貌，到一身利落的装束，处处显得英姿飒飒，连个子都仿佛长高了些。她立在那里，颇有卓然之感，隐隐然有了颜皓初全盛时期的大将之风。

先前水生和小莲也在议论她的变化，可他们日日与她相见，这变化还不怎样显著；蒋雨轩与她全然断了来往后骤然相见，却猛地吃了一惊。她更令他欣赏了，同时又令他失望。欣赏的是她出众的风采，明艳中不乏豪迈；失望的是没有了他，她不曾像小说里说的才子佳人那样昼夜伤怀……他咳了一声，为这想法感到羞愧。

听到"颜小姐"三字时，颜明玉才想到了约他的目的。他们不是来叙旧的："抱歉，蒋老板，我有一事相求！"她跟着便侃侃说到今夏雨季将近，水患非同小可，只恐怕会是百年大患亦未可知；说到颜氏孤掌难鸣，多条木船破损，亟盼与蒋家共同应对；更想由他们两家登高一呼，让京口、扬州、焦山南北士绅如同历史上曾经有过的盛况：众志成城，结为救生的大阵营；到那时再通过募捐，恢复宋元明清代代皆有的救生会，打造船队，守护生灵。

她说得那样热切，起先还是恳求，后来便神采飞扬，颇有雄飞高举之态。蒋雨轩不由地暗忖："士别三日，昔日古灵精怪娇娇女，今日已然成为长江两岸最重要的救生人。"她越是心系沿江百姓，他越是五味杂陈。他看了看江边，远处一帆正悬，又有一艘船只破浪而来。

颜明玉全没留心，仍在力下说辞："我父亲一病卧床，众家皆在观望。"她轻叹一声说道："父亲常说，救人就是救己，明玉恳望你不念旧嫌，出手相帮！"

蒋雨轩不语，似在犹豫动摇。片刻后，江上船儿泊岸，只见蒋富、蒋贵搀扶着蒋雨轩的继母薛氏颤巍巍赶来。颜明玉一见便想："坏了！伯母一来，必定生事！"

薛氏双脚甫一踏岸，便高声叫道："逆子！"人随声至，第二句斥责已在近处："你怎敢不禀报于我，私会颜明玉？"蒋雨轩道："蒋富、蒋贵，你们怎么让老夫人过江来了？万一遇上风浪可怎么是好？"薛氏恨道："遇上风浪，正好与你父亲同葬长江！"蒋雨轩垂下了头，一个精明能干的商行老板，刹时间又成了庭前受责的孝子。

薛氏骂道："我让你成了蒋家的掌家人，你怎么报答我的？你忘了娘亲两载怨，忘了你父亲还在江底眠；你可知道我夜夜怕闭眼，一闭眼就看见你父亲双目圆睁站在我眼前！从今而后不许与她见面，听见没有？再有下次，我就相从你父亲于地下，叫你受万人唾骂，你蒋大老板怕也担不起这双重不孝之名吧？"

颜明玉上前说道："伯母，对不起，是我约了蒋老板。"薛氏冷笑道："你不要痴心妄想续什么前缘……"颜明玉这件事上却是问心无愧，立刻接口说："全然没有！"薛氏笑道："哦？换了旁人，以你和雨轩过往，避嫌还来不及，你让水生过江邀人，所为何事？你以为我会始终蒙在鼓里？"颜明玉道："邀他只为共商救生，万望伯母不计私怨！我不是为我自己，不是为父亲，不是为颜家，是为江下不添冤魂，江上来去太平！"薛氏哈哈一笑说："这么说，我不答应，就是我纠缠私怨，就是我有负冤魂？"颜明玉道："侄女不敢，"顿了顿说，"不过，只怕也是事实。"

两年未见的桀骜之气此时陡然发作。蒋雨轩生怕事情闹大，忙上前说道："母亲，是孩儿不好，孩儿听你的……"

颜明玉怒从心起："雨轩，你不能听她的！"薛氏厉声说道："不听母亲的，难道听你的？你是他什么人，对他发号施令，让他背母负恩？"颜明玉说："我什么人都不是，只是个怜贫恤孤、希望江上少死几个人的平常女子。发号施令的，另有其人。"薛氏冷笑道："一张利嘴，可惜说破了天也圆不回来，当初为何不救我家老爷一命。"颜明玉道："伯父伤逝，谁也不想，此事我已解释千回百回……"薛氏突然沉默，过了会儿才慢慢问道："说什么风大浪大不能掉头，假如江上落难之人是你的父亲，你救是不救？你会因为一船陌生人而弃父亲于死地吗？"

颜明玉浑身一震，竟被问住了。薛氏不再理她，拉上蒋雨轩，在蒋富、蒋贵的陪伴下登船而去。蒋富、蒋贵在船家扬帆之时一齐回头看向亭边呆若木鸡的颜明玉，相互瞅了一眼。

船儿驶到中流，蒋富蒋贵帮着水手做事，船舱中薛氏与蒋雨轩脸上的表情却掉了个个儿。薛氏面带不忍说："一次两次伤害于她，为娘实在……"蒋雨轩冷笑着说："母亲不必在意，每次都是她自取其辱。我们蒋家从未主动寻衅报复，但只要她来一次，咱们就让她讨不了好去。次数一多，她自然打消妄想。否则，我怎么对得起父亲？"

他隔着舱内西洋玻璃的舷窗看向船外，江水急涌，像一锅烧开了的水，像他心里两年未冷的怨恨。反而薛氏渐渐放宽了心胸，想起颜家实属无奈，颜明玉种种不得已，两年来憎嫌渐去，怜惜暗生。

颜明玉孤零零站在原地。在天地彻底沉入黑暗的一瞬，水生出现在她身边，陪她站着，良久良久。

五

（常路说于青桦"竟给蒋雨轩的人设做了反转"，那他也要以一个反转与母亲"见招拆招"。）

水生担心颜明玉受了这打击会消沉抑郁，不料过了几天她又好好地出现在众人面前，依旧风风火火，忙进忙出，商行、家事一把抓，同时整修船只，面对即将到来的汛期。水生心想，别说女人，就算须眉男子也没几个及得上她。

这晚月明如昼，任中堂起了雅兴，设了小宴，地点更不寻常，是在北固山顶上。颜皓初在女儿和水生的精心调治下，身体复原大半，欣然应约。颜明玉说要带上水生和小莲，小莲又要带上颜福，颜福差点儿要带上颜寿，颜皓初为难地笑着咕哝了一句："今晚不是我们颜家的家宴呀。"颜寿这才笑着留下来看家。

任中堂在石桌上设了酒菜果碟，三副碗筷，另一张小桌供水生等几个仆人吃喝。水生想起上次任中堂的异样，颇有些畏惧，又有三分警觉。任中堂却谈笑自若，似乎那天的事从来不曾发生过。

任中堂这日兴致极高，先与颜皓初吟诗，后又联句，又说到当时流传甚广的《儿女英雄传》。

任中堂说："《儿女英雄传》和《隋唐演义》恰成对照，

前者家常，夹着一点传奇；后者传奇，虽然有些地方看起来也还家常。我更喜读《隋唐》，写天下大势，兴兴轰轰，有《三国》之风；写秦叔宝、程咬金，像《水浒》；写二女争风，吟风弄月，琴棋书画，又像《石头记》。另有些志怪神魔的小点缀，倒又近于《西游记》。"颜皓初与老友干了一杯，心情奇佳，笑道："说隋炀帝杨广投胎成了杨贵妃，前世今生都姓杨，都是被人吊死；说隋炀帝的宠妃朱贵儿转世为男，成了唐玄宗，两人阴阳颠倒，亏他怎么想来。"二老相对大笑。

颜明玉略有酒意，像前几年那样攀着任中堂的右臂笑说："我随义父，顶不喜欢《儿女英雄传》。文字虽佳，观念却陈腐可笑，而且它里面的人，动不动就长篇大论，说个不歇；那十三妹苦心复仇，与仇人连面都没见得着，嫁了人后，家里也是一团和气，这有什么好看的呢？"任中堂赞许地点点头，笑向颜皓初说："明玉所见，时常与我略同。合该我们是一家人，情似父女。"

三人谈得高兴，小莲却嫌干坐无趣，拉了颜福到半山腰里闲逛。好在这夜月光银亮，颜福也备着手提的玻璃灯，不怕山中黑暗。她二人一走，水生落了单，不得不和任中堂府上的下人谈些天气、时局，甚感无聊。颜明玉瞧出端倪，笑着敬了任中堂一杯，说到附近步月，散散酒气，让水生跟着。水生大喜，二人也就逍遥下山。任中堂原本就想找个借口支开颜明玉等人，可见到她与水生双双下山，神情亲昵，又着实气恼，目中冷冽之光一闪即逝，颜皓初全未察觉。

山顶上清风徐来，三对女仆各举着灯杆，上端一盏黄黄的宫灯，风中微微晃动。任中堂与颜皓初谈天说地，逸兴横飞。说到酣处，任中堂把话题引到了水生身上，又渐次说到他越长越像自己认识的一位京中故人。颜皓初笑道："世上相似之人很多，巧合而已。"任中堂笑道："妙在不仅长得相像，身上还有个极罕见的胎记也与我那故人的独生爱子一模一样。"颜皓初心下起疑，感到这位老友今天一反常态，这顿饭只怕不是那么容易吃的："任兄怎么会见到水生身上胎记？"

任中堂挥手屏退另一张桌上的男仆，又让三对女仆各自站开。黄色的灯光暗了些，月光凸显出来，营造出一派凄迷。他道："皓初，咱们多年挚友，有话直说，近几年随着水生长大，我瞧着他的眉眼身材，愈来愈疑心他就是许行远的儿子。"颜皓初自斟自饮了一杯，不言语。任中堂续道："上次我又听说你叫他到京城迁祖坟，你是不是有什么事情瞒着我？"颜皓初挟了一筷子菜缓缓咀嚼，口中全无滋味。任中堂盯着他颊上起伏的肌肉笑了笑说："你早就知道了他的身世，许行远危急之际向你托孤，你受人之托，终人之事，把这事瞒得风雨不透，连水生自己也懵懵懂懂，直到最近你才告诉了他，是不是？"

颜皓初放下筷子，看着他说："你为何对此事特加关注？"任中堂笑道："我和许行远同为维新派的一员，你难道不知？"颜皓初"嗯"了一声说："那便怎样？"任中堂的笑容终于隐去了，脸上现出不假掩饰的恨意："百日维新，本来局面大好，要不是许行远和康有为、梁启超他们不等时机成熟，非要提前发动政变拘禁太后，偏又手上没兵，找错了帮手，误信了袁世凯这贼子，皇上太后怎会母子失和，太后怎会将皇上终身囚禁，变法图强的大业怎会毁于一旦，我大清又哪会沦落到如此地步？"颜皓初平和地说："维新失败，你被太后削夺官职，勒令提前告老还乡，大清也失去了最后一次振作的机会，原也怪不得你悲愤惋惜。但你把责任全推到许行远等二三人身上，未免武断。"

任中堂呵呵一笑，饮了一口酒说："康、梁二人跑得快，我追他们不上。谭嗣同不跑，自愿被捕被杀。许行远被太后清算，郁郁而终。这笔账变成了无头账。本来我再不甘心，也只能把恼恨带进棺材，谁知老天有眼，被我查出误国乱政的书呆子竟然尚有遗孤，红颜知己在本地为他留下一子。皓初，你如把我任某人还当作朋友，这件事，你不要插手。"

颜皓初惊道："事隔多年，你还要赶尽杀绝吗？你这么做，岂非亲痛仇快？"任中堂道："袁世凯是权臣军阀，我三次行刺都没得手，自问没本事拿他开刀。康、梁二人东渡日本，我也曾派人半路截杀，可惜功亏一篑。憋屈半生，好不容易有了出口气的机会，且把能做到的尽量做，做完一桩是一桩吧。"

半山腰的小径上，小莲与颜福言笑晏晏；山脚下的流水边，颜明玉与水生谈笑风生。水生让颜明玉猜小莲的心上人是谁。颜明玉笑道："她此刻和谁在一起，就是谁了。没想到这丫头人小却有主意，看定了颜福是值得托付的良人，便再无犹豫。"

小莲让颜福猜水生最倾慕的是哪一个。颜福笑道："合府尽知的秘密，你还拿来考我。"小莲笑道："水生哥什么都好，只有一件不好，就是有点婆婆妈妈。心里喜欢得要命，嘴上说不出来，再拖下去，只怕30岁还是单身一人。"颜福笑道："你猜小姐知不知道他的心意？"

颜明玉笑对水生说道："我知道你是故意在我这里挑明了小莲和颜福情投意合。"水生吃吃艾艾地说："我……我为什么要故意？"颜明玉理了理满头秀发，笑道："你是要提醒我，小莲和你只是情同兄妹。水生哥，你还要迂回转折到几时？"

小莲把头偎在颜福肩头，颜福揽着她，满心幸福，脸上的笑容太多了，沉甸甸地拉弯了他的脖子，凑到小莲脸颊上亲了一亲。小莲躲开，颜福追上，刚才是情不自禁，这次不敢再加冒犯，只是握住她的手，顾自低头朝前走。小莲也是微笑地任他拉着，低头往前，心中只愿这条路永无尽头。她说："要是他们也像咱们一样就好了。"在一瞬之间，两个年青人同时想到了那句亘古以为最甜蜜的句子："愿天下有情人终成眷属。"

　　水生慌乱已极，颜明玉侧过头去，看着别处说："看来我猜错了，不如回山顶吧，只怕父亲和义父的酒喝得差不多了。"水生忙道："不是……"颜明玉有意说道："你怎知他们没喝多？"水生急道："我是说你没猜错！"颜明玉叹道："现在对错也不重要了。"当先便走。水生快步跟上，一把拉住她的袖子说："小姐！"颜明玉不语，背脊微微耸动，似是失望而泣。水生慌了，放开了手，退后两步说："小姐，水生对你敬若天神，可是又……又……爱如珍宝……你和蒋家大少爷分开，我虽替你难过，又忍不住暗暗欢喜……我真是不好……"

　　颜明玉回过头来，星眸流转，一脸笑意："你肯说出来了吗？"水生这才明白，颜明玉刚才假装哭泣是在逗他，不由得心中一宽，又是一热，笑道："小姐，你又捉弄我。"颜明玉笑道："若非如此，你怎么肯说实话？也没见你这样的，难道这种事，还要我们女孩子家先出口不成？"水生呆了呆才会过意来，上前一步问道："你不嫌弃我是下人？"颜明玉道："我不管什么上人下人，只知道你是好人。时世剧变，我们就不能也跟着变一变吗？"她望着水生，眼中从调侃的笑意化为诚挚的深情："这些年的点点滴滴，可见你的细心。上次为了筹措大事，你不惜促成我和蒋雨轩见面，可见你的胸怀。他们母子弃我如遗，那一晚在我身边的仍然是你，也只能是你，可见你的痴心。我看着他们的船越行越远，孤凄自伤。可是随后看到你，又觉得在这世上毕竟有一个人永远念着我、陪着我。水生哥，那天我没流泪，我看见你流泪了。"

水生眼眶湿了："我是心疼……"

颜明玉也不觉鼻子一酸，拉起他的手说："蒋家待我有多凉薄，你待我就有多和暖。不瞒你说，后来我私自过江，找过蒋富蒋贵。"水生一怔："找他们干吗？"颜明玉道："那天蒋伯母太过凌厉，蒋雨轩太过柔弱。但据我所知，这两年蒋家是雨轩做主，商场上也颇显精干；蒋伯母一个本性温和之人，不该还能这么咄咄逼人，事后想来，颇觉蹊跷。"水生道："说得也是。蒋富蒋贵怎么说？"颜明玉笑笑说："一切都是蒋雨轩叫蒋伯母和他演的一场戏，目的是让我知难而退。"水生怔了一下说："怎会如此？"

颜明玉说："他心结未解，不愿与我携手救生。水生哥你与他相比，可谓一天一地。"水生道："想不到蒋老板会出此下策。"颜明玉笑道："连蒋富蒋贵都看不下去，不然岂肯被我软磨硬泡后就吐露真相？雨轩自以为这是他们母子间的秘密，其实一个屋檐下过日子，时候一长，有什么瞒得了人？"

"皓初，你自以为做得机密，但世上没有不透风的墙，有什么瞒得了人？"

任中堂起身赏玩月下山景，双手负后，背朝颜皓初。颜皓初也想起身，一个踉跄，脚步虚浮，忙双手扶桌。他看看左右，任家的男女仆人早被任中堂清退，山顶上除了他们，一个人影也无。

任中堂说："我上次不便当街击杀水生，也是不想让他死得太痛快，日后自然会零碎折磨他。"颜皓初竭力稳定心神说："你把这些话毫无顾忌地说给我听，是要杀我灭口吗？"任中堂说："这些年知己之情，岂能一笔勾销？我方才在你那杯酒里下了双倍的作料，你下了这座山，命虽可保，话却说不出了，心智也会迅速退化，如同孩童，否则万一你写下了不该写的，却也麻烦。"颜皓初只觉天旋地转，说："你……你……"任中堂冷冷地说："十三年前我们初次相交，就是在这北固山。今日在此说清前因后果，就此决别，总算有始有终，全了我们的朋友之义。"

颜明玉没想到刚与水生互诉心曲，旖旎定情，转眼间父亲便得了怪病。任中堂含着泪说："皓初大病方愈，我便邀他饮酒，只怕是过量所致，我真是愧对老友！"水生颇感怀疑，但没有凭据，不好多说。颜明玉安慰义父，又叫了众人将颜皓初抬回家去，人前人后让水生帮忙，已无异于公开了同水生的鸳盟。任中堂看在眼里，对水生更切齿痛恨，同时也觉得爱徒偏偏看上此人，实在有负自己多年来的呵护培育。

颜皓初这一发病，比上次犹重，连亲生女儿也不太认识。水生一面帮着颜明玉稳定局势，一面将有关任中堂的种种悉数说了出来。颜明玉先是震惊，既而深思，最后恍然有悟："似乎他与你许家有什么仇怨，新近才确证了你的身份。你父亲与我父亲人虽两地，该也是至交好友。这么看来，父亲的病发得这么急，保不定是义父迁怒，动了手脚。"想到自己敬重仰赖的师父、义父极可能是个居心叵测之徒，与自己生出这般深的嫌隙，不禁于焦虑之外又倍感痛心。

可是一到外面，她还是那个刚强果敢的颜明玉，与这两年间每一天的她并无二致。侍奉父亲一日不敢懈怠，而大水漫漶、汛期到来，又是另一件要她全力应对的大事。和任中堂的恩怨，一时反理会不到了。

六

（于青桦说叙事技巧固然重要，仍需以立意为上，以情感丰沛、道德感召为上。）

颜皓初的病情既没怎么恶化，也没有丝毫好转。颜明玉这天侍奉了汤药，只说在床前翻翻《老残游记》，谁知竟睡了过去。她这梦做得也奇：梦境里，她无时无刻不清晰地感到，她是在做着梦的。

一面是清醒的梦，一面又梦得历历如真。她步入庭院，见颜皓初在小莲、水生的搀扶之下走来。颜皓初才叫了声"明玉"，她眼泪已流了下来。明知是梦，可毕竟听到了慈父如同往日的呼唤，看到了他温雅坚毅的面庞。平常她没注意过父亲有这么多白发，梦中却瞧得格外真切。

她很愿意这梦做得长些，再长些。她迎上去扶住，责备水生、小莲说："父亲病体虚弱，你们怎么还让他深夜出来？"水生未答，颜皓初已先微笑着说："是为父自己要出来的。"

小莲道："老爷说你这阵辛苦，放心不下，挣扎着要来看你。"颜皓初将女儿搂入怀中说："又让你受委屈了。"一个"又"字，又险些儿让颜明玉落泪，她忙控制住心绪说："蒋家耿耿于怀，众人皆在观望，雨季说来就来，父亲病情反复，女儿……着实忧心！"

颜皓初拍拍她的背，像儿时一般："我的病你不必挂心，倒是另三件事，非同小可。唐天宝十年大水，一次就有数十艘渡船沉没；南宋绍兴六年大水，一艘渡船百名渡客无一生还；明万历十年大水，狂风摧毁千余艘漕船民船……"

颜明玉道："今夏雨季大水必不亚于那三次，不恢复红船万难抵挡！"

小莲不解说："小姐，我们家的船不就是红船吗？"水生说："你不知道，真正的红船连老爷都没见过！"小莲怔住。

颜皓初点点头说："不错，明玉所说红船是我颜氏祖先与同道士绅组建的船队。一旦有难，即刻出行，浩浩荡荡，遍布大江！那船，是沿江商旅、百姓的福音！"颜明玉从小到大早听过不知多少遍，此刻仍是悠然神往："那是刻在我们颜家人记忆里的船，是颜家世世代代的梦啊！"

水生大约从来就觉得自己是这里的一份子，只听得满脸骄傲；小莲毕竟来的时间不长，却也满脸憧憬，甚为可爱。

颜明玉自小喜听镇江本地戏曲，唤作扬剧。梦境发展到这里，恍恍惚惚间水生、小莲都已不见，庭院变了水阁，扬剧的锣鼓丝竹中，父亲颜皓初蓦然化为戏中英雄的服饰，用她儿时最爱听的曲牌唱了起来：

"船体船帆皆红色，船头雕刻虎头形；

威武出航畅无阻，船旗飘飘锣号鸣！"

戏文中的父亲变得年轻了，而声音却是中年的沧桑。他向来爱看戏，兴之所致有时也唱上一段。此时梦中乍闻此曲，颜明玉喜悦不胜。

颜福、颜寿现身左右，喜滋滋地帮腔：

"一时间，大江南北齐响应，

众红船成了江上保护神！"

颜皓初叹了口气，在悠悠旋律中说道："可叹咸丰战乱，留下遗恨，救生会房屋尽毁，一艘艘红船荡然无存！"他才变年轻的脸上爬上了一条条皱纹。颜明玉不由想到任中堂一捏椅子，扶手上那条可怖的裂痕。她又是心惊，又是心碎，忙上前徒劳地想为父亲抹平脸上的纹路。

旋律消失了，戏服不见了，水阁影影绰绰、摇摇晃晃，像被投进了石子的池塘，待水平如镜时，处身之地已到了待渡亭。远望江上浪滔东流、水鸟掠过，粗手大脚的渔民们提上鱼网驾上小船冒险入江，颜明玉拉着父亲的手说："求父亲让我接过家族使命，做你的救生传人！"

颜皓初瞪大了眼睛："你是女儿身……"颜明玉只想为父分忧，为民造福，哪管得什么男女，胸口热血上涌，跪倒在地说："万望父亲成全！"颜皓初说："你终究要嫁人哪！"颜明玉叩首说："女儿非救生人不嫁！"她眼巴巴望着父亲。身旁行人有人鼓掌，有人指指点点，世人毁誉，却都不能让她意动。

颜皓初热泪纵横，连说了三个"好"字："颜家救生后继有人，为父死也瞑目！"颜明玉急忙跳起，堵住他的口噤道："父亲莫说死字！"颜皓初说："为父在接过你爷爷衣钵的那一刻起，就已将生死置之度外，若能为救生而死，那是我的荣耀！来来来，与我一同叩拜祖先。"

一闪念间，已到了家中祠堂。父女同跪。颜明玉朗声说道："祖先在上，我颜明玉自愿接过颜家第七代传人之职！"颜皓初喜极而泣："列祖列宗，皓初不孝，未得一子，然颜家有女，不让须眉！颜家有幸，我亦无忧了！"

一声炸雷，颜明玉浑身一颤，醒了过来。父亲仍旧躺在床上，不大能言语，神色如同童子。颜明玉为他披披被子，擦了擦泪想："父亲的心意我已尽知，我的心意，总有一天他也会知晓。"

正沉思间，水生跑了进来说："天色不好，雨季怕是要提前！"好像专为这句话作注脚似的，大雨应声而至，狂风厉啸。急促的锣声隐约传来。

小莲、颜福、颜寿紧跟着奔了过来说："不好了！长江发大水了！"颜明玉心想果然，忙吩咐说："小莲留下照看老爷，水生几个随我察看水情！"众人齐声答应。

敲锣人声声"发水喽——长江发大水喽——"的叫声中，几人迅速赶到江边，众水手早已候在那里。只见乡民中有人磕头祷告，有人跪地骂天，有人朝着江水哭喊亲人的名字。

众人上船，迎着顶头风往江上奋力划去。江上奔涌咆哮，浊浪滔天。船体甚大，众人又都久经风雨，且有颜明玉亲身指挥，是以救人之心虽切，并无一人慌乱。

颜明玉、水生一个掌舵一个摇橹，水手们奋力划桨。一见有船倾翻，有人落水，他们便抛出绳索，一个个拉上船来。内中也有三四人不及被救，瞬间被江水吞没。

几番搭救，木船已满，颜明玉喝令速速回岸。谁知这时雨势未减，风向突变。船上人惊慌失措。颜明玉深知自己是大家的主心骨，心中紧张，面上镇定，只叫："落帆！"

落下船帆，继续划船，就着风向，小心应付，渐渐看见了江岸。众人眼见有了生还希望，可以穿过绝命生死线，迢迢奔阳关，忽然水生叫了一声："前面有人！"

隔着狂风，两个不同的呼救声钻入了颜明玉耳中。她稍稍一怔，不及细想，几乎是凭着本能地让水生等分别将两个抱着木板的人捞了上来，正是蒋雨轩、皮四。

皮四浑身精湿、满头滴水，上来就拜倒喊道："多谢菩萨，重生父母，再养爷娘！"颜明玉一瞥间看到他右腕上戴着自己两年前送给他的玉镯子，以换取他不来捣蛋的，那时还是与蒋雨轩两情相悦、最为稠密之时。然而这时也无暇多想，只叫水生扶他坐好。

这边蒋雨轩惊魂稍定，喘息着说："快救你父亲……"

颜明玉没听懂。蒋雨轩抹抹脸上的水珠说："是你父亲划着另一只船救了我们，船被浪打翻，他又把木板……给了我们……他还在后边……"

这时也顾不得详问颜皓初怎么忽然恢复了神智，又怎么从家里来到江上，颜明玉早跑到船尾朝远处张望，果见颜皓初出现在后方不远处的江面上。颜明玉急喊："父亲——"颜皓初挣扎着喊了一声："明玉——"

数月来，首次听到颜皓初那洪亮的足可穿越疾风暴雨的嗓音，颜明玉眼眶一热，随即忍住，叫水生调转船头。

水生正欲掉头，船身一晃，差一点儿倾侧。水生急道："风急浪猛，船已超载，无法掉头！"蒋雨轩、皮四均知自己便是那超载之人，脸上不由自主生出歉然之色。

颜明玉这时心系老父，嘶喊："掉头——"众人齐心协力相助，谁知救生船几度倾斜，忽左忽右，右舷有一瞬间甚至贴上了江面。一霎时船上难民哭喊声震天。

水生望着颜明玉，踌躇该不该说。即便在这万般危急的情形下，这句话仍是难以出口。颜明玉道："说吧！"水生咽了口口水才说："跟两年前一样，风浪太大，掉不了头啦！"

"两年前"，是满船超载，无法掉头去救蒋雨轩父亲的那次。蒋雨轩全身大震。他既感激颜皓初的救命之恩，又仍介怀着痛失慈父的往事，更想看颜明玉此刻将如何抉择。他继母薛氏的那句话突然清清楚楚浮现在他和颜明玉的心底："说什么风大浪大不能掉头，要是江上落难之人是你的父亲，你救是不救？你会因为一船陌生人而弃父亲于死地吗？"

会吗？你会吗？

方才父女俩互叫"父亲""明玉"，众人就算不识颜家的，也知道二人关系。这时生死系于一线，考验的不仅是颜明玉，同时也是他们自己。若鼓励她掉头救父，那是赌上了一船老小的性命；若让她赶紧抽身回去，是催她亲手扼杀父亲最后的生机。所有人刹那间静默无声。

也许只是短暂的一瞬，众人却觉得像一个世纪那么漫长。

水生想要强行号令掉头，看看船上老幼乞怜的神色，怎么也说不出口。终于，有水手喊出"掉头救颜老爷"，几个水手响应。另几个带着孩子的难民一面出声反对，一面不敢与他们目光相接。

天地万物尽皆定格，只见颜皓初在水中载沉载浮。颜明玉内心撕扯已到极致，刚要说话，颜皓初那黄钟大吕般沉厚的声音传了过来："返航，快返航——"

这一声震惊了蒋雨轩，惊呆了皮四，也叫醒了颜明玉。她高声说道："船不可掉头，父亲却不能不救！我若有三长两短，水生颜福颜寿，你们把大家带回岸去！"

她话一说完，准备跳船，水生一把拉住。她身有武功，水生本力较大，二人一僵持，竟是不分伯仲。然而她毕竟情切关心，拼命挣脱开水生怀抱，扑通跳了下去。水生、蒋雨轩大惊，虽素知她精熟水性，但这样恶劣的天气，贸然下水，形同自尽。

颜明玉一入水即向颜皓初处拼命游去，然而只两三下就明白，她能做的只是陪父同死。这样也好，她腰上忘了系绳索，眼睛射向父亲，二人目光就是牢不可分的绳索。她就这么定定地看着，又昏昏地被系了绳子的水生和另两个小伙子揪着头发衣领拽了上去。

她还想挣扎，船上一个小小婴儿这时忽然脆脆地、稚嫩地啼哭起来。她于是明白，她没有任性的余地。

大浪不断袭来，船身晃动，幼儿老弱惊恐哭叫，乱成一团。颜福道："木船漏了！"颜寿道："桅杆断了！"水生满眼含泪，扳着颜明玉说："明玉，船要沉了！"

颜皓初呼喊："明玉，返航啊！"

风声雨声、涛声哭声交织在一起，颜明玉深吸了一口气，目光忽地坚定无比。她看看颜福、颜寿说："方才你们没跟水生哥下江救我，万一我有不测，你们还可在船上指挥救人，做得很好。"她向着父亲的方向跪了下去，脑中闪过梦中二人一同在祠堂里拜祭祖先的画面。

颜皓初发怒再喊："返航！"这一次颜明玉应声而接："返航——"她叫得撕心裂肺、肝肠寸断，泪水滚滚而下。眼见颜皓初气力不继，松开木板，闭目随浪而去。她想说什么，晃了一晃，晕了过去。

七

（于青桦说被颜氏父女的人生境界和跌宕命运感动，要再续上一篇。）

傍晚的余晖笼罩着颜家。大宅的气氛也如同那一抹斜阳，凄恻无比。

这晚，小莲按照颜明玉的胃口做了好吃的，同颜福一起端来，还是被小姐拒之门外。自从强撑着操办完颜皓初的丧事，她就将自己关在房里，极少出门。

小莲急得搓手说："这可怎么好？她这样三天吃两顿，铁人也撑不住呀！"颜福提醒她说："你又急了，咱们下人，不该称呼小姐'你'啊'她'的。"小莲轻啐了一口说："这是什么时候，你还有心挑我的礼。"颜福摸摸头赔笑说："家里如今能称一声'她'的，只有水生哥了。要不你把菜给他，请他端给小姐，只怕还肯吃两口。"小莲白了他一眼说："还要你说？水生哥今天病了，在房里躺着呢。就这样一天还打发人来看七八次，也算是在小姐身上用心了。"颜福叹了口气说："运气这东西，不信不行。这阵子咱们家家翻宅乱的，你看连水生哥都病了。"小莲道："我看他这个病来得也奇，只怕也是心病，这害病的时间、多梦的症状都同小姐相似，请了一群大夫，谁也说不出个所以然来。所以说他两个天生一对呢，你看得个病也同甘共苦。"

颜寿急急过来，小莲问他何事。颜寿脸上颇有兴奋之色，且不答她，却向房内高了一高语音说："启禀小姐，扬州的蒋老板，还有十来个面生的老板一齐求见。"

小莲、颜福对视一眼，均感诧异。房内过了半晌才响起颜明玉低低的声音说："跟他们说我身子不爽快，今日不能见了，抱歉得很。"颜寿说道："蒋老板特意叮嘱，说今天不只是来问候，还有要事相商。"房里沉寂片刻说："那么小莲、颜福进来，颜寿先给各位老板上茶。"

颜寿应了，轻声向颜福笑说："你看你沾了小莲的光，我倒成了外人了。"颜福心中一动，刚想宽慰两句，颜寿已然带笑去了前厅。他只得和小莲推门进房。门开的一瞬间，他分明看到颜明玉双臂抱着自己，像从前每每受了委屈，或感到沮丧害怕孤单时惯有的小动作。但随即就见她强打精神，站了起来，他也就低头装作没留心。小莲服侍颜明玉梳洗，他在旁边随手递上梳子、头油之类。

一时洗漱完毕，一前二后，来到前厅。虽经修饰，蒋雨轩还是一眼看出颜明玉的憔悴，他心中不禁又愧又怜。颜明玉叫人为大家续水，多谢各位前番祭吊亡父的高情，又问今日来意。众士绅都说是蒋老板发起，约了大家同来。蒋雨轩痛切地说："我这条命是颜伯父救的，加上亲眼见到船上满载不能掉头，方知之前对你和伯父误解之深。我枉为男儿，只顾猜忌，还屡次拒绝你联手救生的提议！我知道前些时日镇江各位老板被你们打动，要以你家为首，重振救生事业。我们扬州商界也想加入，毕竟这江上往来最多的便是贵我两城。"

颜明玉心口一跳说："你的意思是……"蒋雨轩说："扬州与镇江联手，有钱出钱，有人出人，拿出家中船只，组成船队，齐心协力，应对水灾！"

颜明玉心有所动，但仍是想了一想才说："此事是我和父亲夙愿，但我想，千百年来，江上行旅皆是木船，我们的救生船只终究也难敌特大风浪……"蒋雨轩听她愿意携手，甚感喜慰，这时她提出什么要求来他都照单全收，便道："依你之见呢？"颜明玉道："我们打造几艘铁壳红船，加长船身，加多座位，虽耗资巨大，却再不会重蹈覆辙，蒋伯父和先父泉下有知，也可瞑目了！"说着不由得眼圈一红，极力忍耐，才不致泪洒当场。

蒋雨轩不假思索，便道："很好，就是这样！"看向余人。扬州商界唯蒋家马首是瞻，蒋雨轩行商的风格出乎众人意料，比他父亲凌厉得多，因而这商界首脑的位子坐得也极稳固。众人本已钦佩颜氏父女的义行，心伤颜皓初殒命，见蒋雨轩这么说，纷纷赞成，再无异议。

颜明玉心中酸楚，暗忖："你们若早能如此，我父亲也不会英年早逝，江上也少了若干冤魂。"然而一转念间又想，"大局为重，私怨为轻，否则我与曾经的蒋雨轩有何区别？果真造起铁船，造福的苍生可就多了！"

蒋雨轩看她神色不定，只当她信不过自己，当下站起来说："明玉，求你让我……和我母亲赎罪，我们一起完成伯父未了的心愿！"薛氏是他硬逼着演戏做了恶人的，但这时为挽回颜明玉的心意，卸掉些自身的责任，他顺口又将继母拿来陪绑。

便有几个老板说:"我等愿跟随颜老板、蒋老板,集资打造铁壳红船!"其余诸人也说"算我一份!""算我一份!"

颜明玉一一拜谢,忍不住泪雨滂沱,心道:"父亲,你一命换来释怨恨,一命换得心赤诚。女儿必当继承你的遗志,今生今世,矢志不移。"

当下众人商议何处购铁、何处造船、何人绘图、何家监工,各抒己见,说得十分热闹。颜明玉为这氛围所感,也振作了几分,与蒋雨轩一起居中筹划,于这资金流转、银钱出入上定下好多规则。

颜明玉更提出要将松散的联盟变成稳固的组织,有章程,有建制,能持续,能扩张,更盼将来能纳入更多长江畔的大城小市,串珠一般延伸出去,设想得精细而又宏大。蒋雨轩又以灵敏的嗅觉,从中发现了新的商机,要将客运、货运与救生结合起来,让救生不仅不赔钱,还能别开生面,赚得利润,"救人救到哪里,挣钱就挣到哪里"。

颜明玉听得十分佩服,心想:士别三日,曾经的书生大少爷竟有了如此精明的从商头脑,也唯有如此,救生才能长远。

她却不知众老板对她更为敬重,觉得她身为女子,扛起祖业,辗转于江上和商行之间,同时听她方才的计划,又目光远大,气魄雄浑。众人均想:"这一男一女,男的细致精明,女的高瞻远瞩,倒像是倒了过来的一般。"

众老板中有性子灵透的,向同伴打个眼色,大家也就会意,不等主人端茶送客,自行找了理由告辞,存心要让他们心中非常般配的二人多聊一聊。

颜明玉见众人都走了,唯独蒋雨轩留下,也就猜着了几分。她并不挑破,只谢他登高一呼,促成了长江两岸商界的携手。蒋雨轩最想说的话偏偏一时也说不出,只得起个话头道："方才人多不好说，其实我一直想问，伯父前一阵病得很重，听说人也不很清醒，怎么突然又复元如初，驾船救人？"

颜明玉初时也很不解，还是后来悲痛稍去，召来小莲细问才知，这时便说："我那日留了小莲服侍他，同水生哥他们一同上船。我走后不久，小莲又挂念我和颜福他们，又想打发无聊，对着父亲喃喃自语，说风雨这么大，不晓得我们安危如何？江上能救得几人？"蒋雨轩一拍腿说："我明白了！伯父一听'救生'，那是他一生心中所系，瞬间神智清明，冲破病症的桎梏，冲到江边！"颜明玉点头说："正是。"蒋雨轩叹道："若非如此，我非但性命不保，也永无机会消除误会，重新陪在你身边了。"

他是来赎罪的，同时也想一石二鸟，与颜明玉重修旧好。他终于把话题扯了过来，只等着看颜明玉如何对答，心下惴惴不安。颜明玉对小莲说了句什么，小莲去了片刻即回，手上却多了一把雨伞。

蒋雨轩立刻认出是他们共游西津时买的那把，伞上燕儿双飞，柳丝如烟，江南气韵，十足怡人。他欣喜地说道："没想到你还留着！"颜明玉亲手将伞递到他面前说："雨轩，伞者，散也，那天我们不买别的，偏买这个，是预兆也是天意。"蒋雨轩心中一凉说："你何时也迷信起老天来了？"颜明玉不想拆穿他当年强迫薛氏演戏的不堪往事，只说："我不信有什么事命中注定，却信天下万事要顺其自然。这把伞你收回去，若是你放不下，方才我们的提议也可再作修改……"蒋雨轩胸口剧烈酸楚，半天才说："你放心，我蒋雨轩言出必行，不会为了儿女私情，破坏救生大业。"笑了笑，自我解嘲地补上一句，"你我虽不能携手，镇江、扬州总算能够并肩。"

话说到这里，多谈无益，他放下茶碗告辞。颜明玉深知此时不能给他任何盼头，当断不断，人我两伤，当下也不虚留，将他一直送到正门口。恰逢水生病情稍缓，来看颜明玉身体如何，一路寻了过来。蒋雨轩与他寒暄两句，回过身去，隐约听见颜明玉悄声对水生说："我走路无力，说话气促，这许多天也没见好。"在他面前，她只谈公事，精神似乎也还尚可；在水生那里，她却可以畅诉病情，甚至没有什么撒娇的意思，唯其平淡，愈见二人之亲之近、感情之家常醇厚。

他又走远了些，听得水生说了句什么。小莲、颜福笑了起来，颜寿那小家伙说话较少，但显而易见，他们才是一家人，他因当初的无情、冷情，错过一时，也就错过了一世。他叹息了一声，想着回家接受薛氏的建议，不再抗拒踏破了门槛的媒人。

这里颜明玉、水生等人各自忙了一会儿，分别回房休息。颜寿趁着小莲、颜福喁喁情话，抽身出府，穿街过巷，到了一处深宅前叩门。

门房开了门，一见是他，便恭敬请进，引着他一路到了后屋。那人上茶后便即退开，显然颜寿登门造访不是第一次，而其与主人的密谈容不得旁人在场，也不是第一次。

主人从屏风后转了出来，长手长脚，形似仙鹤；相貌奇古，头发长长，间中夹有不少白发，正是任中堂。

颜寿请了个安，亲热地叫道："义父。"

任中堂抚须微笑，扶他起来问道："府中近况如何？"颜寿把今日的事原原本本说了一遍。任中堂沉吟道："你看蒋雨轩会不会因此同明玉破脸？"颜寿道："决计不会。他此番趁兴而来，但应该也是作了败兴而归的准备。失望归失望，反悔却不至于。"任中堂"嗯"了一声说："蒋家的事且不必管他，你可有定时定量给明玉、水生下药？"颜寿点头。任中堂道："那就好。下得太重，引人怀疑；徐徐图之，药力慢慢渗入血气，将来衙门的人来验尸就发现不了端倪。"颜寿道："义父高见！"

任中堂喝了口茶说："明玉要是果然接受了蒋雨轩，倒是她和颜家的造化，我只找水生一人的晦气，不与别人相干。既然她与水生情深爱重，为父的只好成全他们做一对鬼鸳鸯。"眼光一凛，望着颜寿道，"事成之后，我自会设法疏通，让你继承颜家的万贯家财。"颜寿喜得跪下磕头，砰砰有声："那时我自会挑起救生重担，人人都说小姐厉害，我自信由我接手会做得比她更好、更周全！"

任中堂笑笑说："那丫头聪明，你有城府，各有千秋。"颜寿左右一张，小声问道："何时将他们了结？"任中堂说："等雨季结束，过江风险变小，普通水手也能救生之时。"颜寿立时明白，衷心赞道："义父您老人家既快意恩仇，又胸怀百姓，令孩儿五体投地！"任中堂莞尔一笑说："索性多等几个月吧，你趁着这段日子，多与商行中、水手中的重要人物结交，树威望，立口碑，拢人心，以便将来明玉他们一倒，你作为继承人众望所归。"颜寿喜之不胜。

八
（常路篇）

颜明玉和水生身子一直不爽快，二人诸事缠身，只吃些补药，也没很在意。转过年来，二月里才过了十来天，二人病来如山倒，双双倒下，昏睡不醒，百般医治无效。颜府顿时没了主心骨。饶是小莲、颜福、颜寿内外张罗，仍然乱纷纷不似平时，才刚刚开了个好头的救生会也不得不暂行中止。

任中堂来探视过两次，把了脉，摇头叹息而去，其轻描淡写之处，正像来拜祭颜皓初头七之时。小莲瞧了，很觉气愤，加上烦恼忧愁，到半夜还翻来覆去，不能成眠；到了四更，好不容易朦胧睡去，突然被一阵急促敲门声惊醒。她这两天本来神经紧绷，这时更受不得一点刺激，一惊坐起，还不知发生了什么，说话的声音先已颤了："是……是谁?"

门外探进一颗头来，却是颜寿："小莲，不好了，小姐和水生哥不见了!"小莲大吃一惊，顾不得男女之别，掀开被子就穿衣穿鞋。颜寿垂下眼光，以示避嫌："最要命的是……是……"小莲拿起手帕在脸上胡乱一抹说："是什么呀? 吞吞吐吐，急得人火星子乱蹦!"颜寿话声低了一低说："颜福也不见了。"

小莲心口突突乱跳，过了半天才说："可有什么线索没有? 什么飞贼有这等本事，能进深宅大院来绑人? 何况还绑走了三个!"

颜寿候她出了门，边走边跟在后面说："我没找到线索……"随小莲进了颜福房间，翻了一气。小莲见窗户上有淡淡脚印，寻出窗去，蓦然间后背一麻，手足不能动弹。她还以为是中了敌人暗算，只叫："颜寿快跑!"身后颜寿笑道："多谢你这时候还想着我。"横抱着她在府内一掠而过，衣襟带风，身手飘逸。

小莲毛骨悚然，这才明白颜寿与外敌里应外合，而且竟然身怀武艺。她耳边呼呼生风，眼前景物疾速掠过，偏生半点动弹不得。她努力平复心绪问道："老爷小姐对你不薄，你为什么要背叛颜家?"颜寿边跑边说："虽然对我不薄，但对颜福可更亲厚。"小莲怒道："你就为了吃这点飞醋……"颜寿笑道："稍安勿躁。我也不怕跟你实说，就算大家待我极好，我这一生只能忠于义父。颜家嘛，终究是要得罪的。早也是背叛，晚也是背叛，也没什么分别。"

小莲一路套问幕后主使，颜寿笑嘻嘻地不说，只道："到地方自然知晓。"

跑了约摸半个更次，来到江边，芦苇深处，遥见一艘大船，船上灯火通明，夜风中飘飘摇摇，颇有飘渺之美。

刚一上船，颜寿将她丢在一边，进舱去了。船身挂满了琉璃灯盏，照得一船明亮，只见颜明玉、水生都在身前不远。小莲连唤二人名字，二人只没反应。不一刻舱内走出两人，又推出二人。小莲定睛看去，推出的一个是颜福，一个却是皮四，双手被反绑了，都是面带恐惧。小莲与颜福互相问询，得知对方不曾受伤，心下稍安。皮四犹自嘴硬，说："你们好大的胆子！我手下兄弟们可不是吃素的！"

颜寿笑道："吃荤吃素，我们都接着，有什么不是，回头我再去领。"他闪到一旁，身后那瘦长人影走上前来观察了一下颜明玉和水生。小莲失声惊呼："任中堂！"任中堂不睬，向颜寿说："一个小丫头，也耗了你这么多辰光。"言下颇为不满。颜寿躬身回说："孩儿不想打草惊蛇，在府内多磨蹭了片刻。"任中堂大咧咧在一张太师椅上坐下说："为父擒拿四人，举重若轻，你这轻身功夫，可得好好习练才是。"颜寿应道："是！"

他两人旁若无人，聊了几句，任中堂说："送给蒋家的密信，可到了扬州？"颜寿道："义父安心，我掐着时辰送的，那蒋雨轩若是还有三分旧情，必会过江救人。"话音方落，一叶扁舟在微亮的晨曦中破浪而来，不一会儿，到了船畔。任中堂笑道："说曹操曹操到。"

那边船上有人喊话，任中堂随手举起昏迷的颜明玉道："暗处看亮处，分外眼明。这是颜家大小姐不是？"那边船只快速停了过来，蒋雨轩与另一个十七八岁的青年一起从甲板上走来。那青年走在头里，步伐利落稳健，处处护着蒋雨轩。

颜寿笑道："蒋老板心思灵透，还带了保镖防身。"蒋雨轩冷冷地说："背主投敌，你不配跟我说话。"颜寿一窒，看了看任中堂。任中堂道："蒋老板重情重义，两年前才会毅然毁婚，老夫佩服。"蒋雨轩"哼"了一声。那青年径自找来另一把椅子请蒋雨轩落座，形成个分庭抗礼之势。

蒋雨轩说："任中堂，你是颜伯父好友，明玉的义父，与颜家两代交情，为何行此丧心病狂之事？"他本性强势，眼见局面难以善罢，索性直接了当，不留任何情面。

任中堂淡淡一笑说："让你们做个明白鬼。"将水生的身世、自己与水生之父许行远的恩怨简要说了，听得蒋雨轩惊诧莫名。哪想到此中还有这么多曲折。他道："你以明玉一缕头发夹在信里，胁我到此，有何图谋？既说让我们做个明白鬼，阁下可要言而有信。"

任中堂手一扬，"啪"的一声，打了蒋雨轩一记耳光。两人隔着数尺，他连人带椅欺近身去，掌击对方，随即退回，护在蒋雨轩身旁的青年竟全没来得及反应。那青年刚想拔剑，任中堂早已回到了原地，冷笑道："跟我这般说话，你凭什么？"

任中堂这一出手，既是惩戒蒋雨轩，同时也是试探那青年的武功，一试得手，大为放心，情知这船上无一人是自己的敌手，大手一挥，颜寿早带着事先雇好的水手，启航往长江中心驶去。

一路上任中堂沉默不语，直到旭日东升，映得江中金蛇万道，一片壮观，才扫了一眼众人说："今日我把与明玉、水生有恩的、有仇的、有情的、有怨的全都拘到了一条船上。你们说，老夫所行之事，是不是很有趣啊？"他仰天大笑，在江上远远传送出去。

颜寿跟着干笑了两声。任中堂看看他说："为父帮你一次料理干净所有对手，且能看看这些所谓的正人君子生死关头是块什么材料，这样的好戏，岂可不看？"

小莲叫道："你到底想怎么样？"任中堂呵呵一笑说："我要你杀了皮四，否则我就一掌劈死你家小姐。"小莲本来是挣起上半身来质问，一听这话，扑通坐倒。皮四更是面如死灰说："我跟你往日无冤，近日无仇……"任中堂只看小莲："怎样？这皮四不是什么好东西，你亦曾深受其害。手刃江匪，不算伤天害理吧？拿他开刀，叫作先易后难。"小莲道："他近日联合扬州江匪洗心革面，还想加入救生会，你要我害一个浪子回头的人，我做不到！"任中堂眯起眼睛说："你不杀她，我就杀明玉。"

"当"的一声，一柄刀扔在小莲面前。小莲望望皮四，望望颜明玉，勉强伸手，一碰到刀柄，又烫着了一样急忙缩回，眼泪流了下来。

蒋雨轩起身说道："左右是个死，我们万不可中了他的计，造下杀孽。"颜福也说："对，他刚才说先易后难，就算我们杀了皮四，他仍会威胁我们逐个相残。"

颜寿道："我的好兄长，你以为你们还有讨价还价的余地吗？"任中堂打个手势，令他噤声，也缓缓起身，踱了过来说："老夫这个局最有意思的地方就在于这不是暗局，而是个坦荡荡的明局。你们猜得都对，我就是要你们自相残杀，要你们在明知我下一步要做什么之后，仍不得不照我的话，一个个地动手。"伸手按在昏睡的颜明玉头顶说，"你们杀不杀皮四？我要出手了。我数三声。"

众人面面相觑，这才感到此人毒辣，一至于斯。这是要让大家明知眼前是火坑，也只好挨个儿跳了下去。

任中堂的手一按上颜明玉头顶，颜明玉在幻境中便打了个激灵。她与水生中了慢性毒药，身心受损，更可怕的是陷在梦境里难以自拔，一柱香时分便会气绝。

她竭尽全力，摸索向前，恍恍惚惚间上了一艘救生船，摇摇晃晃，驶向江心；正感孤独凄凉，一回头间却见水生、小莲、颜福等诸人都在，水生更指着前方说："有人落水。"她忙亲自掌舵，水生、小莲、众水手相帮，与滔天巨浪相抗。水生叫道："浪头这么大，水势这么险，从来未见！"颜明玉指着前方说："越大的浪头越要正面迎过去，父亲说过，这叫'叠浪行'。要是想绕开迂回，反会落得个船毁人亡。"水生抹一把脸上的水珠："正是！只是一浪过后还有一浪，无穷无尽，如何是好？"颜明玉说："同舟共济！只要力气没有耗尽，就和它正面对抗，世上哪有无穷无尽的风浪，我就不信看不到万里平阔，大好云天！"

水手们喊起雄壮彪悍的号子。船旗飘飘，锣声镗镗，颜明玉蓦地发觉身处的已不是老旧木船，而是新式的铁壳红船，威武坚固，不由得心怀大畅。

"哗"的一声，船身被抛起老高；刚一落到两个浪头之间的谷底，随即又"哗"的一声抛上。她咬紧牙关，牢牢掌着舵，不时回身指挥众人避风就势，一路从水中救死扶伤，心中只有一个念头："绝不能让父亲和蒋伯父的悲剧重演！"

皮四紧张得眼泪鼻涕齐流。小莲的刀架在他脖子上，已割破皮肤流出血来，只是砍不下去。

任中堂悠闲地瞧着，见小莲的脸上毫无血色，才笑笑说："不过分难为女娃子了。这么着，咱们换一组，蒋老板，请你顷刻杀了水生，以一个下人的命换取明玉的命。"

蒋雨轩吃了一惊。那青年向蒋雨轩偷偷摇了摇手。蒋雨轩却鬼使神差问了一句："你说话算数？"任中堂面露兴奋之色道："我乃堂堂维新之臣，前任的军机章京，不说别的，当众许下的诺言总要兑现。明玉是我义女，只因错爱了水生，我才对她失望寒心。你若是杀了水生，为老夫报了仇，我和明玉之间哪还有什么隔阂郁结，我担保不会伤害她一分一毫。到那时她无依无靠，我发誓能让这船上无一人泄露是你动手杀人，则明玉势必重回你蒋老板怀抱。我二人各取所需，岂不是一箭双雕？"

颜寿这时渐渐明白了义父设局之妙：方才逼小莲去杀皮四，只不过是令形势紧张，让众人心弦绷紧，至于他们杀不杀皮四，其实无关紧要；重要的是这第二步，诱使蒋雨轩刀毙情敌。"真做到了这一点，义父大仇得报，一柱香时间过了，颜明玉毒发身亡，我们爷儿俩自然不必'伤害她一分一毫'。到时这蒋老板愿望落空，又手上沾血，欠下人命，不必我们动手，恐怕他自己就不想活了。义父毙了他的保镖，事后再加活动，长江两岸，镇江扬州，商界尽皆以我为首。这救生会和新船队，注定要成在我颜寿手里！我广结善缘，济生救人，只怕地方志上都会重重记上一笔，流芳百世！"想到这里，颜寿不禁热血如沸。

蒋雨轩拣起刀来，一步一步，极慢地走到水生旁边，耳听得任中堂漫声劝说："动手吧，一刀落下，最憎恶的大敌不复存在，你与明玉之间，就此没有了障碍。动手吧——"颜寿一见义父神情，便知他是在用类似催眠术一类的慑心引导之法蛊惑蒋雨轩。蒋雨轩神色摇动，瞬息之间变了数变，显然到了天人交战的关头。

　　水生性命系于一线，而颜明玉梦中的水生正与她并排搏浪。好不容易将落水之人一一救上，可也离岸极远，要想脱险，还言之尚早。众人合力，躲开了一个急速流转的漩涡，顶头又是一个巨浪。颜明玉一生未曾见过如此可怖的浪头，那简直是一堵墙，不，是一座山峰。它那样巍峨高阔，一瞬间几乎像是固体，竖立着砸了过来。她望望水生、小莲、颜福、众水手、众难民，心想这或许就是今生的最后一眼。

　　便在此时，右侧忽然多了一艘同她所乘一模一样的大船，船上之人服饰似古似今，非中非洋，虽然完全不认识，却莫名令颜明玉感到心中一定。那领头的杨淑娴端方娴雅，正朝她露出鼓励的微笑。掌舵的陈文龙，摇橹的王照祥，帮着整帆的陈二嫂、静秀和春花、夏荷、秋婶、冬妈等完节堂众节妇，以及船尾面色慈祥、镇定如恒的堂主，全都看向这边，虽无一言半语，却产生了一种奇异的激励！

　　巨浪更加迫近，下面大半截是砖块般的黑色，顶上却是一蓬雪亮的白花，轰隆隆扑来，有种无法言喻的狰狞的壮美。

　　左侧吆喝声传来，颜明玉侧头一看，却是一群打扮更加奇怪的男女老少。船头屹立着于青桦，身边是常路，稍后是吴永康、常志坚，后面更有刘丽、余光、田主任、陈萍等一群社会妈妈，船尾立着庄主席和白发飘扬的张玉茹。他们把船努力靠向中间颜明玉的这艘，同时杨淑娴也指挥着右船靠了过来，三舟形成并行之势。

　　颜明玉不知他们是谁，不知他们何以在这时出现，只知这样的时刻得遇这两群人，心头安稳，精神大振。三位领头的女性互望了望，不同的相貌，相同的沉着，不同的性情，相似的坚毅。这狂风诡浪，黑云紫电，对于青桦，或是难克的心伤，或是世人的毁谤；对杨淑娴，或是礼教的约束，或是深沉的国恨；对颜明玉，或是爱人的拒绝，或是至亲的毒手，或许还多了独木难支、七代而绝的忧虑彷徨。既然逼到绝境，索性豁出去绝地反击，正面相抗。

心思这样一转，三艘铁壳红船陡然变成了机器驱动，既而三船合一，成为一艘巍巍巨轮。耳边像是又听到颜皓初那浑厚的嗓音在唱：

"船体船帆皆红色，船头雕刻虎头形；

威武出航畅无阻，船旗飘飘锣号鸣！"

颜明玉朗声喝道："生死在此一搏！"三群人合为一群，轰雷般地响应："冲过去！"

"啪"的一声大响，船体与浪身迎面相撞，"哗"的一声，浪山化为千股万股水流，暴雨般射向各人。无人后退，无人畏缩，各司其职，那船的红色像炽烈的大火直烧到浪心里去，疼得那浪摇头晃身，左扭右颤。"轰"的一声，船头钻到浪外，将浪身刺了个对穿，跟着红船中部、尾部相继冲出，在全然没意识到时，已将矮了大半截的浊浪甩到身后。

巨轮继续前驶，颜明玉回头一望，"山"削为"墙"，"墙"体碎裂，如巨兽解体，分解为无数块，千朵万朵落下，万点千点散开，终于与江面混为一体，荡漾不绝。

颜明玉的眼泪滚滚而下，心中只是默念："父亲，女儿闯过来了，我闯过来了！"

蒋雨轩的刀柄被那同来的青年抢在手里。任中堂连连催眠，使二人争来抢去，刀锋离地上的水生不过数寸。小莲、颜福急得连连喊叫，皮四躺在地上徒呼奈何。

便在这千钧一发之际，"嘤咛"一声，颜明玉睁开了眼睛。她微弱地叫了一声："水生哥。"

这一声如电流击中了水生，他身子一颤，艰难地想要睁眼，转眼又昏了过去。这一声同时也击中了蒋雨轩，他愣了一愣，清醒过来，手一松，任由那青年将刀抢了过去。

颜明玉竟然能从幻境中醒来，由不得任中堂不心神大乱。他这慢性药物实同致幻偏方，药力奇特，百试不爽，中者一炷香时分内会落入最可怕的梦境，身上未中一拳一脚，却如落入地狱，惨酷无比，时间一到，便会心力耗竭而亡。谁料颜明玉小小女子，心志如钢，偏能成为那万中无一的一个！

趁着他一愣神，那青年顺手将刀砍了过去。任中堂接了三招，左手一捏，夹住刀尖，以三指之力将刀夺过，抛入颜寿手中。那青年使刀原不习惯，忙抽剑在手，直扑入怀，剑光飞舞，围着任中堂上下翻飞。任中堂不意此人武艺如此高强，虽不如自己登峰造极，但自己年逾五旬，那青年却凭着旺盛元气和血气刚勇，与自己斗了个旗鼓相当。

任中堂一时脱不开身，颜寿手中有刀，便成为双方成败关键。颜明玉心中稍一权衡，便知等不来奇迹，今日要想逃出生天，唯有依靠自己。她头脑兀自晕眩，忍了又忍，撑了又撑，勉力一点点爬起，心中只想：梦中能战胜恶浪，此时就能战胜强敌！

她强作镇静，微微一笑，缓缓走了过去。颜寿在她积威之下，反而退了两步。她一面说话乱他心神，一面从容蹲下给皮四、小莲解绑："颜寿，你贪恋富贵，无非想继承我颜家家业。你想上进，原亦不错，只可惜走了一条歪路。"颜寿举刀在前，逼近一步不语。颜明玉重又站起说："义父喜怒无常，能对干女儿痛下杀手，一旦形势有变，对你这个干儿子也会随时丢弃。功业固然要紧，首先还得看能不能保住这条命。我替你打算，与其投靠他，还不如弃暗投明，戴罪立功。"颜寿脸色变幻，刀尖发颤，又向前走近一步，与颜明玉等几人只有数步之遥。

颜明玉反迎了上去说："你这一刀可要刺得准些，否则后患无穷。颜家、蒋家、皮四的兄弟们，长江两岸的无数百姓，势将人人与你为敌。但要是你迷途知返……"她走过去在他臂上轻轻一推，刀锋自然而然指向了任中堂："我以我父亲的英灵起誓，既往不咎，保你后半辈子衣食无忧，你只需永远离开镇江便可。"她这番话处处替颜寿设想，即使颜寿本人来提条件，也无法比这更为优厚。

任中堂激斗中早将二人对话听在耳里，他心知与颜寿联手全凭利益，这当儿这孩子不仅不是帮手，反成最大的隐患。他当机立断，身子一侧，滑行而过，从小莲头上拔下发簪，一簪捅入颜寿心口，脚下不停，划个半圆，复又到了那青年面前，双指插向青年双目。

颜寿口中流血，"当"的一声，钢刀落地，双膝跪倒："义父，孩儿并没有……并没有……"身子向前一扑，正朝着任中堂的方向，扭曲几下，再也没动静了。

任中堂心口一酸，已无暇去想是不是冤杀了义子。那青年打到酣处，剑气千幻，剑招万变。任中堂千算万算，算漏了颜明玉的意志，也算漏了蒋家商贾之家，却有这等高手。

颜明玉气力渐生，拉蒋雨轩离激斗的二人稍远一些，盯着任中堂的每招每式，思索取胜之道。

便在此时，远远地现出一片帆影。蒋雨轩大喜，挥手呼喊。那船只很快清晰起来，行到近处，跳上七八个家人、水手，蒋富、蒋贵皆在其中。原来蒋雨轩看了任中堂密信，心知此行凶险，信中虽命令他只身前来，不能多带家仆，他却带上了青年，更叮嘱蒋富蒋贵等人，上午巳时若他还未返回，便带人来援。当下众人围上相帮，虽每个人与任中堂相差极远，自古道好虎难斗群狼，任中堂又与那青年斗了近千招，气力已衰，这时渐有招架不住之势。

皮四瞧出便宜，悄悄侧面走近，一匕首探了过去。任中堂右手抓住他手腕，使力一捏，皮四痛极大叫，匕首停在半空。不料任中堂捏到的并非人体，触生冰凉，低头一看，却是个碎了的玉镯，正是两年多前颜明玉送给皮四的那一只。只在任中堂一晃神间，皮四匕首轻轻前探，插进了他小腹。

谁也没想到他这一击竟然得手。任中堂大叫一声，一脚将皮四踢飞，狂性大发，头发散乱，眼中血红，出手不成章法，但掌风到处，木屑纷飞，威势惊人，显是临死拼命。众人畏惧，独有那青年仍是剑招精奇，在他点打抓拿、凌厉之极的攻势中仍以下风之势勉强打成平手，一柄长剑光环乱转，如云卷雾涌，守六招，攻四招，奋力将他缠住。

蒋贵担心那青年安危，同时人也较蒋富更为机灵，他从前时常随蒋雨轩出入颜府，见过几次任中堂，知晓他的身份脾气，这时猛地想到一事，故意大声对蒋雨轩、颜明玉说："老板，颜老板，皇上退位了，还要开国会，大清亡啦！只怕以后也没皇帝了！"

众人心头大震，虽近来政局更迭，纷扰不断，有所预感，但立国二百七十余年的大清风流云散，且从此无皇帝无臣子无封建王朝，实为千年未有之大变。

任中堂骂道："你胡说！"挥手拍来。青年剑锋横过，似闪电亮了一亮，迫得任中堂回手自保。蒋贵快速从怀中抽出新出的报纸迎风一展。

颜明玉立刻明白了他的心意，伸手拉住报纸另一端，盯着头版的一行行铅字，清清脆脆读了出来：

"奉旨：

朕钦奉隆裕皇太后懿旨：

前因民军起事，各省响应，九夏沸腾，生灵涂炭。特命袁世凯遣员与民军代表讨论大局，议开国会，公决政体。两月以来，尚无确当办法，南北暌隔，彼此相持，商辍于途，士露于野，徒以国体一日不决，故民生一日不安。今全国人民心理，多倾向共和，南中各省既倡议于前，北方诸将亦主张于后，人心所向，天命可知，予亦何忍因一姓之尊荣，拂兆民之好恶？"

任中堂越听越觉是真，越打越觉无力，心头痛如刀绞。他虽是维新派的拥趸，却心系清室，从未想过将帝制终结。他自幼饱读诗书，经史子集无所不通，又苦练武功，想要匡扶正统，外御其侮，变法图强，甚至做到张居正那样的权臣，以帝师身份统领国家。不曾想壮志成空，老来众叛亲离之余，又亲闻宣统皇帝逊位。他突然间想到，这十多年来处心积虑图谋复仇，其实他和许行远、水生父子哪有多少切实的仇怨？实则是襟抱难开、宏图受挫后，给日益消沉的自己找一个支撑着活下去的理由。还不如说，他是明知大事难有作为，心灰意懒后，强行制造了一个有可能实现的具体的复仇目标以转移注意，提振心志。这一念使他看清了自己，顿觉一股难堪羞惭，和一阵巨大的空茫悲凉。

只听颜明玉续读道："……是用外观大势，内审舆情，特率皇帝，将统治权公诸全国，定为共和立宪国体，近慰海内厌乱望治之心，远协古圣天下为公之义。袁世凯前经资政院选举为总理大臣，当兹新旧代谢之际，宜有南北统一之方，即由袁世凯以全权组织临时共和政府，与民军协商统一办法，总期人民安堵，海宇乂安，仍合满、汉、蒙、回、藏五族完全领土，为一大中华民国，予与皇帝得以退处宽闲，优游岁月，长受国民之优礼，亲见郅治之告成，岂不懿欤？

钦此。"

任中堂双目流泪，嗬嗬而呼，左手在身前一划，逼退青年，右手一拔，将匕首握在手中。青年防他暴起伤人，却见他跃上桅杆，一手一脚勾住风帆，细长的身子在晨光中摇摆，一身血污，脸上肌肉抽搐。

颜明玉想起往日他的疼爱回护、教导之恩，心下软了。若不是跟他学了武艺，身强体健，自己也不能江上搏命，担当起救生掌门之任。她将报纸递给蒋雨轩，上前两步，仰头说道："义父，你先下来，慢慢再说。"任中堂道："还有什么话好说？皓初是我下药加害，最后葬身鱼腹，他算是间接死在我手里的，你我之间还有什么转圜余地吗？"颜明玉愕然，确如他所说，他们"父女"间，到了这个地步，他就算肯回头是岸，她又岂能做到往事如烟？她道："总之，你先跟我们回城再说！"

任中堂瞧着她为难无奈的神色，眼中闪过罕见的柔情："痴儿，你从前被人叫小妖女，现在被人说女丈夫，可归根结底还是和你父亲一样，天生的滥好人。"他居高临下看看余人，凄然一笑："你们放心，皇上退位，大清灭顶，是天崩地裂之灾，老夫也不会再在世上苟活。"

颜明玉道："就算没有皇上，未必天崩地裂。天乃天道，地有万民，帝制崩裂，也许正是另开新途的契机。"

任中堂脸上现出骄傲之色："小妮子知道什么？"中指一弹，"嗤"的一声，一粒药丸划了个长长的弧形，准准落在水生唇上。重伤之下，仍有这份手劲、准头，人人心中惊佩。只见他回身远眺江面，随即匕首在脖子上横向一抹，不等气绝，即跳入了滔滔江水中。甲板上众人一片惊呼。

蒋雨轩吁了口气，一回头，见那青年晃了一晃，摔倒在地。他忙抢上扶住，蒋贵蒋富等也纷纷围上，喂水的喂水，顺气的顺气，又有几人帮他按摩手足。

颜明玉朝着任中堂落水的地方发呆，被一脚踢得吐血的皮四这时才缓过一口气来，由小莲、颜福扶着，共同向那青年道谢。青年虚弱得连回谢的力气也无。颜明玉这时才回转身来，问蒋雨轩那青年是蒋府何人，少年英雄，救了全船的命。蒋雨轩说："这就是我二弟，蒋雨楼。他常年游历四方，担风袖月，行侠仗义，是以你们不识。恰好这几日回家探视母亲，我便邀了他同来。"颜明玉代整个颜氏一族向蒋雨楼深深施了一礼。

余韵

（于青桦篇）

过了几天，水生因服了任中堂的解药，复元甚快，反而颜明玉是靠毅力强行醒转，且情绪大起大落，体内余毒难清。小莲、颜福合着水生遍寻名医，开了药来，着实调理了几个月，才尽复旧观。

颜福将颜寿在城外好生安葬了，想到从小一起长大，素日同气之情，将三杯酒浇在坟前，哭了一场。在船上时，他明明是恨颜寿卖友求荣的，但颜寿一死，怨恨尽数为伤痛取代，脑中想起的，都是情同手足的桩桩件件。小莲远远站着，由他独自哭个痛快，但只要他一转头，就能看到她在那里等他。

清廷甫亡，新旧交替时地方治安甚是混乱，匪徒往往趁火打劫。颜明玉料想扬州也必如此，遂让两城士绅以救生会为骨干，加上皮四等原来的江匪，水生为首的众水手，暂且将古城的秩序维持起来，一面也筹措资金，聘请高手，参照那日幻境中所见的红船，打造新一代的救生船队。

这天忙里偷闲，颜明玉同水生到水阁小坐。小莲等早将一楼四面窗户各打开半扇，天光便半明半昧，亮亮地柔柔地照进室内。二人凭窗，临清芬，饮美酒，均感久违的惬意。水生说等出了守孝之期，再托媒人向颜明玉提亲。颜明玉笑道："我们日日在一处，还要托媒？"水生笑道："名媒正娶，我不想任何人对你指指点点。"颜明玉笑着说"随你"。

颜明玉问水生中毒后在幻境中见到了什么，水生道："江上救人。只是水势极险，要不是你后来喊了我一声，我多半就在梦里淹死了。那，也就醒不过来了。"他望着她，眼中饱蓄深情。颜明玉笑着笑着，数滴珠泪，落在他手上："我的梦与你相似。连幻境里也是风雨同舟，若不嫁你，我还能嫁谁？"水生将她揽入怀中，头埋在她秀发之中，想到此次之险，差一点儿便阴阳两隔，甚至双双赴死，天幸还有此刻平安，还有来日并肩，又是后怕，又是伤感，又是幸福，眼泪也流了出来。

颜明玉轻轻脱开他怀抱，找来纸笔，一气呵成，写下四行英挺的书法：

救生便使明本性，

救生便是救自身；

谨记祖训德为本，

浮屠修持善作根！

颜明玉笑吟吟将笔递给水生。水生虽识字，也会记账，但写不出她那样文绉绉的话，便接着写下四行：

心有私念莫救生，

心有疑念莫救生，

心有怨念莫救生，

心有妄念莫救生……

他说的是大白话，也是心里话，到此时觉得话已吐尽，将笔又还了给她。她意犹未尽，在后续道：

做大善大信大德大仁

大爱大义大智大勇

勘破生死的救生人！

她喜滋滋地看了两遍这诗不像诗、戏文不似戏文的句子，珍重叠好收起，笑道："咱们家的'家训'又多了几条了。"水生笑着点头，只觉她一颦一笑，哪里都好。

颜明玉忽的明眸流转，望着他说："对了，我梦中见到一群，不，是两群不知道哪里的人，从未见过，打扮得好生奇特，可是一见就知道是咱们自己人。"水生深以为异。她便详详细细说了一回，水生也猜不透原委，只说："亏你梦到他们，才能梦里破浪，醒过来回到人间。"颜明玉说："那感觉我形容不出，我就是知道他们是来帮我的，是我可以信任依赖，绝不会害我的人。"

"我们当然不会害你，因为你是让我们骄傲的祖先，我们都是你的后辈。"

说话的是常路。他母亲于青桦微笑着说："这孩子，又入戏了。"常路笑道："难道你没有？"于青桦笑道："我起码不会让女主角见两大群她不认识的后人。"常路哈哈一乐，笑说："文学就像生活，有时候任性、不讲理。"于青桦道："你总有得说的。"常路笑道："把我们自个儿编进小说里客串一下，不也有趣得很吗？就像希区柯克那样的大导演，喜欢在自己的电影里露个面。"

这时已九点多钟，温度上来了，小区晨练的居民十之八九消失了踪影，有的上班，有的上学，有的上菜市场买菜，为午饭做准备。各类健身器材上已空了大半。母子俩也信步往回走着。常路问道："这个救生会，是真有的对吧？"于青桦说："编故事之前不是先跟你说过的？西津渡救生会创设之早，规模之大，影响之深远，堪称中华之最。'红船'是世界最早的民间救生组织的象征。"常路"嗯"了一声说："要再跟你确认一下。我觉得它的意义会穿越古今，彪炳千秋。"

两人说着话，从欣赏日出的土坡中央穿插而过，觅路回到一楼小院，在才撑开的遮阳伞下小坐。前一晚的蕉叶杯还在石桌上搁着，碧绿衬着灰白，相当醒目。常路看看那伞，倒有些想起颜明玉还给蒋雨轩的那把小伞来。

屋内吴永康笑道："你们逛了半天，回来也不进门，单等着我喊你们开饭啊？"常路笑道："谁叫你把我和妈妈都惯坏了呢？"说着进去要帮忙。吴永康坚决推辞："你那个手，写写东西还可以，做菜，我和你妈又不是没领教过，你进厨房唯一能做的贡献也就是洗洗碗。"常路笑道："那我不管了，是你们嫌弃我，不是我好吃懒做不孝顺。"

于青桦进去相帮着做菜，常路回房理了理思绪，把杨淑娴和完节堂，颜明玉和救生会，分别拉了两个小说提纲，写下重要人物的小传。写到一半，稿纸没了，他拉开抽屉，一眼先看到那封得好好的，稍微有点上锈的哨子。雨夜里母子曾凭它重逢，"句句"的哨声，音犹在耳。他蓦然想到童年和母亲的经历是不是也可以写出来，倒与另两位祖先共同构成了一个大爱的纵深！

他抽出几张稿纸，凝思片刻，又埋下头去涂涂划划，偶尔会听到厨房里炒菜的"哧啦哧啦"声。

"笃笃笃"，是于青桦在外敲门。她道："出来吃饭。"

常路应了，拿从吴永康那儿"退休"下来的镇纸压在稿纸上——他是直到现在还习惯先用笔写，再用五笔字形敲到电脑上去的。吴永康问他为什么？他说直接在电脑上打字创作，像同时在做两件事，人绷得太紧，状态不好。吴永康笑说儿子怪癖多。

饭桌上，吴永康用公筷给他挟菜。于青桦问常路刚才是不是在写那两个提纲。常路笑说知子莫若母，但这次恐怕会超出她预判的范围。于青桦笑他故弄玄虚。

常路喝了口汤，仍像小时候那样出了口长气，摸摸鼻子。这小动作多少年不改，与早已不在人世的吴恒酷似。于、吴夫妻俩从开始的震惊，到后来的感伤，再到如今疼爱地看着他，唯余一丝感慨，也是走过了多少年，才有了现下的心境。

常路站起来给于青桦、吴永康分别盛了碗绿豆汤，又把昨晚剩下的那层蓝色未吃完的生日蛋糕从冰箱里拿出来，与二老分吃。扒拉了几口饭，他笑了起来。于青桦诧异："干什么了？"常路笑着说："是这回回来给你过生日，得到这么好的素材，想想心里高兴。"吴永康接口笑道："还以为怎么回事，神神叨叨的。"常路笑道："我有信心把它们写好。妈，爸爸，你们觉得吧？文学就是这么高贵、神奇，能把生生世世里最值得保存的人和事，用最匪夷所思的方式生生世世凝固下来。"于青桦、吴永康都笑着称是。

三人的说笑声，被纱窗过滤掉一小部分，仍有大半飘到院子里来；被院门一隔，在外面的小径上就只听到只言片语；再经小区的距离一拉伸，终于稀释在空气里，悄然无声。这沉寂里有听不见的种种感喟，数不清的潺潺心曲。人事有代谢，往来成古今。晴空万里，上下千年，于浩瀚的时空之间，回荡着红尘的轰轰烈烈、啼笑歌哭，从未中断，且不绝如缕。

二〇二四年六月

附录1
江月年年

浅泠

　　一口气读完《三生》已近夜半，一直充作背景音的音乐App 里，其时正随机播到一首粤语老歌，不知名的美妙女中音轻吟浅唱："明月究竟在哪方，白昼自潜藏，夜晚露毫茫，光辉普照世间上……"美得像诗一样的乐音，带着月光柔软的浸润，舒缓身心，将前一刻还沉溺于小说中的思绪，成功抽离出来。

　　若将《此生》篇中，报纸上关于社会妈妈的报道，视作于青桦意外遇见的一粒种子、一线星火；那她与小常路结缘，便是就此激活人性中潜隐的更多善与美。此后她对常路持久付出的关爱，都是这份善美的延展与扩散。而常路反哺给吴家的浓酽亲情，则是这份爱意流转下的感恩回馈。

　　于青桦的人生困境，先是爱子意外身亡的伤痛难释，后是助养小常路后，来自社会和家庭方方面面的阻挠与非议。她用成为社会妈妈的方式来抒解痛苦，然而伴随善举同来的还有诋毁，使她于伤痛之外又凭添许多焦灼。

　　于青桦共情小常路的困境后，便再无暇自我沉溺。纷扰外因被她远远抛开，她一头扎进了对常路的关怀和对常志坚的拯救里。外因激发内里潜藏的能量，她凭借强韧的心性，投身到更多的善行之中，不但为心中积郁找到了出口，还借此铸出抵抗流言的甲胄。往后的人生里，于青桦硬是凭着这份坚毅，将艰难的助养之路，走成了康庄大道。

于青桦一直觉得愧对常路的地方是当初的所谓"动机"。小常路酷似爱子吴恒，是埋在这个篇目里最重要的戏眼。这不仅一度成为丈夫与婆婆攻讦她的理由，也令读者时时挂怀，忧心于这一对母子，将来如何释解心结？作者为此，择定了两组对照人物。

一组以于青桦的婆婆吴老太为代表。她怀抱着对逝去孙子的爱，把怀念纠缠成结，并以爱与忠贞的名义，伤人或自伤。于的丈夫吴永康，也曾以此揣测她助养的动机。就连着墨不算多的小人物余光也早就单方面将之判定为"移情"。当然还有学校的同事，以及来自社会各层面的恶意猜测。于青桦对此隐忍日久，直至与婆婆爆发正面冲突，才把吴老太顽固的茧撕开一道口子，并最终完全消解。

与之相对的另一组人物，则以小常路为代表，包括庄主席、张玉茹、刘丽、陈萍等，他们皆心存善念，襟怀坦然。小常路更是心无尘垢，在他善感的小小心里，从不曾将获得帮扶视作理所应当，而是一直感激。成年后，面对母亲内疚的剖白，他也一笑带过。概因他回馈给吴家的情感，是因着吴家人对他毫无保留的爱，是以心换心的相处里，一点点建立起的依恋。多年前是什么"动机"，追究起来，实属无谓。

循着小说的脉络，《彼生》与《他生》篇的诞生，也是基于《此生》延伸而来。于青桦和她伙伴们的辉光，铺就了人性沃壤，方能任后来的故事植根、成长。读者正是跟随于、常母子的回溯与创作，沿着于青桦的血脉渊源（隐喻人性之美的传承），去撷取历史上曾有的那些盛放。于的太婆婆杨淑娴，杨的表姨母颜明玉，便是当间开得最璀璨的花。

任何的盛开，都离不开艰辛的灌溉；另两个篇目里的主人公，也与于青桦一般，是在遭遇人生困境甚至绝境时，经过一番艰苦卓绝的奋斗，才完成了逆风飞扬。

《彼生》的时空背景，已置换成民国烽烟，地点仍是镇江这片热土。杨淑娴从一个敢于打破陈规的待嫁新娘，转瞬沦落为受困完节堂的寡居之妇。旧礼教的绑缚与禁锢令人窒息，战争阴云的笼罩下，她亲友离散、同胞被屠，连起码的生存都失去了保障。

不得已，杨淑娴涉险潜入被日本人占据的城里，亲身见证侵略者残害同胞的现场，在惨遭屠戮的同胞尸身间，闻着硝烟寻觅众节妇的续命之食。残酷的现实唤醒她由来秉承的勇毅与赤诚，支撑她不断在乱世里勇往无前。

从灵动无畏的新青年，到智计百出，护得完节堂众孱弱孀妇周全，并终成长为革命者，杨淑娴一路行来创造的奇迹，全赖超凡的勇气与智慧铸就。面对严苛堂规和对手的伺机而动，她仍冒险救助受伤落单的军人；面对家国危亡，她搁置与二嫂、秋婶的私怨；即便她曾经的锋芒暗蕴，也从来以自保，或护佑弱者为念；就算反击，她也从不会迷失在操纵她人命运的快感里。她身上绽放的人性之美，是贯穿今古的，即有承继自传统的坚贞、善良（隐含在手绘的《本草纲目》里），亦不乏新思潮带来的坚韧与革新精神（隐含在她创作新诗的行为里），面对再大的困境，她都敢于迎难而上。

《他生》篇仍盘桓在镇江，只是时间朝前一跃，来到了清末。古灵精怪的少女颜明玉，生于六代济世的大善之家。父亲的疼爱，青梅竹马未婚夫的宠爱，准公公对他们婚事贴心、周道的安排，简直不能更加圆满。然而，看似垂手可得的幸福，因父亲对准公公救助的失败，转瞬湮灭。

未婚夫蒋雨轩，将颜父在危境下的无奈取舍（受江难时恶劣的客观条件所阻）视为背叛与放弃，就此生恨，拒不接受颜家父女的解释，并屡次对颜家施加羞辱，视明玉的深情为敝屣，令明玉一度陷入迷惘，甚至动摇了家族传承的信念。

曾经对明玉倍加疼爱的义父兼师父任中堂，因水生的身世陷入偏执，连带迁怒颜家，不惜对昔日的兄弟和义女狠下毒手。这一举，将明玉的处境由迷惘推到险恶，直至濒临死亡。任中堂意欲将所有人玩弄于股掌间，亦如他曾经革新救国的真心被玩弄。他对水生父子的仇恨，不过是壮志难酬、郁愤难抒后的连坐。

颜明玉却以远超任中堂想象的坚韧，不但与水生一道负起江上救生之责，完成对父亲和祖辈意志的承继，还在任设下的必死之局里，共鸣跨越三生的精神力量，突破了幻境之困。她的生还，既是自身的高光时刻，也让长江的浪涛滚滚与两岸的百姓士绅，又多了一些握手言和的可能。

颜父近乎回光返照的逆转性病愈，和再次下江救人、遇难，是作者极擅长，也喜欢运用的隐喻笔法。其作用，完满了颜皓初将一生付之于救生的赤诚，也给了颜家济善数代的善举一个意象的"水祭"。同时，在情节上，还可顺带肃清蒋雨轩对颜家稍显病态的恨意。亦因此，作者克隆了这一场与"当年"近乎完全重叠的江难。

《他生》中另有两处耀眼的意象之笔，以几近魔幻的笔法，于精彩纷呈的劈波斩浪间，诠释了颜明玉的内心成长。

一处是颜明玉通过梦境，完成对父亲志向的承继。这个意象的重点，是充满仪式感的"继承"。另一处，则是颜明玉中毒，仍凭借如钢的意志，在"梦"中克难搏命。此两处行文华美，场景壮丽，成就了颜明玉英姿飒飒、迎风踏浪的女舵手形象。从此颜明玉执掌救生济世的航船，继续在岁月的洪流下乘风破浪。第二处中，三船合一，脱木为钢，合成新的巨轮、冲破接天骇浪的描写，让人热血沸腾，亦是再次点明三位主人公之间的深厚渊源。

作者截取三位不同年代杰出的女性，筑成《三生》的筋骨。她们或有原型为依托，或有史实做支撑。值得注意的是，作者并未刻意将三人设定为都是直系亲属。这恰是小说的微言大义——非为一门一户立传，而是弘扬一方水土孕养出的一脉相承的淳善。似有若无的血脉关联，所隐喻的是镇江这片土地上生息的人们，刻在基因里的大爱，会在需要的时刻鲜焕、铺展，轰轰烈烈地扩张。

于、杨、颜在不同的时空里互为辉映，又因糅合了女性的柔韧质地，同修出一脉月光般的清亮。镇江上空，江月年年，代代无穷。月华照见过颜如玉的悲怨，杨淑娴的孤清，于青桦的怀想，更照见了她们的敢作敢为、无畏坚强，也许将来还会照见更多的悲欢离合，更多的高贵与明亮。

古人不见今时月，今月曾经照古人。那首老歌还没唱完，女中音仍是悠悠地、远远地吟唱："难适今夕风光，一片欢欣气象，月照彩云上。熏风轻掠，如入山荫心向往……"

2024 年 6 月 23 日

附录2
时空三变话"三生"

王书理

　　陶然又出新作了，这次是小长篇《三生》。
　　陶然创作颇丰，从早期的中篇小说集《摆渡的人》，到后面的长篇小说《太阳雨》《繁华落尽》《三重奏》《幻旅》、中篇小说集《天象》、散文集《沿途》、剧本集《马路变奏曲》等，悉数陈列在我家书房的书架上。有一些书在尚未定稿之前，电子版已在我们的好友群里传阅。陶然不断冒出新的想法，在群里和大伙儿分享，我们遂七嘴八舌地议论，甚是有趣。虽然读了他所有的作品，甚至自己的小说创作也受到他的影响，我却从未写过一篇评论。静下来把感慨梳理成文，这是破题儿第一遭。
　　《三生》的构思，早先听陶然在群里提过，等到他把小说定稿抛出来，我还是大吃一惊。约二十万字的长篇，似乎转眼间就写出来了。回想他过往的写作历史，似乎他的速度一向就快，虽然没有夸张的倚马可待，但往往考虑一成熟，即刻就写；一开笔就绝不会中断或挖坑不填，隔不多久，作品即告完成，这也是他才思敏捷的一个旁证。他写得快，我也不好意思拖拖拉拉地读，一口气看完了全文。此文一方面是就巧妙之处辗转品味、尝试解析，另一方面也管中窥豹，算是为相交二十来年的好友描影。

《三生》是陶然第一部以女性为绝对主角的长篇。背景设在陶然生活的城市镇江。三段发生在现代、民国和清末不同时期看似迥异又有共性的故事，在一场普通的家庭聚会不到两天的时间里，通过厨房、院子和山坡三处空间转换演绎完，让人想到会不会是受了《雪山飞狐》的启发。

第一个时空变幻在厨房。常路为于青桦庆祝六十岁生日，约上亲人好友一起聚会。一开头就点出于青桦是他的社会妈妈，彼此没有血缘关系，但是聚会彰显出亲情融洽，胜过多少有血缘关系的家庭。同时也埋下悬念，让读者忍不住猜想，于青桦怎么成为常路的社会妈妈，她所说的隐情和私心又是什么。常路在厨房洗碗时和于青桦闲聊，于青桦回忆往事，引出"此生"的故事，揭开开头伏下的谜题。由现在到过去，"自来水仍在哗哗地流着，像流逝的时光。小水柱落到金属的池面上，溅起一朵朵水花，和多年前的那个雨夜，吴恒踩在地上溅起的一样。"这是电影中蒙太奇的淡出淡入法。

陶然为何让这两家人一家姓吴，一家姓常，"吴常"是不是无常之意？人生当中必有无常之遭遇，就像于青桦丧子，常路失去母亲，然而唯有社会妈妈此类大爱，方能战胜无常，缔造永恒，如那母子共同吹起的哨子般可歌可泣。

除了于青桦这条主线历经挫折修成正果，刘丽和赵岚这条辅线也是起起伏伏，最终以离婚结束。这一笔勾画出生活悲喜交加的本来面目，不美化，不伪饰，不因为他们做了公益就仿佛能把一切问题迎刃而解，增加了小说的真实感，我个人相当喜欢。

第二个时空变幻在院中。于青桦和常路回忆完往事，将《此生》来龙去脉交代清楚，送别参加生日宴会的亲友，母子二人在院子里喝茶聊天。聊天引出于青桦回忆《彼生》中的杨淑娴。民国时期的杨淑娴是于青桦的太婆婆，不只是和于青桦有一层亲缘关系，杨淑娴同样是一个敢于打破常规、性格坚韧的女子。如同文中所形容的，是个传统之中有着现代性的女人。

　　造化弄人，新婚当日新郎宋家林离奇失踪，杨淑娴被迫进了寡妇聚居的完节堂以度余生。将一个开明端庄且尚未享受婚姻幸福的女子送去死气沉沉暗无天日的处所，荒诞而引人怜悯。奈何小小的完节堂也有等级森严，也有恃强凌弱。杨淑娴进入完节堂，与二号人物陈二嫂的几番交手有如宫斗、宅斗剧，各逞机巧，险象环生，只不过她们争夺的并非男性的恩宠，而是——对杨来说要堂堂正正、匡扶弱者，对陈来说利益不能动，旧规不可改，这也使她们的冲突有了别样的色彩和意义。

　　杨淑娴将抗日受伤的战士藏于完节堂救治触犯堂规，可见她心中有大义。镇江沦陷，完节堂断粮之际她又甘冒奇险，外出寻粮，从死人堆里给大家带去活下去的希望。种种壮举，乃大丈夫行径，连堂主都被折服。最终临危不乱，带领众人逃出日寇包围，并在后面的补叙中得知，她成为新中国的医学研究专家。此生不枉。

　　《彼生》的杨淑娴，主体事迹发生在镇江，丈夫宋家林为国捐躯之地大致是在南京，和《此生》中与于青桦生活在镇江，常路工作在南京，形成呼应。我私下猜测，或许这也是陶然如今生活在镇江，曾经求学于南京的投影？

　　第三个时空转换发生在坡上。坡是小区中的土坡，传说是完节堂花园里的小坡，既和《彼生》发生关联，又引出

《他生》颜明玉的故事，承上启下衔接巧妙。《此生》工整细腻，《彼生》大起大落，还让《此生》中的一对母子在《彼生》里时不时以旁观者的身份插入情节，让现代与民国互文，颇具实验性的尝试和古色古香的故事之间形成了很强的张力。《他生》该如何出新，才能避免重复呢？颜明玉作为于青桦的表姨，巾帼作为发生在清末，年代久远，流于传说。陶然以此为"借口"，干脆让于青桦和常路母子用小说接龙的方式，你说一章我说一章。而且细心的读者会发现，于青桦口述的章节风格偏柔，常路口述的部分偏刚；于的章节偏重于感情和积极正向的主题，常的部分似乎对情节的曲折和叙事的技巧更感兴趣，非常合乎他们两人不同的人设。此等形式，不能不让我想到，这像极了陶然和他母亲的交流日常。他们是母子编剧，母亲徐新华老师更是凭淮剧《小镇》在全国都产生了广泛影响，他们平时讨论剧本，大概率就跟小说中于青桦和常路有商有量地接龙小说差不多吧？这个花絮，很可能是我的独家联想。

《他生》是写得最放手、最起伏跌宕的，从故事精彩程度来说，放在最后压卷，最够分量。也是在这部分故事里，才有了全书最大的，或者说唯一不折不扣能称为反派的Boss。任中堂对正面阵营的压迫感，比陈二嫂还强，比吴老太当然就更强得多，何况还有个颜寿作帮凶呢。这个故事看起来天马行空，实则脱胎于长江民间救生之事实。于青桦和常路讲述过程中一会埋伏笔，一会反转，还将他们自己和杨淑娴等人嵌入颜明玉的幻境中，助颜明玉脱困，行无巧不成书之事，甚是精彩。三方并肩迎战山一般的巨浪（有象征意义），奏出了全书的最强音。

三个故事，各有华彩段落。《此生》中当属于青桦带动全城雨中寻找从医院出走的常路一幕，感人至深。《彼生》

中杨淑娴和静秀外出寻粮，在死人堆与日寇遭遇，寻得干粮拯救完节堂众人，静秀却死于非命，惊心动魄。《他生》中则属上文提到的颜明玉被任中堂下药，中幻术，梦中博弈，最终三船并列，战而胜之，突破梦境自救一幕，最为震撼。

大处宏伟，细微处也见心思。以写人为例：《此生》中写吴老太对于青桦兴师问罪，先是冷笑挖苦，接着"……哈哈一笑，脸却板得没有一丝笑纹"，见于青桦要解释，"早已抢过话头"，一下子把吴老太的刻薄雕琢得栩栩如生。《彼生》中杨淑娴第一眼见秋婶，"……目光不大友善，毋宁说是带着挑剔"，当陈二嫂提升秋婶住上首时，"秋婶浑身骨头都轻了二两"，"一路小跑着跟随"，形象跃然纸上。《他生》中写小莲因颜家救助葬母，投身颜家为仆，"小莲年纪虽小，却很识得眉眼高低，坚决不肯与二人并行，落后半步以示对恩人的恭谨。"一句话便把小莲虽年幼却有心气懂规矩而小心翼翼的形象勾勒出来。

以写事为例：关于常路对赵岚的态度，作者没有明说，可是我自信推理了出来。赵岚当年为找小常路，雨夜从"挹秀桥"上跳下去察看桥洞，还摔了一跤。而在口头创作颜明玉的故事时，颜家从住宅通往水阁的月洞门上恰恰就写着"挹秀"。这不能是偶然的巧合。当年常路并不在场，但事后一定会从别人口中听说，对赵岚怀有感激也是顺理成章的。那么在轮到他讲《他生》故事时，顺带着以"挹秀"纪念一下赵岚叔叔，也就不奇怪了。对他有恩的那批人里，只有赵岚脱离了他们的圈子，加上身处外地且碍于刘丽的脸面，常路与赵岚大概很少或根本不联系，致使这份感激里说不定还混入了歉意。试看开篇不久众人坐席，常路的心理活动："常路记得二十多年前刘丽的婚礼上也有类似的大蛋糕，还有雪亮的杯子，透亮的香槟，银亮的防水台布。然而那时的新郎此时却不在这里，只怕今生也永远不会在他们的聚会中出现了。"透露出的遗憾是明显的。后来在院中，一家三口说起赵岚想复合而刘丽拒绝，常路的话又再次显现他的立场："没想到他们会离婚。小时候我一直以为他们是王子公主的模板。"待到于青桦进一步分析赵岚为什么不适合刘丽时，吴永康开玩笑接了句话，而常路则没吭声。全书中，于青桦发表某种观点而常路竟然缄默，只此一例。陶然写细节之含蓄缜密，表述之精确精巧，于此可见。

再以起名为例：主角不必说是非常考究，一些配角的名字同样耐人寻味。如赵岚，最终和刘丽分手，其原由，文中于青桦指出："三观出入太大。刘丽更纯粹，赵岚呢到底功利心重了些，对没有回报的事并不真的上心，而且越到中年越明显。当初他们结婚我就劝刘丽慎重来着，年轻人沉醉其中，哪儿听得进去，这不走着走着就散了。"刘丽，谐音流泪，只因赵"岚"，终究如同山中的雾气，一经功利风吹，容易烟消云散。两人的悲剧结局，开头就注定了。常路的父亲常志坚，一开始是个堕落的酒鬼，哪里配得上"志坚"二字？但他在于青桦等人的帮助下历经挫折，彻底戒酒，重新振作，可见"志坚"，必经磨砺方可成就。而我们的男一号常路，谐音长路，意为人生的漫漫长路，此中的沧桑和历练，读者诸君当会感慨万千。春花、夏荷、秋婶、冬妈之中，独秋婶是陈二嫂的帮凶，符合古时"庆为春，赏为夏，罚为秋"的说法，故而相对较"坏"之人只能是秋婶，不能是春花或夏荷。颜皓初，比较好理解，将祖传江上救生的善事视为终极目标，这样的初心如同皓月当空，光彩照人。颜家有颜福颜寿两名家仆。颜寿背信弃义，暗中下药毒害家主，应了多行不义必自毙的说法，年纪轻轻死于非命，取名为寿，是辛辣的反讽。以上小说中角色取名的剖析，让我深感兴味。

　　所谓一千个读者就有一千个哈姆雷特，这些只是我个人对这部长篇小说的解读，依赖我对陶然的片面认知。但我想，有一点是肯定的：不论谁读这部小说，都能感受到这部主旋律小说字里行间的浩然正气。孔子主张以礼乐教化民众，当代文学亦有此使命（不是说教）。我记得中学时有一同学，平日疏于学习沉湎玩乐，前途堪忧；经人引导看完《平凡的世界》后性情大变，认真上课，成绩逐步赶上，最终考上大学。可见正能量的小说，确如礼乐般具有教化、浸润之功效。而我"突破自我"，第一次对陶然作品的这篇点评，往大里说，可成为解读之助，往余兴里说，也不失为谈笑之资吧。

附录 3
暗处的女性
——评长篇小说《三生》

刘青林

　　之所以命名《暗处的女性》，是因为女性虽是《三生》的主角，却很少是历史的主角。煌煌五千年，她们往往被有意无意隐藏在暗处，在史家如椽大笔不加关注的角落，用炽热的生命写下自己寂寞的乐章。即使有时被书写，也往往被物化、妖魔化，也因此，《三生》的作者为女性立传，为她们扬名，是有一种用客观矫正偏见，代数千年来过于强势的男性视角"还债"的效果在的。

　　《三生》的故事跨越百年，是一个关于家族、爱、牺牲的女性/奉献寓言。小说分为三个主章、三次过场。过场是厨下、院中、坡上，行文行云流水，起落无迹，串连之余，还有调节叙事节奏，让读者缓一口气，再开启后文的妙用。主章是此生、彼生、他生。从当代生活向前代追述，一直到晚清。按一般的思路，我应该和于青桦、常路一样，从当下梳理到从前，但我不想循规蹈矩，偏要从最遥远的《他生》讲起，毕竟时间是顺流而下的，我这种"逆评"反而是真正的顺叙。

他生

读《他生》，有时有读武侠的错觉。从唐代传奇《虬髯客》里的李靖、红拂女到明代小说《水浒传》里的鲁智深、林冲以及清代小说《三侠五义》里的白玉堂、展昭，侠客的形象一直在变，不变的是急公好义、锄强扶弱。直到以金庸为首的新武侠小说出现，侠客的境界才变得深广起来，"侠之大者，为国为民"让这一类型的小说走向了厚重。我可以肯定，作者受金庸先生的影响颇深，写人、用词、构造危机场面，处处感到这种继承，但他并没有完全照着金庸的笔法来，而是找到了另一条阐释侠义精神的路径。

这个突破口就是颜明玉。颜明玉生在一个以江上救生为毕生追求的家庭，救生的标志便是红船。红船是"他生"里的重要意象。在工业化还未曾改变农耕社会的时代，江河湖海的力量让人畏惧。我们总是听闻黄河母亲的喜怒无常，却时常忘记长江母亲的暗流涌动。往来穿行之间，一遇水灾，救生红船便成了他们求生的希望。颜明玉本来对父亲的义举全心赞成，直到蒋雨轩的父亲遇难，两家隔阂陡生，断亲断交。这打碎了颜明玉对未来美好生活的憧憬。颜明玉是飒爽的，有自己的秉性和手段，她甚至还会武艺，她直直地冲向了灵堂，期望蒋雨轩能回心转意，但显然她失败了。即使我明白不是你的错，但我总不免会想为什么偏偏是我的父亲？如果是我落水，你是否也会为了不相识的人，放弃救我？这是蒋雨轩的"灵魂之问"。

颜明玉黯然离开蒋家，灰心到一度想放弃这吃力不讨好的事业。还好，她走出阴影，联络同好，重振了救生会的荣光。古典的男性侠客以刀剑为武器，用武功救危扶难；颜明玉以红船为支点，以一生对抗浪淊。写到这里，我想起了鉴湖女侠秋瑾的诗句："身不得，男儿列。心却比，男儿烈！"谁能说这不是侠骨飘香呢？侠客精神在这里被注入了新的内涵，得到了扩展，而处于光圈中的，是不让须眉的红妆。

顺带我也想说说任中堂。《三生》前两个篇章其实没有真正意义上的"坏人"。《他生》不同，任中堂老谋深算，心狠手辣，是毋庸置疑的反派。但这个人又不是标签化的。对于颜明玉他不乏爱惜，对于满清他自有一分古怪的忠诚。他本不想杀颜明玉，但水生身分暴露，颜明玉与水生偏又相互爱恋，让他恶念膨胀。他先毒杀了颜皓初，又试图除掉颜明玉、水生，并策划了一个阴谋，欲让蒋、颜两家就此败落。没想到，更早败落的是大清的国运。任中堂就此失去了一切奋斗的目标，甚至发现所谓的仇恨本身也是虚无的。长江成了他唯一的归宿。是非成败转头空，青山依旧在，几度夕阳红。1912年皇朝的美梦就此消散，新的曙光开始展现。任中堂（以及小型反派颜寿）的下场告诉我们，天下是天下人的天下，成于义理，败于私欲。他和颜明玉的对比，判若云泥。

彼生

《彼生》的故事发生在民国。照理说，民国相对于封建王朝会开明些，可完节堂里的故事却更加闭锁。自南宋始，贞节被理学所过度推崇。在国土沦陷之时，寡廉鲜耻之辈不思收复故土，却在关注女子名节上倾注了太多的热情。明清之际，中国越发内缩、闭塞，女性的处境更令人窒息。民国女子遇到的束缚，比之前代，不遑多让。

杨淑娴娘家还有父亲健在，但照样被送进完节堂。作者的笔触是沉痛的，也饱蘸着对女性的同情。

　　完节堂是一个封闭的空间，在这里爬墙草成为这个故事的重要意象。1937年注定不是太平岁月，完节堂怎么可能在时代的浪潮下独善其身？《彼生》的前半部分，杨淑娴代表的进步势力与陈二嫂代表的顽固残留彼此斗争，但伤兵的出现提醒着读者，这是个动荡不安的年月，连在内斗中过日子都是奢望。镇江紧邻南京，目睹了金陵城燕过王谢堂前，人道寄奴曾住，最终六朝何事，只成门户私计。两千年后，南京又一次做了首都，再一次面临亡天下的危机。此时的"邻居"镇江已不能置身事外。完节堂里的死水微澜被时代的惊涛骇浪打断，在玉石俱焚中，完节堂完成了新生。作者自然赞赏对旧的节烈观的推翻，以及剧烈变化的历史转折期，女性对局势的准确判断，对命运的自主选择。但微妙的是，作者特意让杨淑娴表达了以下意思：完节堂不仅是桎梏，同时也有收容漂泊女子、给以细致照拂的一面。我觉得，这折射的是作者对理想女性的勾勒：勇于迎新，又不武断否旧；换言之，感性和理性兼有。什么合理，肯定什么。这比一味的反反反，一味的骂骂骂更清醒、更有分量。这样的女性，也更让人敬重。

　　这个故事里最让人动容的，是静秀倒下的那一刻。爬墙草就是静秀种的，她的真诚与善良让人怀恋，她短暂的一生注定会被读者所铭记。耳边仿佛能听到她渴望自由的清脆话语："不过呢，我倒是想出去看看，贞节牌坊有没有都不要紧。"临终时说的那句"看见了外面……外面，要是真像你说得那样……多、好、啊……"让人不禁泪流。此外其他人物里，威严慈祥的堂主叫人难忘；即使是秋婶，我们也很难苛责她什么，细想想这个人物也是可怜可悲的。陈二嫂有自己的挣扎和变化，火烧完节堂前后，她已脱胎换骨，绽放出刚烈的光华。那时的她和杨淑娴，更多是惺惺相惜了。

分析了几位女性，最后，我不得不谈谈杨淑娴的未婚夫宋家林了。他忠于社会，却辜负爱人；逃避了婚姻的责任，却战死沙场完成了对民族的责任。一方面他是勇敢的，直面死亡；另一方面他又是怯懦的，不敢面对未完婚的妻子，连一晚的陪伴和一句解释都不肯留下（虽然"据说"他是被直接征召走了）。"她如果苦苦挽留，我是不是就没有勇气断然去战场，去牺牲了？"也许他心里曾闪过这样的想法。不得不说，《彼生》里的男性是不大可爱的，哪怕陈文龙对杨淑娴的爱慕，也像是荷尔蒙的成分多，比不得水生对颜明玉，喜欢的是完整的她，且一生守护，志同道合。

此生

来到了《此生》，这个故事貌似最平淡，却最有韵味，她离我们太近了，感同身受的程度也就最深。

一场交通意外，于青桦失去了儿子吴恒，吴恒留下的那把银灿灿的小钥匙，成了《此生》的核心意象：打开的何止是箱子，还有重重心门。

于青桦的丈夫吴永康很难说让人喜爱，即使在后面他与女主和解，与家庭和解，或许也与他的生存状态和解了，但我作为读者却不能与他和解。我能理解吴老太爱孙心切的苛刻，却不能原谅吴永康因意外丧子，就立刻站到妻子的对立面。孩子逝去，难道婚姻就该亮红灯？丈夫和妻子的白头到老竟然不是因为爱而仅是因为孩子？

无奈的是，这并非作者夸大其辞，倒恐怕现实里吴永康这样的人才是生活的常态。

女性一旦生儿育女，身份好似就只剩下了母亲一种。当于青桦看向那个熊猫玩偶的时候，心里会想些什么呢？也许会想到自己的童年，那时她也是孩子，也曾感受到父母对她无私的爱。而现在她的孩子夭折了，与她有一定关系，她就成为理所当然被责难的对象。相比父母，丈夫、婆婆对她的感情含了多少杂质啊！作者的深刻在于，有这种认知的不仅是别人，甚至还包括于青桦她本人。从她感到的无限焦虑和自责能够感知，从她对家人的连番抨击尽力忍让也能感知。还好常路出现了。当不了妈妈，便做社会妈妈。她不仅重新找到了爱的方向，关键是还找回了母亲的身份，找到了家庭新生的契机——虽然从表面上看，曾引来激烈争吵。

我没有丝毫否定社会妈妈的意思，社会妈妈的伟大无需多言，这个群体本就是爱和奉献的产物。我只是觉得社会发展到今天，还有一些对女性的不公、不谅在人们心中根深蒂固，还有一些让人细思极恐的观念难以袪除，不能不说是种悲哀。

《此生》的结局，除了刘丽赵岚离婚，相对较为圆满。多数人找到了心灵上的皈依。当小钥匙打开吴老太藏起来的小盒子，作者将最后的谜底揭开，里面是一封信，几样物件，还有送给妈妈的礼物：暖宝宝。母亲节快乐，妈妈！多么温暖的吴恒，以及，多么温暖的常路，多么温暖的两段母子情。常路的最大意义恰于此时突显：于青桦不只扮演妈妈的角色，也是常路的帮扶人、引领者。于青桦当会悟到，她的价值不只是又获得了母亲的身份，还有成功做到了善的播撒，和对身边一大批人的正向影响。为母诚可贵，但绝不能遮蔽了女性实现自我的其他可能，闪现光彩的其他面向。

隐喻

《三生》的故事被我以倒叙的形式讲完了，埋藏的隐喻也是时候浮出水面了：作者不仅想彰显暗处的女性，还想歌颂暗处的文化。

于青桦选择的配偶会吹笛子，培养的义子成为作家，她自己也能与作家儿子见招拆招，构思出一个波澜起伏的故事，文化素养可见一斑；杨淑娴屡经忧患，却能在刚刚与陈二嫂较量过后，独自在宁静的夜晚学写新诗，文思泉涌；颜明玉对声音的敏感，到了万物皆能听出音律的地步，她从沿街小贩的叫卖中听出了旋律："蒋雨轩说这怎么可能，颜明玉说万物皆带音律，你若在船上仔细听去，江水都在唱歌，只不过有时唱得不怀好意而已。"这一脉相传的正是文学艺术的慧根。进而，正如同男性中心的大历史中，女性在"暗处"；追名逐利的滚滚洪流里，文化何尝不在"暗处"？女性/文化同处于相对弱势，又同样坚韧不拔，代代不绝。

常路在篇末说："妈，爸爸，你们觉得吧？文学就是这么高贵、神奇，能把生生世世里最值得保存的人和事，用最匪夷所思的方式生生世世凝固下来。"在这里，暗处的女性早已与暗处的文化合而为一，化为这部小说的终极隐喻。作为世道人心的象征，"妈"、"爸爸"，你们什么时候才能像文中的于青桦、吴永康一样，"笑着称是"呢？